AF150086

LEO HARTMANN

GAMIFICATION TESTSPIEL

novum 🔺 pro

Dieses Buch ist auch als
e-book
erhältlich.

www.novumverlag.com

Bibliografische Information
der Deutschen Nationalbibliothek:

Die Deutsche Nationalbibliothek
verzeichnet diese Publikation in
der Deutschen Nationalbibliografie.
Detaillierte bibliografische Daten
sind im Internet über
http://www.d-nb.de abrufbar.

© 2021 novum Verlag

ISBN 978-3-99107-814-2
Lektorat: Thomas Ladits
Umschlagfoto: Stefan Birckmann
Umschlaggestaltung, Layout & Satz:
novum Verlag
Autorenfoto: Stefan Birckman

Gedruckt in der Europäischen Union
auf umweltfreundlichem, chlor- und
säurefrei gebleichtem Papier.

www.novumverlag.com

Gamification, die

(englisch gamification, Kunstwort zu game = Spiel)
Übernahme spielerischer oder spieltypischer Elemente in
eine nicht spielerische Situation; das Behandeln einer ernst-
haften Aufgabe als Spiel (z. B. als Methode zur Erhöhung der
Aufmerksamkeit)

Leitform, die

für eine Grabungsschicht bzw. Kulturepoche charakteristi-
scher Gegenstand

Duden Online 2021

Es wird gesagt, das Einschalten eines Bildschirms ähnelt dem Kochen von Heroin, das, in die Vene injiziert, direkt im limbischen System landet. Instant.

Man schließt die Augen schläfrig. Dann öffnet man wieder sanft das eine. Dann sind beide Augen wach. Folgend dem Drang, alles sehen zu wollen. Was immer es ist.
Ein jeder in seiner Wirklichkeit.
Nur schlimm, dass inkompetente Leute im Spiel sind. Viele wissen gar nicht, was sie tun. Dabei machen sie schmutzige und gefährliche Arbeit.

Männer, Frauen, Kinder. Von überall. Aus dem Dreck der Straße. Aus sozialen Brennpunkten. Aus geordneten Verhältnissen. Manche reich geboren. Oder an die Macht gekommen. Andere vereinen beides.
Alle sind dabei.
JAAA! Sie auch!
Wollen oder nicht wollen.
Alle machen mit!
Beim ganz großen Spiel.

Dem Spiel.

Krieg!

Krieg ohne Erklärung.
Krieg ohne Befehl.
Krieg einfach vollzogen.
Krieg, weil man es kann.
Krieg zum Spaß.
Total und überall.

Man sollte sich eigentlich schämen, aber ich bin kein Heuchler.
Menschen, die ehrlich arbeiten und so ihre Tage verbringen, lassen ihr Leben, nicht wissend, in welcher Hölle sie sich befinden.

Zu spät für Entschuldigungen.

Glauben Sie, ich weiß nicht, wer ich bin?
Denken Sie, ich weiß nicht, wer Sie sind?

Da sind Dinge, die nie hinter uns bleiben.
Nur Feuer im Schlaf und namenlose Funken.

Aber das vielleicht Schrecklichste:
Der ganz große Angriff ... der hat noch gar nicht stattgefunden ...

Dir kann ich es ja erzählen.
Wem willst Du es noch sagen?

LEVEL 1

Langeweile

… wie heißt Du eigentlich wirklich?
Tibor atmet ruhig.
… Tibor Dee … das ist doch kein Name …
Sei jetzt still, sagt Tibor.
Dann schaut er wieder aus dem Fenster.

Fernsehen blubbert im Hintergrund. Töpfe und Pfannen klappern.

Geissen-Peter will heute DAS Community-Clan-Spiel schlechthin präsentieren:
„War for Civilization". Kurz „WfC".
Er zockt und testet WfC bereits seit Wochen, möchte es den Jungs vorstellen sowie mit ihnen anschließend erstmalig gemeinsam weiterspielen.
Also …, spricht Heino „der Zweite" aka H. G. Kramm bei der Inspektion von Mirkos Computernetzwerk, *… es hat so seine Macken, das Ganze hier.*
Derweil hängen der Geissen-Peter aka Peter Geiß und Mirko in dessen Game-Keller ab.
Warten. Sitzen. Däumchen drehen.
Warten auf die hoffentlich aufregende neue Plattform.
Warten auf die WfC-Community, die sich in zwei Stunden auf ihren Servern trifft.
… hoffe, ich bekomm 's rechtzeitig hin, unkt Heino „der Zweite" skeptisch.
Warten aufs Ende des Systemchecks. Warten …

… Scheiß-Glotze, muss das da laufen? 'ne Koch-Show?!?, fährt Mirko hoch.
   Mann, … 'n Moment Geduld! Ich starte den Router gerade neu, mault Heino zurück.

Na und? Deswegen sich fernsehgeile Suppenkasper antun? Wie viele Menschen haben nix zu fressen, hä?!, wettert Mirko los.

Is' halt so. Normal. Was regst Du Dich noch auf?, fragt der Geissen-Peter gelangweilt.

Boa, Alter, diese Normalität ist nicht normal. Weißt Du eigentlich, wie die den ganzen Massenplunder produzieren, um dann die Hälfte auch noch wegzuschmeißen?

Grundnahrungsmittel, meinst Du? Fischstäbchen, Gummibärchen und Döner?

Industrie! Inklusive industriellem Schlachten. Jeden gottverdammten Tag!

Was soll's, ich bin unkritischer Atheist. Ich esse alles und glaube nichts, sagt der Peter.

Was soll's?! Du wirst verarscht! Separatorenfleisch, Phosphat, Reste, Knorpel, Gammel, Fett und Hühnerhaut. Alle verarschen Dich. Von Klima, Krieg und Plastik mal ganz zu schweigen! Mirko kommt nur schwer runter.

Chill mal Deine Base, Alter. Hör auf zu belehren und nerv nicht! Jeder sieht selber zu was durch die Öffnung geht. Rein oder raus. Auf oder zu. Deine Sache wie der Motor läuft.

Hat denn jemand von den Jungs da unten Hunger?, ruft Mirkos Mutter Sabine unvermittelt in den Keller, … „Lieblingspizza" wäre im Angebot …

Nein, danke, Mom, alles okay …, ruft Mirko zurück und fährt ohne Atem zu holen fort:

… jedenfalls glaube ich, dass alles in und um uns herum ein universelles Abbild ist. Ist unsere Welt kaputt und abgestumpft, sind wir es auch.

Oh, Gott, geht das schon wieder los.

Du hörst nicht zu. Die Welt draußen ist unser Escape. Aber wenn da nichts mehr ist. Wohin?

Was gib's 'n da zu hören? Du faselst immer denselben Blödsinn. Wer oder was glaubst Du, wer Du bist? Ein gottverdammter Weltenklempner? Du bist auch nur ein Opfer. 'n Depp. Genau wie wir. Das ist alles, reagiert Heino „der Zweite" unwirsch, an einem Kabelstecker bastelnd.

Woher willst ausgerechnet Du Spacken wissen, was Blödsinn ist?, fragt Mirko.

Und woher willst ausgerechnet Du Spacken wissen, was die Wahrheit ist?, entgegnet der Geissen-Peter.

Ich sage nur: Ihr werdet euch alle bald wundern ..., erwidert Mirko dunkel.

Übrigens, die Stimme Deiner Mutter ...

Was ist damit?

Die klingt wie von dieser Sängerin, sagt Heino „der Zweite".

Welche Sängerin?

Ach die ... „alles wird besser" oder so ..., murmelt Geissen-Peter.

Ah, ich weiß wieder: „Es wird besser, immer besser mit der Zeit", zitiert Heino.

Mir's doch scheißegal, ob so 'ne Saftschubse hohes C singt, sagt Mirko.

Hast recht ... Heulsuse, lenkt der Geissen-Peter ein, *aber hübsch isse!*

... wer jetzt, meine Mom?

Nein, die Sängerin.

Du willst sagen, meine Mom ist hässlich?!

Nein ... nur eben Deine Mom.

Mann oder Frau sein ist auch bloß so ein rechnerischer Zufall, sagt Mirko sprunghaft.

Was quirlst da schon wieder?, kommt Heino raus.

Affe oder Äffin. X oder Y. Lediglich eine mathematische Möglichkeit. Du kommst als ein so oder als ein so auf die Welt. Dein „Ich", so Du eins hast, Macker, ist völlig unberührt vom Geschlecht.

Soll heißen?

Soll heißen, das Konzept von Mann oder Frau basiert bloß auf Adam und Eva. Einer erfundenen Story. 'nem religiösen Ammenmärchen ..., schulmeistert Mirko.

Verstehe ich nicht ... wo zum ... steht die Schale ... mit ... Gummibärchen?, fragt Peter suchend.

Alles, was man Dir erzählt, als Junge oder als Mädchen ist lediglich kalter Kaffee. Vorstellungen – mittelmäßig vorgelebt, mittelmäßig nachgelebt. Alle setzen sich auf Dich drauf, bevor Du Deine Persönlichkeit entdeckst. Hast Du eine Persönlichkeit, Du Tropi?

Ist mir zu hoch ... Was is' n „Tropi"?

 Trotz Pille ...

Da steht Sie doch ..., sagt Heino.

Geissen-Peter schaut in die Schale mit den Gummibärchen.

Echt jetzt? Hat jemand etwa alle Roten aufgefressen?

Unbeeindruckt doziert Mirko weiter.

Bevor wir herausfinden können, wer wir sind, werden wir hirngewaschen, weichgespült und zurechtgelegt.

 Waschen, föhnen, legen ... wie beim Friseur ... und?, fragt Geissen-Peter kauend.

Darum wollen wir instinktiv in eine andere Welt. Weil man auf Dauer es nicht erträgt, in einer Müllwelt zu leben. Ohne Identität – nur als ein Klingelschild an der Tür.

 Ach, ja? ... und wer wäscht einen so weich?, will Geissen-Peter nun doch erfahren.

Eltern, die es auch nicht besser wissen. Schule und Religion, die von Tradition faseln. Politik und Institution, die Dich kontrollieren. Fabrikboss und Medien, damit wir funktionieren.

Wir werden aufgemischt. Scheiß was auf 's Geschlecht. Am Ende bist Du degradiert zum Quotenvieh und Opfer. Egal, ob Mann, ob Frau. So findest Du nie heraus, wer Du bist.

 Alter Schwede ... Du philosophierst immer so schön.

Weißt Du übrigens, wer die ersten waren, die „Virtual Reality" erlebt haben?

 Nee, die Höhlenmenschen vielleicht?

Fast. Kinobesucher um die Jahrhundertwende des letzten Jahrtausends waren es.

 Ach?

Weißt Du, was die gesehen haben?

 Jetzt bin ich mal gespannt.

Einen Zug. Eine Dampflokomotive.

 Und?

Die saßen da, erblicken zum ersten Mal ein neues Medium und eine Dampflok rast frontal auf sie zu.

 Oh ...

Genau, oh. Alle „huch", aufgesprungen und hatten Angst. Nämlich Angst, von einem fahrenden Zug überrollt zu werden, der nicht existiert und doch existiert.

Die dachten, das passiert wirklich ...

Ja, tut es ja auch. Der Kameramann hat nur zu einer anderen Zeit einen wirklichen Zug gefilmt ...

... als der Zuschauer, der ihn dann im Medium erlebt, ergänzt Heino „der Zweite".

Soweit ...? Irgendwann haben die Menschen sich daran gewöhnt, dass der Zug nicht durch die Leinwand rast oder ein Flugzeug vom Kino-Himmel fällt.

Okay, die Leute haben gelernt.

Genau, gelernt. Sie haben gelernt, angstfrei „auf" das Medium zu sehen. Doch irgendwann war das den Menschen nicht mehr genug. Sie wollten mehr. Sie wollten auch „hinein" schauen und sich „darin" bewegen, haben experimentiert.

Zum Beispiel?

Zum Beispiel, in den 1960ern nahmen die Leute Drogen. LSD. Auf Surrealistic Pillow und fliegendem Teppich wollten sie aus ihrer alten, von Politik zerfressenen Welt aussteigen; wünschten sich, in einen neuen Space zu treten, der bis dahin unsichtbar war.

Du meinst, die wollten gar nix verbessern, sondern bloß abhauen?

Möglich. Wir jedenfalls betreten heute diese andere Welt, benutzen aber nicht LSD, sondern Eins und Null.

Digitale Erweiterung, grinst der Peter.

Genau. Was träumt HAL 9000?, fragt Mirko.

Wenn ich Dich jetzt richtig verstehe ... simpel gesagt ... anstatt Acid zu schlucken, verbindet man sich mit einem Computer und schließt sich am Ende daran an?, will Geissen-Peter erstaunt wissen.

Also, Du verbindest alles, was es miteinander zu verbinden gibt. Transformierst persönliche Data in ein ureigenes digitales Programm, mit eigener Erfahrung, Erinnerung, Vorstellung und Zukunft ...

... ein Programm, das ... Dich zu Deiner Identität ...

... in der Virtual Reality führt. Genau – DA SEIN mit wahrer „Ich-ID" – IM Cyberspace.

Und dann ...?, fragt Heino „der Zweite", der noch immer den Router kalibriert und Kabel tauscht.
Dann? ... Alles sein ... alles tun. Völlige Freiheit für das Individuum! Unverwundbar. Das war doch mal die Idee vom Internet.

Wo sagst Du, hast Du promoviert, Dr. Frankenstein?
Mirko lacht auf, verschluckt sich und bekommt prompt einen spontanen Hustenanfall.
... hustprust ... röchelmichhichhchichchich ...

Mann, Alter, das klingt ja furchtbar. Kannst Du nicht ein bisschen leiser sterben?, knattert Heino „der Zweite".
Was 'n das?, fragt Geissen-Peter, als er auf den kleinen weißen Tisch vor sich blickt.

... ähh, 'n Buch ...
Danke Vollpfosten, das sehe ich selber. „War all the time"?
Der Geissen-Peter verzieht sein Gesicht.

... is' über Hopi Maloba ..., schiebt Mirko nach.
Hopi-Wer?

War ein Sänger aus den 70ern. Irgend so 'n John-Cannery-Row hat das Buch ganz aktuell aus neu zugänglichem Material zusammengestellt.
Und?

Lies doch selber ...
Ich hoffe, das Zeug hier taugt mehr als Dein Gelaber ...
Der Geissen-Peter blättert skeptisch, beginnt dann aber doch zu lesen.
Heino „der Zweite" werkelt derweil weiter. Mirko döst.

Schnee treibt an diesem kalten, grauen Novembermorgen durch die Straßen von Chicago.
Fans warten im Dunkel auf den in Belgien geborenen afro-europäischen Musiker Hopi Maloba, auch bekannt als *„Papa Dieuxdonné"*.
Nach dem Split von *„Melodic Illness"* wollte er nur noch Hopi genannt werden.
Schon seit Stunden harren Anhänger vor Hopis Wohnhaus, einem neogotischen Apartment-Block, dem sogenannten „Teton-Build-

ing"; sie haben Thermoskannen dabei, singen Hopis Hits oder hüpfen auf und ab, ein wenig die Kälte zu vertreiben.

Jeder von ihnen hat eine Kamera, Schallplatte oder ein Poster bei sich, hoffend auf ein Autogramm oder einen Schnappschuss von oder gar mit dem Weltstar.

Ein neuer Arbeitstag beginnt. In der Stadt wird ein Kind geboren. Jemand stirbt allein. Taxis, Busse und PKWs ergießen sich bereits Stopp-and-Go in die Straßenschluchten, hupen, überholen rechts oder links, fahren geradeaus oder biegen ab.

Zwischen all den Autos und Vehikeln parkt auf der gegenüberliegenden Straßenseite des Teton-Buildings ein unscheinbarer Wagen. Fahrer und Beifahrer tragen farblose Schals und Hüte, lesen Zeitung, schauen wahlweise durch ein Fernglas oder Kameralinse. Sie machen Fotos und Notizen, trinken bitteren, lauwarmen Kaffee aus Pappbechern, essen in Cellophan gewickelte labbrige Sandwiches und frieren sich den Hintern ab.

Hopi steht vor dem Spiegel. Er mustert sein Gesicht, schaut rechts, schaut links, auf und ab. Eine Melodie strömt ihm durch den Kopf. Mit der alten Band funktionierte es irgendwann nicht mehr. Es war zu viel geworden.

Der Ruhm hat die Seele aufgefressen. Den anderen ging es genauso. Als die Gruppe sich nach zwölf erfolgreichen Jahren auflöste war die Welt fassungslos, suchte Gründe.

Die Leute verstehen nicht, dass es einfach irgendwann genug ist, sagt Hopi, ein Jahr nach dem Split, in einem Interview dem Magazin „Music Lover".

Hopi fühlt sich wohl in Chicago. Die Menschen hier sind nicht so hysterisch, die Musikszene cool und die Studios professionell. Er trinkt nicht mehr und ernährt sich gut. Im letzten Interview mit Radio DJ „A-Bomb" Teller, nennt er seine aktuelle Phase *eine glückliche Zeit ... vielleicht sogar die beste ...*

Die neuen Songs sollen da anknüpfen, wo das letzte Album aufhört. Beobachtungen – Lieder über ein neues, einfaches Leben und die große Liebe zu seiner Frau.

Ihr ist auch Hopis großer Solo-Hit „*Hang on Hopi*" gewidmet.

Die Fans mögen Hopis Frau nicht. Machen sie verantwortlich für den Bruch der Band.

So wie die Fans Hopis Frau nicht mögen, so mögen die US-Organe Hopis Aussagen gegen den Krieg, für den Frieden, zur Gesellschaft allgemein und zu der amerikanischen im Besonderen nicht.

Hopi möchte gerne in den Staaten bleiben, aber man gibt ihm keinen legalen Status.

Das Leben von bürokratischer Seite ist zur harten Zeit geworden. Ein sinnloses Spiel aus Paragrafen und Absätzen. Und Anwälten, Anwälten, Anwälten.

Sein schon seit Jahren währender Kampf um die Einwanderung findet sich auch in ein paar von Hopis Liedern wieder. Was ihn über die Zeit noch unbeliebter werden ließ bei Autoritäten und ihren Institutionen.

Hopi zieht sich seinen Mantel über, der grau ist, mit samtenen Revers.

Hang (Mond), seine vietnamesische Frau, wartet bereits ungeduldig, um gemeinsam mit ihrem Mann endlich zum Studio aufbrechen zu können. Seit Jahren ist sie bei jeder Session dabei.

Komm jetzt, sagt sie, *wir sind spät dran.*

Was drängst Du so?

Ich will nicht in den großen Berufsverkehr geraten. Ich hasse Stau. Schlecht fürs Karma, schlecht fürs Klima.

Soll ich 'nen Song darüber machen?

Komm jetzt ..., sagt sie mild.

Hopi und Hang gehen zum Fahrstuhl, der sie mit einem „Bing" im 22. Stock empfängt.

Von der Lobby des Gebäudes führt eine Arkade weit hinaus, wo der Fahrer ihrer Limousine auf sie wartet. Zwischen Haus und Straße, auf dem sehr breiten Trottoir, stehen die entzückten Fans. Ihr Warten in der Kälte hat ein Ende.

Als Hang die Verehrer sieht, sagt sie: *Mach schnell, bitte ... Stau ...*

Hopi erreicht die Fans, die Gesichter der Menschen leuchten auf. Hopi durchstrahlt sie und gibt ihnen das Gefühl unendlichen Glücks und Wärme.

Schnell werden Kameras gezückt, Schallplatten entgegengestreckt.
Hast Du was zum Schreiben?, fragt Hopi eine Blondine.
Die Angesprochene nickt errötend und gibt Hopi ihren Stift.
Wie heißt Du?

  Sharon …
„Für Sharon, beste Wünsche, Hopi"
Er signiert ein paar anderen noch in flüchtigen Schriftzügen Alben aus alter Zeit.
Und Dein Name?
Hopi schaut dabei auf die LP „*Different Joys*", die ihm ein junger Mann mit großer dunkler Brille und Vollbart entgegenhält. *Jimmy …*, sagt er deutlich.
„Für Jimmy, viel Glück, Hopi"
Fotos, mit und ohne Blitzlicht werden geschossen, als das Autogramm gegeben wird.
Hopi gibt Jimmy die Schallplatte zurück. *Hab einen schönen Tag, Jimmy.*
Beide lächeln.
Es tut uns leid, ruft Hang, *aber wir müssen jetzt weiter …*

  Sharon, wo bist Du? Hier, Dein Stift.
Hopi gibt der jungen Frau ihren Stift zurück. Mit ihren Fingerspitzen berührt sie kurz seine Hand. Sharon ergreift den einfachen Kugelschreiber, der nun ihre Devotionalie ist.
Der Fahrer von Hopi und Hang nimmt seine Mütze ab, öffnet die Tür der Limousine und wünscht beiden einen guten Morgen beim Einsteigen.
Die zurückbleibenden Fans tuscheln oder sehen sich beglückt ihre signierten Schätze an.
9 Uhr 17. Im Studio begrüßt man sich, raucht, lacht, trinkt Kaffee, beginnt die Instrumente zu stimmen und die Technik einzurichten.
Hopi summt die Melodie, die ihm schon seit Tagen durch den Kopf geht, bringt hier und da Verse ein.
Was haltet ihr davon, wenn es zunächst in „C" beginnt? … wie Chicago … yeah, Baby …
Hopis Gesang macht Probleme. Es zeichnete sich schon in den letzten Tagen ab. Die Stimmbänder sind gereizt und erreichen

nicht den gewöhnlichen Stimmumfang. Man konzentriert sich daher zunächst auf den instrumentalen Teil.

Hast Du überhaupt einen Titel für den Song?, fragt Noel, der Bassist.

„Rührei", Hopi lacht, *nein, Scherz, ich dachte an so etwas wie „Peace starts, if you want it".*

Nach langen, konzentrierten und intensiven Stunden der Studioarbeit haben am Ende die Künstler Hunger. Niemand kann sich mehr konzentrieren.

Es ist dunkel und die Straßenlaternen leuchten seit Stunden.

Ich habe heute überhaupt kein Tageslicht gesehen, stellt Hopi fest.

Gleich neben dem Studio liegt die Pizzeria „da Salvatore".

Bei Salvatore haben alle ihre Ruhe. Die Berühmtheiten fühlen sich sicher. Niemand macht großen Zirkus oder ruft die Papparazzi. Alles normal. Easy.

Hopi isst eine vegetarische Pizza und trinkt dazu frisch gepressten Orangensaft. Dabei plaudert man nett. Über die Songs. Das die Arbeit daran gut läuft. Ob man nicht vielleicht mit dem neuen Material sogar auf Tour geht. Und baut noch weitere Luftschlösser.

Um 22 Uhr 49 steigen Hopi und Hang vor ihrem Domizil aus der Limousine.

Alles menschenleer. Noch immer wirbelt Schnee durch die Stille der Nacht.

Der Chauffeur grüßt zum Abschied freundlich und sagt:

Bis morgen, Sir. Bis morgen, Madame, dann fährt er.

Hang und Hopi sind allein, schweigen, gehen geradewegs zum Hauseingang, vor dem ein junger Mann mit großer, dunkler Brille und Vollbart steht.

Derselbe Mann, Jimmy, der am Morgen von Hopi so freundlich gegrüßt wurde und ein Autogramm von ihm erhielt.

Jimmy tritt aus dem Halbdunkel hervor und lächelt Hopi an. Doch Hopi sieht ihn nicht, geht in seinen Mantel tief gekauert vorbei. Er hört auch nicht, *Guten Abend.*

Hopi – ohne Blick, ohne Wort. Schnee wirbelt. Fällt.

Als sich Hang und Hopi drei Schritte von Jimmy entfernt haben ...

Hopi Maloba!

Jimmy zieht eine Pistole und beginnt sofort zu feuern. Hopi hat nicht einmal den Hauch Zeit, sich umzudrehen. Schnelle Schusskadenzen bellen und hallen durch die Straße. Jimmy schießt das Magazin leer. Zwölf Schuss. Jimmy ist glücklich. Die Waffe warm. Hopi bricht auf der Stelle zusammen, getroffen an Beinen, Armen, Rücken und Kopf.

Jimmy verharrt einen Moment, lässt die Waffe ungerührt auf den Bürgersteig fallen.

Er geht seelenruhig auf den am Boden liegenden, bereits tödlich Verletzten zu.

Bleibt über ihm stehen und zieht einen zweiten schweren Revolver aus der Manteltasche.

Hopis Haar ist rot verklebt. Stoßartig sein brodelnder Atem. Blut sprudelt im Schwall aus dem Mund. Die Augen rollen. Doch ... da ist nur noch Leere. Der Körper zuckt unkontrolliert. Jimmy schaut in Hopis vergehende Augen, zielt auf dessen Kopf und drückt aus kürzester Entfernung noch dreimal ab.

Ein fast unhörbarer, letzter Atemstoß verlässt Hopis Lippen. Odem einer schönen Seele. Regungslos liegt er in einer Lache, die immer größer werdend weiter sickert. Sein Kopf fast zur Unkenntlichkeit zerplatzt wie eine zertrümmerte Nussschale.

Hang steht in Katatonie erstarrt. Jimmy tötet sie mit zwei Schüssen in die Brust.

Danach lässt er auch diese Waffe zu Boden fallen.

Jimmy dreht sich um, murmelt: ... *verdammte Nigger und Peaceniks* ... und geht.

Im Wagen, der schon den ganzen Tag auf der gegenüberliegenden Straßenseite parkt, regt sich etwas. Der Fahrer stupst seinen Beifahrer an, der darauf das Funksprechgerät aus der Armatur nimmt.

Zentrale für Wagen 54. Zentrale, bitte kommen.

    Zentrale hört, Wagen 54.

Strawman, ich wiederhole, Strawman. Wagen 54, Ende und aus.

Zentrale verstanden, Wagen 54. Strawman. Zentrale, Ende und aus.
Wagen 54 fährt in die Nacht ...

Der Geissen-Peter klappt fast angewidert das Buch zu.
So'n Scheiß liest Du? Is' ja hammereklig. Bist Du behindert oder was ist Dein Problem?

So, das Setup ist fertig ..., verkündet Heino „der Zweite", *ich geh mal eben ...*
Bitte nicht zu viel Information, brummt Mirko.
Geissen-Peter und Mirko fahren die Rechner hoch.

Wir haben noch etwas Zeit. Das Spiel startet in zehn Minuten, sagt Geissen-Peter.
Heino „der Zweite" kommt zurück. *Habt ihr meinen Rechner auch schon hochgefahren?*
Der Geissen-Peter nickt. *Klar, Mann ... Danke für's Setting. Hast Du gut gemacht.*

Sag kurz nochmal was zum Spiel, fordert Mirko den Geissen-Peter auf.
Okay. War for Civilization ist 'n Roleplay. Ein Multiplayer-Shooter, der den oder die Spieler fiktive taktische Schlachten im amerikanischen Bürgerkrieg austragen lässt. Soweit ...?

Schon mal sehr geil ...
Gut. Du hast eine Kommandokette. Ist für Hardcore-Fans ausgelegt, die sich in Spielen wie „Tupelo Honey" oder „Velvet Underground" zuhause fühlen.

Cool ...
In War for Civilization wird auch ganz anders gekämpft als in den meisten Ego-Shootern.

Echt, ja?
Jup, langsamer. Du brauchst wirklich Zeit, aber lohnt sich. Deshalb durchläuft man eine soldatische Grundausbildung.

Nice ...
Ja, Taktik, Befehle, Disziplin, Nutzung des Terrains im Verband und so weiter, alles klar?

Das „Wir" ist gefragt. Multi-Shooter-Erlebnis im Clan, erklärt der Peter, Es gibt Beförderungen und auch Degradierungen in alle unterschiedlichen Dienstgradgruppen.
Alle Neuen haben den Dienstgrad des Volontärs, danach Private, gefolgt vom Korporal und allen weiteren Rängen. Und das Wichtigste: Besprechungen. Alle Besprechungen laufen über „TeamSpeak".
Alle sind dabei. Krass oder ...?!
Das Spiel beginnt.
... und stell endlich einer die blöde Glotze ab ... Basta mit Pasta ..., verlangt Mirko barsch.

Die drei gehören den „22. Washington Volunteers" an, einer historisch belegten Kompanie des Sezessionskrieges, mit tatsächlich holsteinischen Wurzeln.
Geissen-Peter, der schon seit Wochen spielt, ist bereits Private.
Da er einen Rang höher steht, könnte er Mirko und Heino durchaus Befehle erteilen.
Über den Bildschirm erfolgt der Aufruf, sich zum Antreten bereit zu halten.
Noch fünf Minuten.
Wie nun auch zu sehen ist, sind Teile der Kompanie bereits im Spiel.
Mirko wundert sich noch immer, dass er ein Spiel aus Zeiten des amerikanischen Bürgerkrieges spielt. Aber das geschaffene Ambiente findet er schon gut. Die Outfits entsprechen der Zeit. Die Grafik ist aufwendig. Ein Hingucker.

Die drei rufen den Drillserver der „22. Washington Volunteers" auf.
Treffpunkt sind die Fahnen, die am Ende des virtuellen Feldlagers stehen. Hier werden alle Grundlagen des Spiels geübt. Hier wird gedrillt.
Links Schwenk, rechts Schwenk, Marsch.
Das Feldlager besteht aus Zelten, Lagerfeuern und Pferdefuhrwerken. In der Ferne gibt es noch einen Schießplatz und weiteren Trainingsplatz für den Bajonett-Drill.
Eine Gruppe von Soldaten, mit neuen Spielern wie Mirko und Heino, steht bereits bei den Flaggen.

Etwas links der Gruppe stehen zwei weitere Spieler, Sergeanten, die sich vor dem Drill besprechen.

Nach üblichen Begrüßungen ist dann auch einer der Sergeanten zu hören, der zum Antreten brüllt. Er informiert die Kompanie, dass heute in der „Sunken Road" und „Müllers Mühle" gekämpft wird. Vor dem Gefecht also Drill. Die neuen Volontäre beginnen mit den Grundlagen.

Der andere Teil, „die Erfahrenen" der 22. Washington Volunteers, machen eine Video-Nachbesprechung des letzten Gefechts (die „8. New Mexico Guards" hatte den Sieg davongetragen und den Volunteers dabei massive, ja, vernichtende Verluste zugefügt). Es wird dabei das Video eines Streamers genutzt, samt dessen Kommentaren, um die Probleme der Niederlage aufzuzeigen und besser zu verstehen.

Der Sergeant der Gruppe um Mirko gibt seine Drillinstruktion.

Alles hergehört! Wenn ihr Taste „T" drückt könnt ihr sehen, dass ihr den Rang des Volontärs habt und einen „Colorado Vorderlader" als Bewaffnung tragt.

Grundsätzlich gilt – Eingangstaste gleich Ausgangstaste!

Dies ist das Erste, das die „Rekruten" lernen, sozusagen als die Grundlage einer jeden Armee. Das Ankündigung- und Ausführungskommando. Es ist DAS Kommando im Spiel. Ansonsten würden alle durcheinanderlaufen ... ist das klar?

Wirklich aufregend ist das nun aber nicht, brummelt Mirko, *Na, was soll's?*

Wichtig ist auch, dass die Eingangstaste gleich die Ausgangstaste ist, brüllt der Sergeant. *Als ob er es nicht erst vor einer Minute gesagt hätte, der Pfosten,* denkt Mirko.

Das bedeutet, wenn ihr jetzt alle mal die X-Taste drückt, werdet ihr sehen, dass der Soldat die Waffe auf die Schulter ablegt.

Wenn ihr jetzt nochmal „T" drückt, seht ihr, dass zu Anfang ihr im Shoulder-Arms wart und jetzt im Right-Shoulder-Shift seid. Drückt ihr jetzt nochmal „X", geht ihr automatisch ins Shoulder-Arms zurück. Bedeutet also Eingangstaste gleich Ausgangstaste.

Ich hoffe, sagt der Sergeant, *ihr Kloppis habt das nun verstanden. … aaach, eins noch …! Wenn wir gleich zum Schießplatz gehen, dann hört ihr zunächst das Right-Shoulder-Shift- Ankündigungskommando und das Ausführungskommando „Arms". Aber erst auf das „Arms" drückt ihr „X", dann erst nimmt der Soldat seinen Vorderlader über die Schulter.*

Mirko fühlt sich ein wenig unterfordert wie in der digitalen Vorschule.

Beim Left-Wheel und Right-Wheel wird einfach nur links und rechts gegangen. Der Befehl an die Truppe lautet Left-Wheel-Marsch oder Right-Wheel-Marsch. Alles klar? Hier gibt es, wie beim Right-Shoulder-Shift, das Ankündigungskommando und das Ausführungskommando.

Bedeutet, ihr hört dann zum Beispiel „Left-Wheel" als Ankündigungskommando und das „Marsch" als Ausführungskommando. Erst auf „Marsch" geht ihr nach links. Verstanden?

Der andere Sergeant macht sich bemerkbar und sammelt die digitalen Männer.

Es wird gemeinsam zum Schießplatz marschiert.

Auf dem Weg dorthin werden das „Right-Shoulder-Shift" und der Left-Wheel- und Right-Wheel-Marsch ausführlich geübt, da heute überraschend viele Erstlinge dabei sind. „Right-Shoulder-Shift" … *muss ich eigentlich nur „X" drücken*, erkennt Mirko.

Auf dem Schießplatz angekommen, gibt es eine kurze Einleitung durch den zweiten Sergeanten. Der sagt, dass der Colorado Vorderlader auf eine Entfernung von 1000 Yards treffen kann und dies auch tut.

Dadurch, dass es ein Vorderlader ist, braucht es gut und gerne 10 Sekunden, wenn man geübt ist, bis man einen Schuss erneut abgeben kann. Dies sollte man bedenken. Nur die Gemeinschaft kann deshalb den Schutz geben, den man braucht.

Der Drill läuft gut für Mirko. Er findet sich schnell zurecht, verfolgt, wie die anderen sich bewegen, kann sehen, wie der Verband sich verhält. Die Kraft, die dem inne steckt.

Mirko gewinnt zunehmend Vertrauen und Lust am Spiel. Auch an der Gemeinschaft und der Uniformität der Soldateska.

Nach dem Schieß-Drill werden die Treffer mit dem Vorderlader auf den Zielscheiben gezählt. Mirko schneidet nicht mal schlecht ab. 7 von 10.

Ein Spielkompass mit Zeitangabe erscheint auf dem Screen sowie eine Ansage:
Break Ranks!
    Was heißt das?, fragt Heino „der Zweite".
Die Soldaten brauchen nicht mehr in Formation stehen, antwortet Peter.
    Weil?
... weil die Hauptserver für die Gefechte der „Sunken Road" und „Müllers Mühle" noch vorbereitet werden müssen. Jetzt war nur Drill. Entspann Dich. Gleich wird gekämpft.
    Noch zur Information, sagt die Stimme aus dem Off, *schaut bitte auf den Bildschirm rechts unten. WICHTIG! Da könnt ihr sehen, ob ihr später wieder in Formation steht oder aber alleine. Wenn ihr im „Out-of-Line" steht und deshalb im Feld erschossen werdet, kostet es uns alle als Kompanie ziemliche viele „Tickets". Unnötig viele. Seht darum zu, dass ihr nicht alleine kämpft. Bleibt immer zusammen ... und solltet ihr auch mal in einem kleineren Verband kämpfen, also nicht mit den Männern in einer Linie, macht das dann nicht ganz so viel ... also wenn ihr ... erschossen ... tot seid ... ihr wisst schon ...*
Eine zweite Stimme aus dem Off ergänzt, ... dies bedeutet ganz einfach, es gehen bei dieser Art von Tod nicht so viele Tickets verloren, als wärt ihr ohne Befehl, ganz allein, verstanden?
Dann wieder die erste Stimme, ... alleine sterben ist nur dann okay, wenn einer den Feind ausspähen muss. Oder ihr erhaltet den Befehl zur Einzelmission und tut spezielle Dinge, die man mit der ganzen Einheit nicht tun kann. Aber nur auf Befehl!
    Was denn Spezielles?, will Mirko schnell vom Geissen-Peter wissen.
'n gegnerischen Offizier, im Aufbau seiner Line ... oder ... den Flaggenträger kaltstellen ...,
antwortet Geissen-Peter rasch, *... Schlüsselfiguren töten ... Infiltration ... hinter den Linien ... sowas eben ...*

Das klingt nach meiner Baustelle, denkt Mirko.

Dann wieder aus dem Off: *Noch etwas – Ihr habt zwei Möglichkeiten, in das Spiel einzusteigen. Entweder bei der Aufstellung in Reih und Glied oder beim Flaggenträger.*

Beginnt ihr im Deployment, also am Startpunkt der Kompanien zur Schlacht, kann es sehr viel länger dauern, bis ihr bei der Fahne eurer Einheit seid.

Die zweite Stimme: *Der Vorteil, wenn ihr beim Flaggenträger spawned, ist, dass ihr nur zehn Sekunden warten müsst und dann schon direkt bei der Linie seid.*

Kleiner Tipp: Versucht den Flaggenträger der anderen zu töten. Über den kommt in der Schlacht nämlich die Verstärkung für die Front ... nur so nebenbei ...

Alles ist naturgetreu nachempfunden und das Spiel wächst sogar noch. Unermüdlich sind Pixelenthusiasten am Werk, neue historische Schauplätze und Einheiten zu entwerfen, um diese in das Spiel zu integrieren.

Mirko sieht eine weite Landschaft. Man möchte diese fast idyllisch nennen, mit ihren Höhen und Tälern, Flüsschen und Brücken, den Wegen und Mäuerchen, den Bäumen und der Bewegung darin, die der virtuelle Wind in das Laub weht. Es gibt Regen und Sonnenschein. Mal freien Himmel und Wolken. Mal so, mal so. Wie in Wirklichkeit.

Eine Landschaft so sanft, dass man im Grunde ein schlechtes Gewissen haben müsste, sie in die Hölle zu verwandeln und alles dabei in Schutt und Pixel zu legen.

Immer wieder wird das Land gebrochen wie ein Gemälde von Hieronymus Bosch.

Rauch, dunkelgraue Schwaden, brennende Gebäude, zerschossene Stellungen, zerstörte Stallungen, zerfetzte Zelte oder zusammengekrachte Wägen, Holzpalisaden, grobe Bollwerke sowie auch die Toten zerreißen förmlich das Grün; das ohnehin bald nicht mehr zu sehen sein wird unter dem Gedröhne der marschierenden Truppen und dem entstehenden Digi-Pulverdampf der vorsintflutlichen Kanonen und Gewehre.

Mirko staunt über den Detailreichtum.

Die Uniformen mit reflektierenden Knöpfen, Epauletten mit Sternchen, Hüte, Mützen mit Kordeln, Seitenstreifen auf den Hosen und auch die Schuhe mit Schnürsenkeln sowie Stiefel mit Schnallen. Selbst Bandagen, gewickelt um Füße und Beine einzelner Soldaten, sind genau zu erkennen.

Gesichter voller Bartstoppeln, Augenringe, selbst Nasenhaare, Falten und Fältchen oder ein Bart wie der Weihnachtsmann, wie den originalen Fotografien derer entnommen, die diese Zeit festhielten, mit ihren Fotokästen aus Holz.

Das Gewehr. Jedes Detail. Beschläge, Zündhütchen, Trigger, sogar die Maserung des Holzes ist nachgeahmt. Und das Bajonett.

Auch die Art der Bajonette zu den Waffen.

Eine sehr gute Animation, findet Mirko. Wenn nicht gar die beste zum Thema.

Die erste Skepsis ist gewichen. *Grandios,* denkt er.

Manche Regimenter der Südstaatler sollen sogar barfuß kämpfen, hat der Geissen-Peter zudem erzählt.

Es ist noch immer Zeit bevor es losgeht mit den Kämpfen in der großen Schlacht.

Mirko nutzt die Pause und „googelt" die historischen Hintergründe zur „Sunken Road" und „Millers Mühle".

Er liest auf die Schnelle von der damaligen Maryland Kampagne der Südstaaten und dass man auf dem Territorium des Nordens kämpfte.

Millers Mühle war eine simple Mühle eben, wo Verbände von Union und Südstaaten sich einst gegenüberstanden.

Mit enormen Verlusten auf beiden Seiten, wie zu lesen steht.

In der Sunken Road, einem Verbindungssträßchen in der Nähe von Müllers Mühle, überraschten seinerzeit Einheiten der Union die Konföderierten, während diese dort entlang marschierten.

Legendär das Gemetzel. Der Weg versank im Blut.

Seither nennt man den Straßenabschnitt Sunken Road.

Über den TeamSpeak geht der Ruf, dass alles bereit ist. Man soll nun herüber zum neuen Server wechseln.

Passwörter werden herausgegeben, genauso wie die Einheit, die zu wählen ist und wer welchen Rang einnimmt.

Der Serverwechsel beginnt. Die Anspannung in den Gesichtern von Heino „dem Zweiten", dem Geissen-Peter und Mirko wächst merklich. Die Blicke magisch gerichtet auf die Monitore. Man möchte einen guten, harten Kampf. Den Gegner bluten lassen und fallen sehen – „22. Washington Volunteers versus 13. Texas Rangers".

Es schallt, nun auf dem neuen Server, der Ruf eines Sergeanten über den TeamSpeak:

„22. Washington Volunteers" bewegt sich nach links, dann kurz und knapp der Befehl *„Company, in two ranks, fall in!",* und die Einheit reiht sich hinter dem Sergeanten auf.

Zwei Mann nebeneinander und viele, wirklich viele hintereinander, so hört man es den Sergeanten sagen.

Zum Ende der Kolonne steht ein weiterer Unteroffizier, der die Männer sortiert und ihnen ihren Platz zuweist. Auch kleine Dinge, wie zum Beispiel, sich zu merken, wer Vorder-, Hinter- und wer ihr Nebenmann ist.

Die Kolonne setzt sich in Bewegung. Die Reihen fest geschlossen und die Flagge im Wind. Musik ertönt. Gesang einiger der älteren Pixelkameraden setzt ein.

Glory, glory, Halleluja, Glory, glory, Halleluja, Glory, glory, Halleluja, His truth is marching on.

Der Kampf verläuft nicht gut. Mehr als ein verlustreiches Patt scheint nicht drin.

Die 13. aber denkt nicht im Geringsten an Patt und startet in den letzten Spielminuten, völlig überraschend, einen waghalsigen Angriff mit dem Bajonett – ein „Husarenstreich".

    … I Wish I Was in Dixie …

Das Gefecht um die Sunken Road geht für die 22. Washington Volunteers verloren.

Verdammt, verdammt, verdammt. Wer hätte denn damit rechnen können?, fragt der Peter.

Fuck Alter, was ist denn das gewesen?, regt sich Heino „der Zweite" auf.

Kein Plan, aber so geht es wenigstens immer zur Sache. Zugegeben, nicht immer so heftig wie gerade eben, erwidert Geissen-Peter.

Ein Streamer, neutraler Beobachter der ganzen Schlacht, stellt kurz nach Spielschluss des Games Teilgefechte als erste Sequenzen auf einen Tube-Channel.

Der Streamer sieht das Getümmel, nimmt Material und bereitet es auf, für den Nachgang. Wie die „Sportschau". Im Gegensatz zum Spieler kann der Streamer sich während der Schlacht in jede Situation aller stattfindenden Kämpfe zwischen den verschiedensten Kompanien hineinzoomen und diese aufnehmen. Er ist ähnlich wie der „Liebe Gott". Er sieht alles, hört alles und weiß alles.

Zur Nachschau werden als Video dann Teile eines jeden virtuell gefochtenen Kampfes nach und nach veröffentlicht. So kann jeder die Highlights der ganzen Schlacht als auch die eigenen Fehler im Scharmützel sehen.

Streamer. Wichtig! Sie schweben regelrecht über allem. Streamer sind dazu noch die Kommentatoren, Meinungsmacher, Scouts und die Trendsetter der Szene.

Alles sehen, hören und wissen ...

In den Videos des Streamers sieht man genau, wie sich Reihen lichten, neuformieren, stellen, zurückziehen oder zu einem Gegenstoß ansetzen. Aus den verschiedensten Kameraperspektiven können sowohl ein Gesamteindruck als auch Verbände in unterschiedlicher Bewegung und Handlung gezeigt werden; kleine agierende Grüppchen sowie jede einzeln handelnde Figur. Alles eben.

Man sieht nun im aktuellen Video, Volunteers gegen Texas Rangers, wie die konföderierte Seite aus einer nahegelegenen Position Verstärkung bekommt und es schafft, im besagten Husarenstreich, die Volunteers zurückzudrängen, zu schlagen und somit die Sunken Road für sich zu gewinnen.

Alles dauert bei uns zu lang, klagt Mirko, *... auch das Nachladen ... nicht zehn, sondern mindestens sechzehn Sekunden. Selbst für die Geübten. Ich hab auf die Uhr gesehen.*

Heute wollte es irgendwie der Einheit nicht gelingen, sich durchzusetzen, aber hätte man 'n paar clevere Späher und Einzelkämpfer gehabt, wär's vielleicht anders gelaufen ..., meint der Geissen-Peter, als er den Download sieht.

Mirko ist mit seinem ersten Mal jedoch zufrieden. Sind ihm doch tödliche Treffer gelungen – aber vor allem – ER hat überlebt! Bei all den Verlusten.

Über TeamSpeak kommt eine Nachricht herein.

Nachbesprechung für alle.

Jeder, der etwas sagen möchte, soll ein Plus in der dafür vorgesehenen Textzeile markieren. Mirko macht als letzter sein Zeichen, weil er nicht weiß, ob er jetzt schon etwas sagen soll, da er doch der Neue ist.

Zunächst hört er sich an, was die anderen zu sagen haben. Die meisten haben bereits den Stream gesehen. Einige beschweren sich, dass die Neuen heute viel zu viele waren und machen deshalb die Anfänger als einen der Gründe für die immensen Verluste aus. Andere merken an, dass sie mit Omas Donnerbüchse unterwegs gewesen wären und es nur an den Waffen gelegen habe.

Wiederum andere beschweren sich über die Karte selbst, denn die Schlachtfelder seien ... *einfach voll Scheiße ...*

Am Ende jedoch von Offiziersseite versöhnlich, man sei für das Erste zufrieden und weist auf eine hoffentlich erfolgreichere Zukunft hin.

Mirko bedankt sich bei allen und sagt, dass ihm alles sehr viel Spaß mache.

Der Kommandierende hebt Mirko besonders hervor. Ihm und auch anderen, heißt es vielsagend, habe gefallen, wie er, Mirko, kämpft. Wenn er so weiter mache, er schon bald aufsteigen würde. Somit ein fester Teil der Einheit wäre. Mirko ist berührt.

Mirko verbringt jetzt die Tage (und Nächte) intensiv beim Spiel.

Üben, üben, üben, ist der ihn nun treibende Gedanke.

Gewehr laden, Bajonett aufpflanzen. Vor und zurück. Zurück und vor. Rechts, links. Links, rechts. Springen, klettern, pirschen, killen. Killen, pirschen, klettern, springen.

Und „V". Die Waffe samt Bajonett begibt sich in den Melee – den Nahkampf-Modus. Und … „V" und Stich. Monoton. Und … „V" und Stich. Wieder und wieder und immer wieder. Und immer schneller. Eifriger. Hemmungsloser.

Übung macht den Meister, wenn Du überleben willst, sagt sich Mirko, *Abgesehen davon werde ich gebraucht.*

Mirkos neuer virtueller „Clan", findet sich zum freien Zocken auf dem Public Server ein.

Public – sei wer Du willst, mach was Du willst, schließe Dich an wem Du willst. Das ist der Unterschied zu den Spieltagen am Wochenende.

Wie „Bundesliga", sagt der Geissen-Peter, *Über die Woche freies Training und am Wochenende für Deinen Verein.*

Heute im Public spielt „Mirkos Haufen" mal für die Konföderierten. Die Männer ohne Schuhe. Mirko bewegt sich nun nahezu selbstverständlich durch die virtuelle Welt. Nutzt geschickt die Deckung von Rosenbüschen, Gartenzäunen, Bretterhäusern, Kirchen, Säulenvorsprüngen, Seitensträßchen, von Hainen und solitären Felsen.

Als er sich so durch die Gassen von „Springfield" um „Harpers Bazar" bewegt, erkennt Mirko eine Gruppe von fünf Soldaten der Union. Er kann die Gruppe unbemerkt auf der rechten Seite umgehen und sieht aus der Deckung, was dort vor sich geht.

Ein Streamer entdeckt ebenfalls die Szene beim Kameraschwenk über das kämpferische Geschehen. Dabei beobachtet er Mirkos Verhalten und Vorgehen gegen die fünf Unionssoldaten genau.

Die fünf Soldaten scheinen den Auftrag zu haben, eine Treppe zu halten, die den oberen und unteren Teil der Stadt strategisch miteinander verbindet.

Mirkos Truppe, könnte bei der Einnahme dieser Treppe einen großen Vorteil erlangen.

Mirko bewegt sich langsam und unbemerkt auf die kleine Gruppe zu und eröffnet das Feuer auf den ersten der fünf Soldaten. Dieser fällt direkt um. Die anderen bemerken den Verlust zunächst nicht. Mirko nutzt den Augenblick, um mit seinem Bajonett weiter vorzudringen. „V" für Melee. Nahkampf und Stich. Er tötet mit unzähligen Stichen …

„V" Stich, „V" Stich, „V" Stich, „V" Stich, „V" Stich, „V" Stich, „V" Stich, „V" Stich …

Uuuups, denkt der Streamer, … *ein Talent …*

Mirko macht den Gegner ganz und gar nieder und übernimmt den Gang triumphal.

Heino klopft ihm auf die Schulter. *Shit Alter! Leck mich fett.*

Der Geissen-Peter sagt nur: *Mal sehen ob Du das noch mal allein hinbekommst oder sogar noch besser. Aber die fünf da einfach abzumurksen … nicht schlecht, Herr Specht!*

Mirko hat einen taktisch wichtigen Knotenpunkt alleine eingenommen, der am Ende zum Sieg über die Unionskompanie führt. Mirko lächelt.

An den großen Spieltagen mit der eigenen Einheit profiliert sich Mirko dann schnell.

Es dauert nicht lange und er ist „Private", dann „Korporal" und überholt damit den Geissen-Peter.

„Korporal Mirko", jetzt mit schnittiger Uniform und Winkeln an den Ärmeln, ist auf dem Wochenend-Schlachtfeld mit seiner regulären Einheit, den 22. Washington Volunteers.

Er hat zwar „Karriere gemacht" die letzten Wochen,

tut sich aber schwer. Schwer damit, Befehle zu geben oder, wie von Vorgesetzten erwartet, auszuführen. Für die Truppe allerdings sind dies sehr wichtige Dinge. Vor allem, wenn es gegen einen gut gedrillten und organisierten Gegner geht. Es ist einfach nicht Mirkos Sache. Befehle. Taktik. Geplänkel. Er braucht Freiraum. Er will stürmen. Er braucht mehr Möglichkeiten, als seine Offiziere für ihn sehen. Er braucht keine Befehle.

Er braucht Gelegenheiten.

Mirko bekommt den Auftrag, mit wenigen Leuten nur eine kleine Anhöhe zu erkunden.

Er soll nichts tun. Nur beobachten! Und Rapport!

Der Kommandierende möchte lediglich wissen, was dort vor sich geht – wie viele Soldaten, deren Bewaffnung oder ob der Hügel gar frei und leer ist.

Mirko macht Soldaten des Gegners aus und entschließt sich, zusammen mit dem Geissen-Peter und Heino „dem Zweiten" zu attackieren. Einfach so. Weil es geht.

Aus der Gelegenheit.

Doch stoßen sie auf einen Trupp, der weit größer ist als gedacht und mit viel Dusel, wie durch ein Wunder, führt die Aktion von Mirkos (mittlerweile) „Bande von Brüdern" zu Unruhe und Panik. Die drei kämpfen im Melee-Modus. „V" Stich und ein bisschen Büchsenknall. Plötzlich flieht der Gegner desolat und ungeordnet, nicht ahnend, dass alles nur ein Bluff ist.

Mirko und Co. haben den Hügel mit dem Ruf der Union, ein wenig Pulverdampf und dem Bajonett erobert. *... nur so geht's, brüderlich gegen alle, Glory, Glory*, denkt er stolz.

Ein Melder kommt zu Mirko auf den Hügel gelaufen.

Der Sergeant schickt mich. Ich soll Dich folgendes fragen: „Mann, was hast Du gemacht?"

Scheiße, nichts! Außer den verdammten Hügel genommen. Den brauchen wir doch, sonst kann man hier nicht gewinnen, erwidert Mirko.

Ja, aber Du solltest doch nur kundschaften, so der Melder, ein wenig resigniert.

Na und? Wen interessiert das? Ich musste handeln. Es war der richtige und einzige Zeitpunkt, den Kampf zu unseren Gunsten zu entscheiden.

Trotzdem, oder vielleicht gerade deshalb, verläuft das Gefecht mit dem gewünschten Erfolg und dem Sieg über die „44. Miami Brigade".

Nachbesprechung.

Wieder das Plus in die dafür vorgesehen Textzeile zur Wortmeldung. Darunter Mirkos Freunde, Mitstreiter, Sergeanten sowie der Kommandierende. Es gibt vereinzelt positive Kommentare aus der Community zu Mirkos Einsatz. Andere finden sein Handeln gegen die Order nicht gut. Überhaupt nicht gut.

Die Sergeanten erinnern Mirko an seine Befehle, dass Befehlskette und Einheit der Truppe das Ziel sei und man hier NUR IM TEAM gewinnen kann. Nichts anderes.

Der kommandierende Offizier erteilt Mirko noch dazu eine Rüge.

Es war aber auch gleichzeitig der Wendepunkt für uns. Des Sieges wegen sehe ich Dir Deinen Mangel an Disziplin und Eigenmächtigkeit noch einmal nach und von einer Degradierung ab.

Der Kampf um „Silver City". Großer Spieltag.

22. Washington Volunteers gegen „3. Alabama Rifle".

Die Aufteilung der Alabamas im Feld ist taktisch einfach, strategisch aber nicht immer klug. Eigentlich gibt es bei denen nur – „Blob". Blob – eine Riesenwalze von Soldaten formiert sich und feuert eine geballte Ladung auf den Gegner, lädt die Büchsen nach, feuert erneut und so weiter. Simple Taktik. Manchmal hilft's.

Die 22. steht in Silver City.

Die Alabamas greifen von außen an. Sie versuchen sowohl über den „Swany River" mit einer Ponton- als auch über eine Eisenbahnbrücke in die Stadt zu gelangen.

Die bange Frage: Hat der Gegner Kanonen? (Die sollen bei der 3. neu im Spiel sein …)

Mirko nimmt fünf Mann und begibt sich zur Pontonbrücke, hat zuvor jedoch strikten (!) und ausdrücklichen (!) Befehl erhalten, keinerlei eigene Wege zu gehen.

Wenn der Feind kommt: Rückzug und Bericht!

Eine volle Kompanie, bestimmt über 130 Mann, marschiert über die schmale schwankende Brücke auf Mirkos Uferseite zu. Er erkennt sofort, wie die Einheit da so über den Ponton herum balanciert, die Wehrlosigkeit der 3. Rifle.

Mirko will unbedingt den Augenblick nutzen.

Er bringt sich und seine Männer in Stellung, um dann einfach vorzustürmen, als der Gegner sich mit dem Großteil der Kompanie auf der engen, ziemlich wackligen Behelfsbrücke befindet.

Die Alabamas sollen all ihre verdammten Tickets und ihren Stolz verlieren, wenn er mit ihnen fertig ist. Hier kann ihr Blob nicht funktionieren, der Raum zu eng.

Mirko will die Entscheidung. Mirko will die ganze Schlacht gewinnen. Den Krieg.

Er stürmt mit „Hurra" und knallender Büchse in die auflaufenden Reihen der Alabamas, rennt derart schnell mit dem aufgepflanzten tödlich zustoßenden Bajonett, dass Freund und Feind nicht mehr mitkommen.

Mirko tötet. „V" Stich, „V" Stich, „V" Stich ...

Einfach alle. Alle, die ihm vor die virtuelle Klinge kommen. Er schlägt und sticht zu. Automatisch. Eine einzige, automatisch schnelle, geschmeidige Panterbewegung.

Tödlich getroffen fallen selbst Soldaten dem Friendly-Fire der eigenen Kameraden zum Opfer. Oder purzeln verletzt rechts und links in den Fluss. Andere versuchen zu fliehen, zurück ans rettende Ufer, um sich neu zu formieren. Hauptsache weg von diesem tödlichen Nadelöhr.

Hinzu kommt, dass viele Spieler, verursacht durch den eigenen Pulverdampf, kaum Freund noch Feind unterscheiden können. Geschweige denn, die Situation korrekt einschätzen. Zum Beispiel: Wie stark der Angreifer denn überhaupt wirklich ist!

Mirko taucht aus den Schwaden auf wie ein Geist und ebenso wieder ab. Nachladende Soldaten werden so schnell mit dem Bajonett niedergestochen, dass keine Zeit bleibt, den Vorgang abzuschließen.

Der Streamer (der alles sieht, hört und weiß), wird erneut auf Mirko aufmerksam und beobachtet ihn.

Den kenne ich doch ...???, denkt er und erfreut sich am tödlichen Vorgehen Mirkos.

Wowhohoh! Saustark, mein Kleiner. Einsatz – das lobe ich mir. Du bist bald mit Alex.

Es herrscht das völlige Chaos auf der Brücke. Manche reißen weiterhin die Waffen herum und versuchen, Mirko zu erwischen. Doch zu allem Überfluss treffen sie dabei wieder nur die eigenen Leute oder erstechen sich aus Versehen noch gegenseitig mit dem Bajonett. Die hinteren Reihen auf dem instabilen Ponton bekommen nicht mit, was da vorne los ist. Alles schaukelt. Sie können weder mit ihren Gewehren zielen noch schießen. Die Pontonbrücke ist buchstäblich eine verfluchte Falle. Obwohl zahlenmäßig weit überlegen, sind die Alabamas gefangen – dem einen Berserker fast hilflos ausgeliefert.

Heino „der Zweite" und der Geissen-Peter sind schon früh während ihres Korporals Egotrip gefallen. Schade für sie. Pech. Aber Mirko weiß wofür: Für Ihn! Für die Kameraden! Für die Sache! Für den Sieg! Für die Union! Glory, glory Halleluja!

Mirko sticht weiter zu. Ein guter Teil der Alabamas fällt noch seinem Blutrausch-ähnlichem Angriff zum Opfer, bevor er selbst endlich in das Byte-Nirwana geschickt wird.

Nachbesprechung.

Mirko freut sich. Heute hat die 22. dank seiner Urkraft nicht verloren. Mirko selbst hat den Wind gedreht. Sie müssen ihn zum Sergeanten machen. Das hat er sich, spätestens nach diesem Kampf, verdient. Ja, er hat es sich verdient! Glory, glory, verdammt Halleluja! Er fühlt es.

Es erscheint bis auf das Plus von Mirko kein weiteres in der angegebenen Zeile.

Mirko erzählt überschwänglich von dem Angriff und wie gut er es findet, in dieser Einheit zu sein. Als er endet, macht der höchste Offizier sein Plus in die Textzeile.

Du, Mirko, „technisch gesehen" war das ziemlich gut, was Du da gemacht hast, aber Du gehörst nicht zu uns. Du befolgst einfach keine Befehle. Du machst, was Du willst. Irgendwie scheinst Du auch gar nicht zu verstehen, worum es hier geht.

Mirko ist nichts als baff.

Selbst die Gegner wollen schon nicht mehr mit uns spielen, weil Du Dich an fast alle Regeln NICHT hältst. Jedes Mal müssen wir Dich an-

sprechen. Wirklich jedes Mal. Das geht so nicht. Wir haben Dir so viele Möglichkeiten gegeben. Es langt uns. Wir stimmen jetzt ab.

Mirko versteht die Welt nicht mehr.

Wer will, dass Mirko bleibt macht bitte ein Plus. Wer will, dass Mirko geht macht bitte ein Minus, tönt es aus dem TeamSpeak.

Bis auf den Geissen-Peter und Heino spricht sich die gesamte Truppe dafür aus, immerhin 76 Mann, dass Mirko von der virtuellen Bildfläche der Einheit verschwindet.

Was läuft hier?, brüllt Mirko ins Mikrofon, *Ohne mich wäre das Gefecht verloren gegangen. Ihr müsst mich befördern – nicht rausschmeißen ... ihr ... Verlierer ... Noobs ... Scheißnoobs!*

Keiner will so etwas wie Dich in der Einheit haben.

Das ist letzte Wort aus dem TeamSpeak. Dann ist die Leitung tot. Die IP-Adresse gesperrt.

Alle drei schauen sich fassungslos an.

Die ticken doch nicht mehr ganz richtig, sagt der Geissen-Peter.

Im TeamSpeak gesperrt. Nun darf ich nicht mehr ... mit ... mit meiner Einheit ... kämpfen ...

Na doch, aber ... halt auf ... dem Public Server ..., Heinos „trostloser Trost".

Seit Stunden flattert Mirko umher wie vom Sturm gerupft. Mit nichts als Ungewissheit, mehr irrend als orientiert, wandert er Feld- und Waldwege ab.

Wo ist der kleine Vogel mit dem bunten Gefieder?

Mirko. Sein Kopf nur ein dunkler Turm mit schwarzen Gedanken. Ein Verstoßener. So empfindet er sich. Hoffnungslos sein Herz und offen wie ein Fenster, in das nun jeder hineinschauen kann und sofort weiß, was los ist. Lebenskummer. Drecksgefühl. Oh, Kummer ..., du altes Wort für ein ewig gleiches, altes junges Drecksgefühl.

Mirko gelangt unversehens an ein braches Feld. Öde liegt es vor ihm wie das Sinnbild seines Lebens. Ungenutzte Erde. Vergeudet. Zu allem Übel fegt noch ein Wind zwischen Feld und Wald durch die starren Äste eines abgestorbenen Baumes. Erzählt von den Hieben des Lebens.

Ein einziges Trauerspiel.

Ja. Da ist Trauer. Über einfach alles. Verpasste Gelegenheiten. Ungesagte Worte.

Mirko sieht Sabine und Thomas Thies, seine Eltern. Erstarrt im alles erwürgenden Mainstream. Sie, die auch einmal jung und ambitioniert waren, etwas Bestimmtes vom Leben wollten. Vor allem Freude. Und wie diese Lebensfreude verwelkt ist und sich in etwas anderes verwandelte. Alles, was Thomas und Sabine in der Jugend nicht wollten, jetzt haben sie es: EVV – Erpressbarkeit, Verblödung, Verschleiß.

Der schlimmste Albtraum, die grässlichste Plage, Mirkos widerlichster Gedanke, ist, sich den Fratzen der Gesellschaft zu fügen. In den Abgrund ihrer Sachzwänge und Alibis zu schauen. In einen Abgrund voller Unrat, Lügen und Heuchelei. Und voller Verrat. Und wofür? Geld? Status? Unten links begonnen, um oben rechts raus zu kommen? Arschkriecherei? Verkrampft das eigene „perfekte Leben" leben? Haus, Garage und Carport? Zwei Autos, zwei Kinder? Zweimal Urlaub. Im Sommer, im Winter? Fernsehen in jedem Raum und Garten? Kurzgemähter Rasen und Elektrogrill? Nachbarn, denen man bei veganer Quiche und laktosefreiem Smalltalk zulächelt? Vorgaukelt, alles ist okay? Sich nur noch an Dinge klammert und dabei den Rest vergisst?

Alles darüber vergisst? Das selbst schon früh ein unbedarftes Kind den Fäulnisgestank der Mittelmäßigkeit bei jeder Heimkehr des Ernährers wahrnehmen kann? Dafür?

Mein Gott! … Könnte ich doch nur Worte finden … Mirko ist wirklich verzweifelt.

Warum schnallen es die anderen nicht? Warum sehen sie es nicht?, fragt er sich ohne Unterlass. Und Mirko meint nicht nur zwei Personen. Nein, ALLE! Alle schnallen es nicht.

(Antonia, seine Schwester, nimmt er mal heraus. Ihr kann er vergeben, denn sie kann auch nichts dafür, dass sie erst zwölf ist. Sie bleibt aber trotzdem eine Nervensäge.)

Was schnallst DU denn nicht?, fragt plötzlich eine Stimme wie aus dem Off, *Du beschwerst Dich die ganze Zeit, schleichst verwöhnt durchs Schicksal und nörgelst nur.*

Mirko sieht intuitiv himmelwärts.

Doch als blicke er in das Auge eines Ungeheuers, schaut Mirko sogleich verzagt zu Boden.

Wo ist sein Löwenmut?

Er sitzt allein in seinem Keller. Mirko hat den Computer seit dem Rauswurf nicht angerührt. Zwei Tage ist es jetzt her.

Er stöbert auf dem Handy, findet in seinen Apps das Übliche aus Gruppen und Grüppchen. Mirkos Sturz ins Pixellose ist auch anderen nicht verborgen geblieben.

Die Bandbreite der Mitteilungen reicht von „kannst ja nichts dafür" bis „selbst schuld".

Von „das nächste Mal läuft's besser" bis „sieh es ein, is' nicht Dein Spiel".

Besonders Heino und der Geissen-Peter senden Mirko ständig etwas zur Aufmunterung.

Sie senden Emojis und Videos, in denen Menschen auf Eisflächen ausrutschen, ineinanderlaufen oder Kopfsprünge in ein Schlammloch unternehmen, watschelnde Entlein, Beinahe-Autounfälle und einen Nikolaus der sich entblößt.

Es hat so etwas von einer modernen Beerdigung.

Auf Nachrichten oder Tröstungen hat Mirko nicht geantwortet.

Mirko hält Funkstille.

Nicht einmal die E-Mails auf dem Gamer-Account hat er abgefragt.

E-Mails. Fast „alte Schule", wie Briefe.

Ist doch alles Scheiße, denkt Mirko, schließt die Augen und schaltet den Bildschirm ein.

Nur 47 Nachrichten, inklusive Junk.

Seit WhatsApp sind Mirkos E-Mails um ein Vielfaches zurückgegangen.

Mirko überfliegt den Posteingang.

Delete, delete, delete, delete …

Mirko will schon wieder „delete" drücken, hält dann aber inne.

Hey, was haben wir denn da?

Gruß vom Streamer – Empfehlung, Death out. DER Endzeit-Shooter.

Mirko öffnet die Nachricht.

Hi Großer, habe Dich bei WfC kämpfen sehen. Ziemlich krasse Nummer, Dein letztes Gefecht. Übrigens: Ich bin Alex. Nebenbei zocke ich das Game „Death Out". Schau mal rein. Ist echt geil. Dürfte sehr sicher etwas für Dich sein.

Noch eins: In MEINEM Clan kämpfen wir ganz anders als WfC. Das kann ich Dir jetzt schon sagen. Versprochen. Im Spiel selbst müsstest Du Dich allerdings entscheiden, dann könnten wir uns vielleicht auf der richtigen Seite treffen.

Hau rein. Hope to see ya! Alex. PS: Hab Dir mal 'ne Freundschaftsanfrage gesendet. Macht es einfacher, falls Du mal was möchtest.

Mirko aktiviert den Link zum Game.

„Cloonguard Four" erscheint. Ein Planet. Ähnlich der Erde.

Die Grafik ist ja mal noch geiler als bei WfC, stellt Mirko schon auf den ersten Blick fest.

Während Cloonguard Four seine Bahn durch das All zieht, beginnt eine voluminöse Stimme im „Wallsound" aus dem Off zu schallen:

Sei gegrüßt und willkommen im neuen Zeitalter!

Mit „Death out" betrittst Du die Welt von Cloonguard Four, in der ALLES möglich ist.

Verstehe! Es herrscht Krieg!

Was wirst Du hier wohl sein?

Gewinner oder Verlierer. Triff eine Entscheidung. Sei wahrhaftig. Sei der, der DU bist.

Kämpfer, Schreibtisch- oder Attentäter, Bäcker, Banker oder Revoluzzer.

Achtung: Keine Figur schleicht im Hintergrund, nur um diesen zu füllen. Also Obacht!

Wem kannst Du trauen? Wer wird die Oberhand gewinnen?

Oder willst Du hier etwa friedlich unter den Völkern nisten? Ohne dafür zu arbeiten?

HA!

Dann verschwinde besser!

Jeder dient einem Zweck.

Es gibt keinen Frieden für Dich, wenn Du nicht handelst und das Richtige tust.

Death out.

Du bekommst EINE Chance mitzuspielen. DIE Chance, die andere Dir nicht geben.

Weil sie es nicht können oder nicht wollen.

Death out – Hier verbinden sich all Deine Ideen in nur einer einzigen Gameworld.

Alles, was Du sein willst, hier bist Du es.

Du bist nicht mehr der Spieler – DU BIST DAS SPIEL!

Wenn Du diesen Schritt jetzt gehst, musst Du allerdings noch eines wissen:

Du musst schweigen, dienen und kämpfen lernen!

HÖRE, Ankömmling!

Bevor Du handelst, egal was Du tust, sei gewarnt: Es gibt nur dieses EINE Leben.

Entscheide klug!

Deine Chance. Dein Leben. Dein Wille.

So endet die Stimme.

Mirko scrollt mit der Maus und klickt sich in die Nutzeroberfläche. Der Einspieler beginnt.

Du bist hier auf Cloonguard Four.

Sei entweder in der Welt unter der Regentschaft von „Dondolo" willkommen, dem König der Geronier oder erhebe Dich und kämpfe gegen ihn auf der Seite der „Freien".

Oder magst Du etwa das doppelte Spiel und bist in Beziehung mit beiden Seiten?

Die Geschichte frisst sich sofort in den Kopf.

Einst lebten die Freien in Frieden, bevor Dondolo und seine Geronier auftauchten.

Dondolo, geistiger Führer des neuen Glaubens und mit ihm seine ihm treuen Paladine.

Unangekündigt brachte Dondolo Krieg, Zerstörung und anschließende Besetzung.

Nach außen funktioniert das zivile Leben. Erscheint „normal". Doch hinter den Kulissen herrschen Intrigen, Tricks und Hinterlist. Da ist Tücke auf beiden Seiten. Heimtücke.

Was früher gut war, ist heute schlecht. Was schlecht war, ist nun gut. Cloonguard Four. Der Kampf begann vor langer Zeit.

Die Freien gegen die Geronier.

Ohne wirklich überlegen zu müssen, loggt sich Mirko bei den Freien ein. Er fühlt sich bei denen, die ihrer Heimat bestohlen wurden, besser aufgehoben.

Zunächst also einen Avatar kreieren.

... der Body, hmm, mal sehen ... HOLY SHIT! Was ist DAS denn?

Da ist ein „bestimmter Bodypart". Sozusagen als „Extra". Alles im Spiel.

... vielleicht später ... Mirko muss nun doch breit grinsen.

Aber zunächst „konventionell". Narben unter dem rechten Auge und Wange, nur etwas längere rote Haare und kurzer Wikingerbart. Augenfarbe blau.

Die Robe: Blue Jeans, braune Lederjacke, schwarzes T-Shirt. Schwarze Boots.

Mirko verwandelt sich in „Tibor Dee". So wie er schon immer sein und heißen wollte. TIBOR DEE.

Ein Kerl, um einiges muskulöser als Mirko, mit Zügen, die, wie er glaubt, ihm nahekommen. Typ – Destroyer.

Wahnsinn, denkt Mirko.

Er spawned in einem der Tutorials.

Drücken Sie „Strg links", um sich zu ducken. Space: Springen. Zielen: Klicken mit der rechten Maustaste. Türen, Truhen und Fahrzeuge öffnen mit „F".

Die ersten Schritte gelingen Mirko ohne Probleme.

Haus oder Wohnung kann man in der „Open World" kaufen oder mieten. Es gibt Immobilienmakler. Überall stehen Gebäude und liegen Grundstücke bereit.

Mirko klickt sich weiter durch.

Verdammt, das ist ja richtig geil.

Er vertieft und verliert sich, geht immer weiter. Häuser, Plätze, Kinos, Straßen. Himmel, Wolken. Hunde, Vögel, Autos, Läden. Restaurants und ... das Licht.

Ausmodelliert das Hell. Ausmodelliert das Dunkel.

Absolut alles in der Welt von Cloonguard Four sieht wie Eins zu Eins der realen Welt entnommen aus. Dann geklont und auf dem Monitor wieder zu Leben erweckt.

So, mal die Tür aufmachen, murmelt Mirko. Und übt. Tür auf, Tür zu und so fort.

Nach mehr als einer Stunde ist die Einführung beendet.

Mirko weiß nun um die Grundlagen. Er weiß, wie man Dinge verstaut, wie zum Beispiel in kleinen geheimen Verstecken. UND er weiß um die Gefahren – alles wie in der realen Welt.

Ein Smiley poppt auf.

Glückwunsch. Sie haben das Tutorial abgeschlossen. Ihr Spiel kann jetzt beginnen.

Sie sind nun Bürger der „Freien" in der Kolonie 43 auf Cloonguard Four. Gehen Sie jetzt über „Los" und ziehen 4.000 Bugie ein.

Viel Erfolg, Tibor Dee.

    Verdammt, ist die Welt irre. Alleine nur die Reklame da am Haus ... Spieler passieren und ignorieren ihn und wieder andere spawnen neu ins Spiel.

Tage vergehen. Mirko nennt es „einleben".

Hier und da gibt es einen Anschlag, Verhaftungen. Ansonsten bietet das Leben eine „gewisse Normalität" unter der Besatzung der Geronier.

Ein Icon erscheint am Bildschirmrand. *Only five minutes more.*

Mirko ist bereits seit fast zwölf Stunden ununterbrochen im Spiel. Elf Stunden und fünfundfünfzig Minuten, um genau zu sein.

Tibor Dee lebt jetzt in der Stadt „Scone".

Über „Walhalla Real Estate", einem bekannten Makler, hat Mirko für Tibor eine kleine Souterrainwohnung gefunden.

Als Mirko so zockt und gerade eine blaue Blumenvase mit gelben und roten Gerbera auf den Beistelltisch mit Klöppeldecke stellt, erscheint eine Nachricht auf dem Bildschirm.

Hey, Alex hier, hab gesehen, Du bist auf der RICHTIGEN Seite gelandet. Wusste ich's doch. Lust, mal um die Häuser von Scone zu ziehen?

Klar, erwidert Mirko.

Dann triff mich in meinem Club, dem „Rubba Dub". Frag nach „Calou".

Wer ist Calou? fragt Mirko.

Na ich, Du Nase. Komm her! Ich bin da.

Mirko macht sich auf den Weg durch die Straßen von Scone und landet in einer nicht so feinen Gegend.

Vor dem Rubba Dub wird er angehalten, gefilzt und dann erst rein gelassen.

Sehr geil, hier gamen sogar welche als Türsteher.

Mirko betritt das Rubba Dub.

Die Decke ist recht niedrig und das Licht schummerig. Doch klein ist der Laden nicht. Selbst eine Bühne kann man sehen. Und überall Tische und Bänke und Stühle. Bis auf eine Dartscheibe und einen Spiegel schmucklos und nüchtern, die beigen Wände.

Das perfekte Ambiente für eine Blues-Kneipe mit Elmore James oder Striplokal für Betty Page. Nicht, dass Mirko schon mal solche Etablissements je betreten hätte. Weder das eine, noch das andere. Aber so würde er es sich vorstellen.

Mirko schreibt eine Textmessage.

Hey Alex, wo finde ich Dich?

Dreh Dich mal um. Ich sitze hier. Und nenn' mich Calou! Du bist Tibor Dee! Sonst niemand!

Ein Mann mit zwei riesigen Narben auf der linken Wange und einem schwarzen Borsalino auf dem Kopf sitzt an einem rustikalen Holztisch auf einer Bank. Über ihm eine Lampe mit nach unten offenem Blechschirm und einer einfachen Glühbirne darin. Ein Humpen Bier und ein Teller mit einem Pfund Fleisch stehen vor ihm. Calou nickt Tibor Dee zu.

Hey. Und, was stellen wir jetzt an, in Deinem Club, Calou?, fragt Mirko über Headset in den Game Chat.

Alex/Calou schreibt lediglich zurück.

Hi, sorry, aber mein Mikro macht Probleme. Ich kann Dir nur schreiben, Du sprichst, wenn das okay ist.

Klar ist es das, erwidert Mirko über sein Mic.

Habe gehört, was sie mit Dir nach Deinem Kampf gemacht haben. War nicht recht. Hast Du Lust auf einen neuen Clan?, schreibt Calou entwaffnend direkt.

Wow, oh Mann.

Ein Clan, der Dich nicht verurteilt dafür, dass Du kämpfst?

Logo.

Gut. Zwei Dinge hast Du zu tun.

Die wären?

Sprich niemals mit Außenstehenden über „Death out". Weder in der physischen noch in der virtuellen Welt. Dies gilt für uns beide und gilt für jeden anderen, der mit uns ist.

Und wenn ich mit niemandem sprechen darf, wie soll ich wissen, wer mit mir ist und wer nicht?

Es gibt ein Erkennungszeichen an den Kleidern. Immer an der gleichen Stelle. Daran erkennst Du, wer Freund ist. Und wer nicht. Kein anderer, nur die Eingeweihten, kennen dieses Symbol und dessen Bedeutung.

Verstehe. Die zweite Regel?

Einfach. Du machst, was man Dir sagt. Du dienst. Und zwar dem Besten. Bis ich Dir etwas anderes sage.

Und wie heißt der Clan des Besten?, will Tibor Dee fast respektlos wissen.

Erweise Dich zunächst als würdig.

... entschuldige ... was muss ich tun?

Also: Es gibt da einen Geronier ... er ist der Statthalter von Scone. Er lebt hier in der Kolonie 43. Ist 'n verdammter Killer. Ein mieser Besatzer.

Mitten unter den Freien?

Ja. Töte ihn!

Leibwache?, fragt Tibor.

Du bekommst Einzelheiten, wenn Du zusagst.

Ich bin dabei. Was habe ich zu verlieren?

Dein Leben, lautet Calous lakonische Antwort.

Doch Tibor lacht nur.

Schön! Dann wäre DAS ja auch geklärt.

Calou fummelt etwas umständlich in seiner Jackentasche und zieht eine kleine Schachtel heraus.

Hier, mach auf.

Tibor öffnet die Box. Eine Anstecknadel mit grünem Wappen und Stern darin.

Unser Kennzeichen. Stecke es an Deine Jacke ... da am Revers.

    Wann geht es los?

BAMM!

Die Tür zum Rubba Dub springt laut und weit auf.

Jetzt.

    Jetzt?

Dein Fahrer steht bereits da in der Tür und wird Dich zum Treffpunkt bringen. Dort wartet eine Kontaktperson auf Dich. Du bekommst Anweisungen und Arbeitsmaterial.

    Treffpunkt? Kontaktperson? Anweisungen?

Frag nicht soviel. Geh jetzt!

Tibor steht auf und geht mit dem Mann in der Tür in die virtuelle Dunkelheit.

Ich bin Pete, sagt der Mann mit dem verlebten Gesicht und ebensolcher Stimme als sie auf dem Weg zum Wagen sind.

Tibor Dee ahnt nicht, dass dies die ganze Konversation ist, die er mit Pete bis zum Treffpunkt haben wird.

Das besetzte Scone liegt da in der Nacht, erhellt von Straßenlaternen und Neonreklamen. Meist asiatische Frauen werben für einen hellen Teint, Tütensuppen und zweifelhafte Vergnügungen. Ein Cowboy steht aufrecht da und preist überlebensgroß die Zigarettenmarke „Marlca" an, für die er selbst Meilen gehen würde. Bürogebäude sind erleuchtet und man kann sich bewegende Schemen in den Fenstern erkennen. Kneipen, Bars, Restaurants und Theater. Alles erleuchtet, besucht und belebt.

Mirko und Tibor verschmelzen wie Dunst langsam ineinander.

Tibor Dee wird immer ... perfekter ... wirklicher ... echter.

Sie verlassen Downtown Scone. Die Lichter werden weniger. Die Straße buckliger. Die Häuser schäbiger. Man kann das Poltern hören, wenn es durch ein Schlagloch geht.

Sound and Vison.

Mirko ist nichts als völlig geflasht vom Spiel.

Nach einer gezogenen Rechtskurve steht auf einem an einer Hauswand angebrachtem Straßenschild: „Yggdrasil Drive".

Der Yggdrasil Drive liegt im Halbdunkel, als es scharf links geht. Pete bringt den Wagen vor einem funzlig beleuchteten Haus zum Halten, vor dem ein Entenfußbaum steht.

Endstation, sagt Pete mit Reibeisenstimme, *Du steigst hier aus, gehst da rüber zum Haus. Du öffnest den Briefkasten, siehst Du? Da hinten links? Darin liegt ein Schlüssel. Mit dem machst Du die Haustür auf. Innen rechts der Tür ist ein Lichtschalter. Geh' jetzt.*

Danke, sagt Tibor beim Aussteigen.

Pete fährt den Yggdrasil Drive weiter, bis der Wagen nach einer Kurve aus Tibors Blick verschwindet.

Sich vorsichtig umsehend geht Tibor Dee auf das Haus zu. Neben der Haustür hängt ein Briefkasten ohne Namensschild. Er öffnet den Briefkasten (hier macht sich Mirkos Training bemerkbar) und wie angekündigt liegt ein Schlüssel darin.

Tibor schließt auf. Knipst das Licht rechts der Tür an.

Boom! – als eine Faust aus dem Nichts Tibor – *Batsch* – zu Boden schickt.

(Mirko lässt vor Schreck seine Schale Gummibärchen vom Schoß fallen.)

Vergiss niemals Deine Deckung. Grüße vom Boss.

Wie ein böser Schatten verlässt der Schläger das Gebäude.

Ein schmaler Flur liegt vor Tibor, die Wände weiß. Gleich neben der Haustür führt eine schmale Treppe hinauf.

Hier oben. Komm rauf, komm rauf. Erste Tür rechts, ruft eine ältere männliche Stimme.

Die Treppe knarrt und knarzt (geiler Soundeffekt). Auch das Treppengeländer macht nicht gerade den besten Eindruck.

Oben sieht Tibor schon Licht aus dem ersten Zimmer schimmern und tritt ein.

Im weißen, kurzärmligen Nyltesthemd steht ein Mann mit Bibergesicht unter einer nackten Glühbirne vor einem einfachen Tisch, mit dem Rücken zum Straßenfenster. Wahnsinn.

Zwei Waffen liegen vor ihm. Ein Jagdmesser und eine Pistole.

Na, Söhnchen … schon mal mit 'ner Glock geballert?

    Nein, aber mit anderen Waffen schon.

Hab' auch gehört Du kannst ganz gut mit dem Bajonett …

    … ach, lange her.

Lüg mich nicht an, Du Göre. Verstehst Du? Ich sehe vielleicht schei-
ße aus, das heißt aber nicht, dass mein Hirn voll Scheiße ist. Oder
glaubst Du, mein Hirn ist voll mit Scheiße, Söhnchen?

    Nein, nein, 'türlich nicht, entschuldige bitte … äh …?

Sammy „der Biber". Aber Sammy reicht.

    Hey Sammy. Ich bin Tibor …

Weiß ich, weiß ich, schüttelt Sammy heraus.

So, Schluss jetzt mit dem Schmu. Hier, Dein Briefing zum Hit und
für die Spielzeuge.

Sammy legt ein Bild auf den Tisch, dass das Target zeigt.

Darf ich vorstellen: Diese mies anmutende Fresse gehört Matts „das
Frettchen" Kapito.

    Das Frettchen?

Geronier. Ein Räuber vor dem Herrn, trinkt viel, pisst viel, starker
Eigengeruch und verfügt über ein sogenanntes reines Hackgebiss.
Sieht man ja hier sehr schön auf dem Bild.

    Wie, starker Eigengeruch?, fragt sich Tibor und murmelt ge-
langweilt, *Ja, ja, sehr schön.*

Jetzt pass mal genau auf, Du arrogantes kleines Arschloch: Die
leicht gebogenen Fangzähne dienen dem Frettchen vor allem zum
Töten. Und genauso macht es unser Herr Kapito. Er beißt die Leu-
te tot. In die Kehle. Darum „das Frettchen". Schnell, blitzschnell –
ein Geist ist er.

Jetzt hat Sammy Tibors uneingeschränkte Aufmerksamkeit.

    Trinkt er etwa das Scheißblut?

Nein, tut er nicht.

    War das die gute Nachricht?

Andere erdrosseln eben, erschießen oder erschlagen Dich. Oder
wieder andere erstechen oder überfahren oder murksen Dich sonst
wie ab. Jeder hat da so seine Art. Unser Matts beißt sich halt durch.

Und nein, er frisst seine Opfer auch nicht. Allerdings verschleppt und versteckt er gerne mal Leute. Und … bevor er sie kalt macht … quält er sie … das wünscht sich keiner.

Abgesehen davon kommen die nicht mehr zurück ins Spiel. Einmal tot, immer tot. Hier bei Death out, lebst Du nicht zweimal. Nach Matts Kapito gibt es keine Auferstehung.

Ganz reizend, unser Mann. Sonst noch etwas, dass ich wissen muss?

Du musst immer aufpassen, „das Frettchen" ist wirklich gemeingefährlich. Ausgekochter Player, kennt sich blind aus mit allem, was er tut, wo er geht und steht. Er traut niemandem, weiß um jeden Trick. Viele haben es schon versucht. Aber „das Frettchen" lebt immer noch. Das einzige, das er wirklich hasst, sind Überraschungen. Also: Lass Dir was einfallen.

Tibor Dee steht in diesem tristen Raum mit der tristen Glühbirne. Ausgerechnet der erste Job ist schon das ultimative Todeskommando und das für einen blutigen Anfänger …

Können wir weitermachen? Alles klar? Null Problemo, Kleiner?

Ja, ja, alles klar. Mach bitte weiter.

Glock 17. Selbstladepistole, Kaliber 9x19 mm. Stangenmagazin. Mögliche Füllungen 17, 19 oder 33 Schuss.

Ich bevorzuge die 19 Schussvariante. Bisschen mehr im Lauf, dafür verhakt sich das Magazin nicht irgendwo in Deiner Kleidung wie bei 33 Schuss. Lässt sich besser managen. Meine Meinung … aber wenn jemand das richtige Holster und entsprechende Kleidung trägt, na dann … bitte … von mir aus …

Beim ersten Mal hält man wegen des geringen Abzugsgewichts fast die Luft an, vor allem wenn man, wie Du, vorher Single-Action-Rifle mit hohem Abzugsgewicht gewohnt war.

Wenn man aber ein bisschen Übung hat, macht die Glock viel Spaß. Besser als ein Vorderlader, so viel kann ich Dir versprechen.

Dank des Safe-Action-Abzugssystems bietet die Waffe absolute Sicherheit, zugleich ist sie einfach wie auch schnell bedienbar.

… einfach und schnell … wie geil …, denkt Tibor.

Wegen der fehlenden manuellen Sicherungen und dank des kurzen Abzugsweges ist die Zeitspanne vom Ziehen der Waffe bis zum ersten Schuss besonders kurz – vielleicht nur ein paar Zehntelsekunden kürzer als bei anderen Waffen. ABER wenn es um Leben und Tod geht, kann genau das entscheidend sein.

Mirko Thies aka Tibor Dee ist in „Fairyland" gelandet. Es fehlen nur die Schallmeien.

Die Waffe ist sehr präzise und eignet sich für den schnellen Einsatz. Man könnte allerdings einwenden, dass die durchschnittliche Energie von 45 Newton an der Mündung eine zu hohe Eindringtiefe mit sich bringt. Geschmackssache. Mir kann es nicht tief genug sein.

… mir auch nicht …, denkt Tibor.

Du kannst die Glock versenken, eingraben oder anpinkeln – die Glock kann immer.

Ein zuverlässiger Arbeiter. Die Pistole, die hier vor Dir liegt, ist mit 19 Schuss geladen. Mehr Munition bekommst Du nicht. Fragen?

Tibor Dee schüttelt mit dem Kopf.

Gut. Dann kommen wir zum Messer.

Das NL2 ist ein kraftvolles und sehr gut ausbalanciertes Jagdmesser mit rostfreier Klinge aus Damast. Stahl mit ausgezeichnetem Stichvermögen. Dieses robuste Messer hat eine 6,5 mm dicke Klinge und vereint alle Eigenschaften, die man sich nur wünschen kann: Unverwüstlichkeit, Widerstandsfähigkeit, dauerhafte Schärfe.

Zwei sehr robuste Werkzeuge hast Du da, Söhnchen.

(Alter, was ist das bloß für ein Game?, denkt sich Mirko.)

Und jetzt folge mir nach unten in die Garage zum Wagen … und vergiss Deine Arbeitsgeräte nicht. Nimm dafür die Tasche, die auf dem Stuhl liegt.

Tibor packt Pistole und Messer in einen einfachen Stoffbeutel.

Die beiden Männer gehen die Treppe hinunter, die scheinbar noch mehr unter ihnen ächzt als schon zuvor unter einer Person. (Geiler Soundeffekt)

Von der Haustür geht es links in die Garageneinfahrt. Die Garage ist mit einem Tor versperrt.

Aufmachen, fordert Sammy.

Wie denn? Ich habe keinen Schlüssel.

Such …

Tibor Dee sucht und findet einen kleinen Holzkasten, öffnet ihn und tatsächlich befindet sich darin der Schlüssel für das Garagentor.

Na, geht doch ..., sagt Bibergesicht Sammy.

Tibor öffnet das Tor. In der Garage ein stumpfsilberner Toyota Corolla, Baujahr 1995.

Was? Mit der Schüssel? Nee, näh?

Was hast Du erwartet? Das Bond-Mobil?

Das nicht gerade ... aber das hier?

Reg' Dich ab. Der Wagen ist unauffällig und macht genau das, was er soll: Fahren.

Und Du machst am besten auch genau das, was Du am besten kannst: Töten.

Schlüssel? ... ah, ja suchen ..., Tibor dämmert es allmählich, worum es geht. Suchen, finden, anwenden. That's the Game ... Tibor hat jetzt verstanden.

Technische Einweisung, sagt der Biber.

Brauch ich nicht, mein Großvater ist so 'n Ding noch gefahren.

Hör gefälligst zu! Wenn ich Dir sage „technische Einweisung", dann bekommst Du auch eine. Ich sag das alles doch nicht ohne Grund, Klotzkopf!

Sorry, tut mir leid.

Das Teil hat vorne eine, ich nenne es mal „Elefantenramme", sowie überall extra gehärtete, mit Carbon beschichtete Stahlplatten. Und – einen auf 950 PS hochgepumpten Motor.

Ganz schön, kommt Tibor nicht umhin zu sagen.

Mit der Karre, so mies wie sie aussieht, könntest Du glatt einen Panzer von der Straße kippen. Sieht man dem Gefährt gar nicht an, oder?

Nein, wirklich nicht.

Dann hätten wir es ja ... ach, und ein Navi hat der Wagen auch, denn auf Cloonguard Four muss sich niemand verfahren.

Danke, Sammy. Hat mich gefreut.

Junge, privater Tipp zum Schluss: Einfach mal die Fresse halten. Und quatsch nicht so 'n Dreck. Von wegen, Opa is' auch so ein Ding gefahren. Viel Glück, Kleiner.

Mirko muss sich erst einmal schütteln. So tief ist er noch nie vor- oder eingedrungen in ein Game. Mirko ist hypnotisiert von der Spielerfahrung, der Natürlichkeit von „Death out".

Gute Güte. Die Grafik. So wahr und wirklich. Nichts im Hintergrund ist verschwommen oder pixelig. Keine Probleme in der Synchronisierung. Alles ist tief, scharf, farbig, detailliert. Nichts Überflüssiges. Alles leicht bedien- und ansteuerbar. Und funktioniert in Echtzeit.

Licht, Schatten. Wenn nötig schnelle Wechsel. Soundeffekte, seien sie noch so nebensächlich. Alles da. Von Schritt- oder Windgeräuschen oder quietschenden Türen bis hin zum singenden Vogel. Von unterschiedlichsten Motorengeräuschen, zu den Stimmen der Spieler, die tief, hell, ruchlos, verführerisch oder rau klingen können.

Death out – Du bist wahrhaftig! Wo bist Du nur all die Jahre gewesen?, murmelt Mirko.

Tibor bedient das Navi, findet einen Button, auf dem „Stan-Lee-Comic-Action!" steht, drückt einfach drauf, startet den Corolla und – ist auf dem Weg.

Gut, dass es noch nicht, *RIECH! RIECH!,* das Geruchsgame gibt. Der Wagen hat etwas … MIEF! MIEF!, Muffiges wie feuchter Keller mit irgendwo verfaulender Ratte.

Tibor Dee fährt den Yggdrasil Drive, *BROM! BRooOM!,* bis an das Ende und muss an der Ampel, laut Navi, auf der rechten Spur bleibend, *BLINK! BLINK! BLINK!,* anschließend in die Blue-Byte-Road abbiegen.

Comic-Action, LOL! HA! HA!, Tibor lacht sich eins.

Seine Hand, *FUMMEL! FUMMEL!,* liegt auf dem Beutel während, die Ampel Rot anzeigt.

Die Glock, *OMGEEEE!,* fühlt sich, selbst durch den Stoffbeutel, sooo sexy an.

Während Tibor noch mit seiner Knarre geistig onaniert, UMPF! UMPF!, hält auf der Fahrerseite des Corolla ein schwarzer Maybach. Tibor wird eigentlich nur durch die laute Musik, *BADADIE! DIE! BADADOU! DOU!,* aufmerksam. Er dreht sich instinktiv nach links.

Meine Güte, STAUN!, was eine supergeile Karre, denkt Tibor Dee. Und dagegen er in japanischer Meterware. Aber Tibor weiß, *HA! HA!,* er selbst fährt einen noch verdammt böseren Schlitten. Da kommt auch der Lude hier nicht mit.

Als er in die Fahrerkabine des Maybach blickt, traut er seinen Augen kaum. Der Fahrer groovt am Steuer zum Bass. Sein schlauchiger Körper bewegt sich rhythmisch vor und zurück. *Na, Hauptsache gut drauf,* denkt Tibor Dee noch.

Dann, *GLOOOOTZ!,* fällt es ihm in Sekundenbruchteilen wie Schuppen von den Augen.

FUUuuuUCK! Nicht zu fassen!

Da sitzt tatsächlich Matts „das Frettchen" Kapito.

Anfängerglück, denkt Tibor.

Blitzschnell, KRAM, KRAM, holt er die Glock aus der Tasche, öffnet, ZACK!, das Fahrerfenster und ballert, *PENG! PENG! PENG!,* auf die Fahrerkabine des Maybach.

Aber nichts passiert. Die Kugeln, *PJUI! PLÖMP! PJUI!!!,* prallen ab. Der Maybach, *VROooOM!,* beschleunigt.

Tibor, *ROAR! ROArrrR!,* setzt sofort nach und, *WHAAAHHM!!!,* rammt das riesige Fahrzeug noch am hinteren Kotflügel.

Doch Tibor kann sich nicht konzentrieren. Nicht mit dem ganzen Stan-Lee-Comic-Action-Schnickschnack. Tibor schaltet die Funktion ab.

In der Folge entspinnt sich eine wilde Verfolgungsjagd, wobei Tibors getunter Misthobel sich von der allerbesten Seite zeigt. Kurvenverhalten tip-top. Beschleunigung genial. Nichts ist unmöglich.

In den Straßen vereinzelt Leute. Andere Gamer. Sie schauen zu, was da so abgeht. Tibors Toyota jagt Matts' Luxusschlitten gnadenlos. Tibor ist aggressiv und schnell.

Nach einem schweren Fahrfehler vom „Frettchen" ist Tibors Moment gekommen. Er reißt seinen Wagen herum, fährt mit voller Beschleunigung auf die Fahrerseite des Maybach zu und haut ihn mit der vorne aufgepflanzten Elefantenramme einfach um.

Ein Horrorcrash. Ein einziger dumpfer, scheppernder, splitternder Metallknall.

Wie eine Blechdose kullert der Maybach mit Getöse die Straße bergab, nimmt dabei alles mit, was im Wege steht; überrollt Tische und Bänke eines Straßencafés samt Gästen und Passanten. Überschlägt sich dann noch zigmal und kracht am Ende total zerknautscht mit der vollen Breitseite gegen eine Häuserwand. Danach tritt Stille ein und aus dem Maybach Qualm.

Tibor dreht fast durch vor Glück, *DU BIST WEG!*, brüllt er, *DEATH – OUT!*, und braust davon.

Tibor Dee fährt durch die Nacht. Er kann seinen Massel kaum fassen.

Das gibt's doch nicht …, na ja, warum nicht auch mal mit Dusel?

Ohne das alte vergammelte Autoradio überhaupt eingeschaltet zu haben, beginnt das Teil auf Sendung zu gehen.

Hier „HRO Radio Scone" – Breaking News.

Matts Kapito, Statthalter der Geronier in Scone, ist heute am Abend einem Attentat zum Opfer gefallen. Die näheren Umstände versuchen wir für Sie noch herauszufinden. Sachdienliche Hinweise geben Sie bitte weiter an die Einsatzsonderkräfte der Kolonie 43 unter Null Vierhundert Code Y.

Echter als im Leben erfährt Tibor Dee von seinem Erfolg.

Tibor fühlt sich wie der Topkiller von Downtown. Die Nacht von Scone ist erleuchtet. Strahlt. Strahlt wie auch Tibor Dee.

Heute ist es endlich seine Stadt.

In der Kolonie 43, vor Tibors Haus, wartet ein Mann unter einer Laterne.

Tibor Dee steigt aus dem Wagen als der Mann sagt: *Der Boss hat was für Dich.*

Nachricht von Calou:

Hi, bin kurz offline. „Claire in Red", die Barkeeperin wird Dir im Rubba Dub alles erklären, was Du wissen musst. Gute Arbeit.

Claire in Red ist so … atemberaubend … ist so … zum Verrücktwerden …

Sie gibt Tibor das Kopfgeld. Cash. 175.000 Bugie.

(Bugie werden zu Wugie übrigens 10:1 gewechselt).

Leg dir besser ein Konto an. Du weißt schon, zu viel Bares in der Tasche weckt Begehrlichkeiten. Es sind schon Leute für weit weniger um die Ecke gebracht worden. Und wir wollen doch noch länger im Spiel bleiben, Tiger. Oder?

Wer will das nicht, Sugar?, antwortet Tibor kühl und steckt sich seine Bugie in die Hosentasche.

Noch was, gib nicht zu viel aus. Wir wollen hier kein Aufsehen.

Verstanden.

Die Richtigen haben Deine Arbeit gesehen. Reife Leistung. Der Boss sagte schon, dass Du nicht lockerlässt.

Tibor verlässt das Rubba Dub. Er ist cool. Zu Fuß geht er durch den virtuellen Regen, vorbei an dunklen Gassen und dem Broadway. Tibor zieht noch stundenlang so durch die Eins-und-Null-Welt der neuen Heimat und macht dabei so manche Entdeckung.

Mirko ist müde nach allem. Am frühen Morgen geht er zu Bett und träumt vom Game und von dem, was dort vor sich geht. Neuer Clan, neue Welt. Alles so vielschichtig. Gerade im Traum, weiß Mirko, er muss zurück, um Tibor Dee zu sein. Mirko will mehr. Mirko will Tibor sein. Nicht Mirko. Oder will er beide in zwei Ebenen sein? Geht denn das? Oder ist der eine noch nicht so weit, alles aufzugeben, um der andere zu werden?

Tage ohne dass Alex online ist. Mirko übt und übt.

Tibor besucht von Zeit zu Zeit das Rubba Dub, auch um Claire in Red, die Barkeeperin, zu sehen. Irgendwann spricht sie Tibor an.

Der Boss will was von Dir, Tiger.

Wann?

Die Tür fliegt auf – *Bamm* – und wieder steht Pete im Rahmen.

Jetzt!, haucht Claire.

Pete hat diesmal eine Pullman-Limousine. Er deutet Tibor, hinten einzusteigen.

Der Wagen ist riesig, luxuriös mit Mahagoni vertäfelt und mit einer Bar versehen. Die Fenster sind dunkel verspiegelt. Tibor genießt die Beinfreiheit. Genießt die Fahrt. Sehr sogar. (So sehr, dass Mirko von seinem Gametisch abrückt.)

Als wäre es im Löffel fertiggekocht, hat der gebogene Bildschirm jetzt das volle Sogpotenzial erreicht. Bereit zum Schuss und instant ins limbische System. Mirko ist gerade eingestiegen. Mit Haut und Haaren.

In der fast ewig scheinenden Nacht von Scone fährt Pete gemächlich, dem Gefährt entsprechend royal, durch die Straßen. Tibor denkt einen launigen Moment lang daran, das Fenster herunterzulassen, um majestätisch hinaus zu winken.

Mein Volk! Euer König Tibor Dee, der Erste! Er grüßt euch.

Es führt vorbei an einem Kino, in dem tatsächlich der letzte Tarantino läuft. Und am „Gorsky Park", gut sichtbar mit seinem Riesenrad, nahe der Bifroest-Allee.

Pete meldet sich über ein zuschaltbares Lautsprechersystem in die hintere Kabine.

Weißt Du, warum der Park „Gorsky Park" heißt?

    Nein, ich dachte es wäre ein Schreibfehler, antwortet Tibor.

Der Gründer des Parks, Arthur Cee Cee, dachte, es wäre ein schönes Symbol für Glaube und Hoffnung in die Wissenschaft, den Park, „Gorsky Park" zu nennen.

    Das klingt aber nobel.

Weißt Du, wer der erste Mensch auf dem Mond war?

    Klar … Neil … Young …?

… Armstrong …! Und weißt Du was er gesagt hat als er den Mond wieder verließ?

    Ich kenne nur die Worte, als er den Mond betrat. „Ein kleiner Schritt für mich …"

Armstrong sagte: „Good luck, Mister Gorsky!"

    Ach? Warum das?

In seiner Kindheit lebte im Haus neben den Armstrongs das Ehepaar Gorsky.

    Und?

Und? Eines Tages hörte der neunjährige Neil Mister und Misses Gorsky sich furchtbar streiten.

    Und?

Und? Es endete damit, dass Misses Gorsky lauthals Mister Gorsky an-brüllte: Du und ich werden erst wieder Sex haben, wenn der Nachbarsbengel auf dem Mond gelandet ist!

Aha, ahahahahaha … good luck …

Ja, hat mal gut begonnen … aber jetzt sieh Dich genau um.

Noch erheitert überkommt Tibor das Gefühl, dass es vielleicht an diesem Ort doch nicht mit rechten Dingen zugeht. Er kann noch nicht einmal sagen warum, so schlecht sieht es nicht aus. Lichter, Kioske, Bänke, schon ein paar versteckte, dunklere Ecken. Aber Pete hat recht. Merkwürdig. Selbst die Bäume machen am Ende einen „komischen" Eindruck.

Mann, hier musst Du wirklich aufpassen, sagt Pete über Bordmikrofon.

Aha? Warum?

Mieses Volk treibt sich hier herum. Spitzel, Gauner, Informanten, V-Leute, Drogendealer und ihre Kunden. (Man kann selbst ein Fixer im Role-Play sein? Wie abgedreht ist das denn?)

Aber Tibor sagt nur kühl: *Klingt echt beschissen, Pete.*

Wenn Du nicht wirklich hier etwas zu suchen hast oder zu finden hoffst – Bogen drum machen, hast Du verstanden?

Ja, verstanden.

Beim Dahingleiten denkt Tibor an Claire. Sie. Der rote Traum. Eine wie sie. Das wär's.

Ob sie mit jedem …? … der ihr gefällt?

Ob ich ihr gefalle? Ein gefährlicher neuer Mann im Spiel?, fragt sich Tibor und fällt in eine Fantasie, die ihn hinausträgt … Claire …

Der Killer und das Honky-Tonk-Girl …

Das Farbnegativ von Ginger und Fred …

Good luck, Mister Dee!

Man steht vor einem ganz offensichtlich riesigen Anwesen. Eine weitläufige, mit Sicherheitskameras versehene, bestimmt drei Meter hohe Mauer erhebt sich rechts und links eines schmiede-eisernen Tores, das Durchblick auf einen beleuchteten, blumen-gesäumten, vielleicht zweihundert Meter langen Weg freigibt. Am Ende des Weges ein Chateau. Beiger Stein. Bodenscheinwerfer erhellen die Szenerie.

Pete steigt aus dem Pullman, geht zu dem Pförtnerhäuschen und spricht mit einem der drei bewaffneten Wachmänner. Pete steigt wieder ein. Das Tor geht auf.

Jeweils über rechter sowie linker Pforte steht zu lesen:

„Pomus ett Primm tak – Wir waren, ihr seid."

Was ist das bloß hier? Was ist hier los?

Es ist atemberaubend. Die ganze Umsetzung im Game. Wellengleich, immer wieder und immer wieder, überrollen Mirko neue Eindrücke. Geben ihn nicht mehr frei. Sie verschlucken ihn. Ein um das andere Mal. Sei es die Story, in die er verwickelt ist oder seien es profane Details, wie Steine. Oder ein Gebäude. Fenster, Türmchen und Verzierungen. Und natürlich Licht. Und Schatten. Einfach alles. Wäre es nicht wieder einmal Nacht, könnte er sicher Bienen Blumen bestäuben sehen.

Ohne Zweifel: Death out hat Tibor und Mirko gleichsam im Griff.

Alex. Endlich.

Hier ist Calou. Hi, Großer. Sorry, das Mikro hat immer noch einen Knacks. Ist aber ja nicht wichtig. Warte am Eingang. Und vorab: Gute Arbeit mit dem verfluchten Geronier.

Pete steuert die Limousine Richtung Schloss und parkt vor dem Haupteingang.

Tibor steigt aus. Durch den mondänen Eingang glaubt er, Bedienstete zu erkennen. Allerlei Volk wimmelt sonst noch in den Fluren und Treppengängen.

So lebt also die High Society der Freien, denkt Tibor.

Calou taucht auf.

Wir haben einen weiteren Auftrag für Dich. Du sollst etwas besorgen. Kannst Du das?

    ... und der Clan?, fragt Tibor ein wenig enttäuscht.

Erledige den Job und wir reden drüber.

    Was muss ich tun?

Nichts Wildes. Ein bestimmtes Auto. Du holst es. Es steht jetzt in der Nähe vom Rubba Dub. Claire wird Dich instruieren. So ganz nebenbei, krasser Feger, die Braut. Gefällt Dir, nicht wahr?

Tibor weiß gar nicht recht, was er sagen soll, *... ja, schon ... na klar, echt 'n heißes Gerät.*

Schon gut, Großer ... Feuer frei. Wer nicht wagt, der nicht gewinnt. Und jetzt ab die Post. Bring mir den Wagen!

Wenn Tibor eines jetzt weiß: Befehle sind zu befolgen. Und immer die Augen aufhalten. Er wird den Faustschlag im Halbdunkel nie vergessen, als er in Sammys Haus trat – im virtuellen Leben nicht. Keine Fragen stellend, macht Tibor sich auf den Weg. Der Pullmann fährt zurück zum Rubba Dub. Pete redet nicht.

Tibor kennt langsam die Straßen, weiß mehr und mehr, was hinter den Kulissen so geht, als würde Mirko durch seine Stadt fahren, wissend, was hinter den Fenstern der Nachbarn geschieht. Was sie tun und denken. Ein echtes Leben. Seine Erfahrung. Seine Abgründe.

Das Rubba Dub ist dunkel. Tibor Dee wundert sich.

Nanu? Geschlossen? Keiner da? Wie komme ich denn rein?

In einer der zwei Seitengassen findest Du den Schlüssel für den Nebeneingang. Such ihn, mach den Laden auf und warte.

Warten? Auf was? Ich denke ...?

Frag nicht soviel. Los jetzt!

Pete fährt zurück in die Nacht.

Tibor ist allein. Kein Geräusch weit und breit. Es scheint, als wären alle in dieser Gegend zu Bett gegangen.

Zwei Seitengassen.

Tibor geht einfach in die erste der beiden Nebenstraßen vom Rubba Dub.

Wo könnte der Schlüssel wohl sein?

Oh, Mann, bitte nicht im Müllcontainer. Tibor hebt trotzdem den Deckel an. Randvoll.

Da ist bestimmt kein Schlüssel drin. Ein Trafohäuschen. Tibor untersucht es. Nichts.

Ein Vogelhäuschen hängt einen Meter über seinem Kopf. Tibor springt hoch und angelt es sich. Leer. Vier Schritte weiter entfernt hängt oben ein Verteilerkasten an einem Strommast. Tibor klettert hoch. Ohne Erfolg. Durch ein kleines Seitenfenster kann er einen kurzen Blick in das Rubba Dub werfen. Alles dunkel. Nichts rührt sich.

Am Ende der Gasse, eine Mauer – also wieder zurück. Die zweite Gasse ist nicht viel einladender als die davor. Aber keine Container. Dafür Pappkartons, Drahtgitter und Paletten. Drei aluminiumglänzende Truhen stehen hinten an der Trennmauer.

Wenigstens sauber, denkt Tibor, während seine Schritte wie Echo hallen.

Er stöbert in den Pappkartons und zwischen den Paletten, bevor er sich an die erste der drei Truhen macht. Die Truhe ist unverschlossen, ächzt beim Öffnen. Leer.

Die zweite Truhe ist ebenfalls unverschlossen. Leer.

Die dritte Truhe ist mit einem Vorhängeschloss versehen, *Mist ...* Tibor will nicht noch einen Schlüssel suchen. Neben der Truhe liegt ein Stein. Tibor nimmt ihn und schlägt das Schloss einfach auf. Das Schloss fällt zu Boden. Sperrig und knarrend lässt sich die Kiste öffnen, gibt den Blick auf den Inhalt frei. Ein Schlüssel. Auf rotem Samt. Gerade greift Tibor in die Truhe als eine Stimme sagt, gefährlich wie der Teufel selbst ... *Jetzt hast Du ausgeschissen, Freundchen.* Tibor Dee hat keine Schritte gehört, ... *ist das Schwein etwa barfuß ... eine Falle!? ... eine gottverdammte Falle??? Hat mich ... etwa ... Calou ...?*, schießt es ihm kurz durch den Sinn.

Er umfasst den Stein.

Ohne Nachzudenken, wirbelt Tibor Dee herum und stürzt sich blindlings in Richtung Stimme. Der Angriff erfolgt so unerwartet für die Teufelsstimme, dass der unter der Wucht von Tibors Sprung rücklings auf den Hinterkopf fällt und hässlich krachend aufklatscht. Nun ist Tibor über ihm und kann das Gesicht erkennen, das sich im fahlen Lichte zeigt. Eine widerliche Fresse sieht er, aus der gelbgrüne Augen funkeln.

Tibor schlägt einfach zu. Mit dem Stein in der Faust. Immer wieder. Härter und härter.

Die Geräusche der Schläge und der Aufschläge, die der Hinterkopf auf den Beton macht, tönen rhythmisch durch die Gasse. Tibor zermanscht regelrecht im Takt das Gesicht des Gegners, der hilf- und wehrlos die prasselnden Hiebe über sich ergehen lassen muss.

In einer kurzen Verschnaufpause stellt Tibor fest, dass er seinen Angreifer längst totgeschlagen hat. Tibor erhebt sich. Die blutend verbeulte Fratze unter ihm.

Death – out! Sucker.

Tibor ist aufgetankt. Tibor ist vollgetankt. Voll mit Adrenalin Formel 1 – ROZ 180.

Tibor fühlt sich UNBEZWINGBAR. Er ist nun ein Riese. Komme was da wolle.

Er entnimmt der Truhe den Schlüssel.

Vorsichtig öffnet Tibor die Seitentür des Rubba Dub, tritt noch vorsichtiger ein und tastet an der Seite nach einem Lichtschalter. Gefunden. Er schaltet das Licht ein und weicht kurz zurück.

Wie eine Erscheinung in Rot steht Claire vor ihm.

Zum ersten Mal sieht er ihren ganzen Körper, der sonst immer zur Hälfte hinter dem Tresen verschwindet. (Selbst das ist schon aufregend genug).

Kann er ihr so begegnen?

Sie ist die reine Verführung selbst. Von unten bis oben.

Rote High Heels. Lange, schlanke Beine. Glänzend, eng im roten Latex. Roter Reißverschluss im Schritt. Rote Latexhandschuhe. Tight. Latexbolero als Top, das mehr als nur eine Ahnung zulässt, was es verpackt. Das Top ist eng genug, dass ihre Nippel sich etwas mehr als nur dezent zeigen. Foxy Lady.

Was hat Dich aufgehalten, Tiger?

Tibor hat nur einen Gedanken. Er kann nicht anders.

Göttin ...

Tibor verfällt ihr wie Heroin. Ein wenig ist schon zu viel – Claire ist die volle Dosis.

... BOUM BOUM BOUM BOUM – Du knallst mich einfach weg ...

    Was macht die Hand?

Unter der Linde, an der Heide ..., Tibor – der Unbezwingbare – ergibt sich.

Hilflos im Delirium wie Samson in den Fängen der Delilah.

Zeig mal her ..., Claire nimmt seine Hand und führt sie zu ihrem roten unglaublichen Mund. Sie küsst sie, erst sanft, dann leckt sie mit ihrer Zunge behutsam darüber, um dann sich jeden einzelnen Finger in ihren Mund zu stecken und mit ihrer Zunge vorzunehmen.

Tibor ist wie benebelt. Angenagelt. Ihre Hände tasten sich an seinem Körper hoch, verbleiben an seinen Brustwarzen, die sie quetscht, verdreht und zieht.

Etwa so, Tiger?

Ihre Gesichter berühren sich nun fast. Tibor ist verloren.

Freier Fall.

Die roten Latexhände berühren sein Gesicht. Sie steckt ihm den Zeigefinger ihrer rechten Hand in den Mund. Begierig umspielt ihn Tibors Zuge, bevor sich ihre Lippen das erste Mal begegnen. Wild ihr Erdbeermund, zügellos wild ihre Zunge.

Zügel los.

Ihre Hand, ihre Hand ..., denkt Tibor (Mirko hat Tibor doch noch „was extra" spendiert).

Claire bearbeitet Tibors Hose, öffnet den Reißverschluss und holt sein „Extra" heraus. Sie knetet das Teil und wichst es mit ihrem Latex sanft hoch und runter.

Stehend, als würde sie sich verbeugen, geht sie nun mit ihrem Oberkörper herunter und beginnt, an Tibors kleinem, neuem Freund zu lutschen als wäre es ein Lollypop mit Kirschgeschmack. Sanft umschließen ihre lasziven Lippen seinen harten Lümmel und sie lässt ihn Deep Throat, hoch und runter in ihren Mund bis zum Anschlag gleiten. Hoch und runter, immer schneller und immer enger.

Tibor kann sich nicht mehr lange halten. Der Saft steht ihm schon bis zum Hals.

Sie spürt es. Nein. Sie weiß es. Claire nimmt Tibors Stange unter eigenem Stöhnen aus dem Mund und beginnt sie nun noch einmal ordentlich zu polieren.

Ihr Sabber macht's noch geschmeidiger. Sie weiß, gleich wird er kommen wie Flipper und sich auf ihrem roten, scheinenden Latex entladen. Tief sieht Tibor Claire jetzt in die Augen. Sie. Versteht. Alles. Von seiner Fantasie. Nach ihr. Seiner Lust. Und dann ... SHOOT OUT!!!

Tibor ballert seine Body-Gun leer. Gibt alles, was er hat. (Mirko ejakuliert.)

Du bist mir ja einer, haucht Claire und wischt sich mit dem Zeigefinger über die Hose.

Dann steckt sie genüsslich den Finger in den Mund und leckt ihn ab.

Tibor zittert. (Mirko auch.)

Pass auf, für mehr ist jetzt nicht die Zeit. Sorry. Du musst nämlich noch etwas abliefern.

Krass ..., Tibor muss sich schütteln.

Claire wackelt mit ihrem geilen Arsch und bekleckerten Hose Richtung Tresen, beugt sich darüber, was ihren Hintern unter dem nun total gespannten Latex noch geiler macht.

Ahhh, das ist er ja.

Claire bringt Tibor einen Schlüssel, den sie ihm an ihrem Zeigefinger baumelnd übergibt.

Hier, Tiger. Bugatti. Chiron Pur Sport. The Beast. 8 Liter Hubraum, 16 Zylinder, 1103 kW oder 1500 PS. 420 Höchstgeschwindigkeit. Ein Kraftwerk wie Du.

Tibor nimmt den Schlüssel.

Die Kiste steht in der Nähe, aber aufpassen, überall lauern böse Buben, die nicht vergessen haben, was Du „dem Frettchen" angetan hast. War übrigens 'ne tolle Arbeit.

Sie küsst ihn zum Abschied. *Viel Glück, mein Hengst.*

Nicht einmal eine verdammte Katze miaut irgendwo. Tote Hose überall. Stille.

Scheinbar ziellos sucht Tibor Dee in den Straßen um das Rubba Dub. Bis da ein stahlblauer Bugatti steht. Wie gemalt. Unter einer Laterne. Reine Kraft und Schönheit.

Magnesium-Zehnspeichenfelgen mit Carboneinsätzen, Heckflügel und Luftauslässen über den vorderen Kotflügeln. Flach wie eine Flunder.

Misstrauisch blickt Tibor sich um. War da nicht ein Geräusch? Dann betätigt er den elektrischen Türöffner.

Huik, huik, Tibor steigt ein.

Das Innendesign – außerirdisch. Sky-View, C-linienförmige LED-Lichtleiste, Pilotsystem für Informationen im direktem Sichtfeld. Analoger Tacho, der bei magischen 500 endet. Die Mittelkonsole aus einem einzigen Aluminiumblock. Ein einzigartiges Kunstwerk.

Eins zu Eins.

Das Chateau.

Tibor Dee steht im Foyer. Lüster hoch oben an den ausladenden Stuckdecken. Interieur vom Feinsten. Treppenaufgang wie in einem Revuefilm aus Hollywood.

Gobelins an den Wänden, vier mal vier Meter mindestens. Erlesene Antiquitäten veredeln das Ganze und runden alles ab.

Tibor fühlt sich verloren, als Calou neben ihm steht.

Ich kann immer noch nur chatten. Aber das funktioniert doch ganz gut. Du sprichst, ich schreibe.

Kein Problem ... wo, wo sind wir?

In der Halle des Bergkönigs. Hast Du verstanden, was draußen über dem Tor steht?

Ehrlich gesagt, nein.

„Pomus ett, Primm tak – Wir waren, ihr seid."

... hmmm ... ja ...?

Verstehst Du nicht? Das Motiv? Mudi piez – pompa tuus?

Nein, es tut mir leid.

Das Sinnbild dahinter? Pitz forta Lita?

Und ich dachte ...

Schweig, Du Narr! Die Legende der drei Lebenden und drei Toten existiert hier auf Cloonguard Four seit dem 7. Wendekreis des Ondor. Sie ist heilig. Wenn Du es nicht verstehst, kannst Du nicht folgen. Kannst nicht Eingeweihter sein!

Ich werde folgen.

Gut dann ... also ...

Die Darstellungen variieren in den Figuren, als auch im Spruch der Toten an die Lebenden. Allen Geschichten gemeinsam ist ein Zusammentreffen dreier Lebender mit drei Toten.

Verschieden und doch gleich.

So ist es, Tibor Dee. Manche erzählen von drei Edelleuten, ihnen gegenüber drei Skelette bei der Jagd. Bei den anderen hingegen führt ein Einsiedler drei Jünglinge zu den in ihren Särgen liegenden Leichnamen.

Du begegnest Dir also selbst als Lebender und als Toter.
Ja, denn Du kannst Deinem Schicksal nicht entrinnen.

Nein, das kann niemand.
Der Ursprung wird im Übrigen der Poesie des Dichters Ben Dera vom Wüstenvolk der Freien zugeschrieben, als der mit seinem König Cetan-Zaal ritt. Als sie beide an unbekannten Gräbern vorbeireiten, lässt der Dichter dem König durch die Toten sagen:
Pomus ett primm tak – Doko mo doku/Komo doku dott – Primm tak pomus ett.

Ich fühle mich ganz dumm, sagt Tibor.
Ach, no worries, alter Knabe. Ich leite Dich durch die Dunkelheit, schreibt Calou.
Ich folge, Tibor muss noch viel lernen.
Beide stehen da. Als sich ein Mann zu Calou gesellt. Elfenbeinfarbener Anzug, grau meliertes Haar. Koteletten. Alte Schule. Calou und „Mr. Old School" stecken die Köpfe zusammen. Sie tuscheln.
(Mirko vernimmt ein leises Brabbeln. Er dreht den Lautstärkeregler an seinem Verstärker hoch, doch außer einem Brummen kann er weiterhin nichts von der Konversation zwischen Calou und dem Gentleman verstehen.)
Der Mann in dem hellen Anzug tritt vor.
Tibor, Du hast im Angesicht der Feinde des Clans Mut und Loyalität bewiesen. Du hast die wichtigsten Regeln des Clans beachtet, sagt er mit einer Stimme wie Arnold Marquis.
Mr. Old School hebt mit einem Mal die rechte Hand und macht eine winkende Bewegung.
Ich stelle Dir nun den Clan vor.
Ein Mann, ebenso in hellem Anzug, aber mit goldenem Stab in der Hand, tritt in den Raum.
Er klopft dreimal dumpf hallend den Stab auf den Boden.
Aufgemerkt! Aufgemerkt! Kommt zusammen!

Die Anwesenden bilden einen großen Kreis. Ein Mann in einem völlig unauffälligen, neutral grauen Anzug und ebenso völlig unauffälligem, neutral grauen Gesicht tritt in die Mitte.

WIR SIND DIE „HATARI EDNA SUH".

Wir sind die Hatari Edna Suh, wiederholt der Kreis.

Wir sind Kusvanties und Gads der Freien.

Wir sind Kusvanties und Gads der Freien, schallt es im Kreis.

Wir sind die Verteidiger der „Schale des Lebens".

Wir sind die Verteidiger der „Schale des Lebens".

Wem dient die Schale?

Dem König, antwortet der Kreis.

Was ist ihr Geheimnis?

Die Schale, der König und das Land – sind eins!

Die erste Frage überprüft Wissen. Ob der Suchende im Klaren ist, dass alles unter der Macht und Einheit des Königs von Cloonguard Four steht.

Wir sind uns im Klaren, spricht der Chor.

Die zweite Frage klärt das sichtbare Bild:

Der König als Einheit von Land und Dinglichem. Beides untrennbar eins wie die Schöpfung selbst, ob in Vollkommenheit oder scheinbarer Gebrochenheit. Wahrheit als Konsequenz ein und derselben Weisheit.

Dies ist die Wahrheit, der Chor.

Einmal in den Besitz der Wahrheit gelangt, überwindet der Wissende Angst, Krankheit und Tod und wird so auf einer neuen geistigen Ebene wiedergeboren.

Prüfe darum die Ursache innerer Schwäche, damit sie sich in Stärke und Zuversicht verwandelt, schließt der Kreis im Chor.

Tibor Dee ist in Ehrfurcht.

Mr. Old School tritt noch einmal an Tibor heran.

Wir werden Dich dabei unterstützen, hinter die Schleier der Illusion zu schauen. Wir lassen Dich die Ordnung erkennen. Immer mehr und mehr.

Noch nie hat jemand mit ihm je so gesprochen. Nicht mit Tibor, nicht mit Mirko.

Vieles nämlich ist nicht, wie es auf den ersten Blick erscheint. Viele Begebenheiten in Deinem bisherigen Leben waren nicht so, wie Du sie interpretierst.

Ich war blind, doch jetzt beginne ich zu sehen.

Lasse alles, was Dir nicht mehr dienlich ist, jetzt in Leichtigkeit und in Gnade ziehen. Tauche tief ein, Tibor Dee, und lasse voller Vertrauen los.

Ohne Furcht werde ich sein.

Du bist geschützt und wirst geführt, Tibor Dee. Wir sind immer für, nie gegen Dich.

Sei Dir selbst gnädig, Tibor Dee. Verurteile Dich nicht für Dinge, die Du vielleicht irgendwann getan oder nicht getan hast, weil Du es nicht besser wusstest.

Ich empfange die Gnade, bekennt Tibor Dee.

Deine Transformation beginnt. Alles geschieht gleichzeitig, während Du im Zentrum stehst. Die neue Zeit, sie bricht jetzt an.

Mr. Old School nimmt Tibor beiseite. Sie stehen jetzt in einer ruhigen und schwer einsehbaren Ecke unter der großen Treppe.

Ich weiß, sagt Mr. Old School mit markantem Ton, *Man denkt immer, alles müsste spektakulär sein ...*

Ich verstehe nicht ...

Niemand darf erfahren, *was ich Dir jetzt sage*, flüstert Old School verschwörerisch, *NIEMAND, hast Du mich verstanden?*

Tibor steht kerzengerade.

Bist Du bereit, die Befehle, die man Dir gibt, immer zu befolgen?

Ja. Ich bin bereit.

Dann sprich mir nach: Wir, die Hatari Edna Suh, schwören, immer treu zu dienen. Wir schwören bedingungslosen Gehorsam auch im Angesicht unseres Todes.

Wir, die Hatari Edna Suh, schwören, immer treu zu dienen. Wir schwören bedingungslosen Gehorsam auch im Angesicht unseres Todes.

Ich schwöre dem Clan ewige Treue und Gefolgschaft im Kampf gegen die Geronier.

Ich schwöre dem Clan ewige Treue und Gefolgschaft im Kampf gegen die Geronier.

Als Tibor die Worte so nachspricht, steigt der Stolz der Freien in ihm auf.

Wenn Du bereit bist, so empfange jetzt Deine Weihe.

    Ich bin bereit.

Mr. Old School bedeutet Tibor zu knien. Dann hält er Tibor Dee einen schweren Ring nahe dessen Mund, indem eine stehende Figur gefasst ist, die in beiden Händen einen Totenschädel trägt. Intuitiv küsst Tibor den Ring.

Mr. Old School sagt: *Du kannst Dich jetzt als Freier unter Freien wieder erheben, Tibor Dee.*

Dann geht Old School unauffällig. Oder sagen wir vielleicht besser, er entschwindet.

Mirko schwebt fast. Er ist angekommen. Da, wo keiner ihn maßregelt, weil er initiativ ist. Dort angekommen, wo keiner etwas dagegen hat,dass er gewinnen will.

Es ist jetzt sein Raum, seine Familie, sein Clan und er ist Mitglied in diesem exklusiven Club. Niemand seiner Freunde. Aber Mirko. Und Tibor. Die Erwählten. Zehn Meter groß.

Tibor stellt sich ein wenig an den Rand der Gesellschaft. Und wartet. Auf was genau kann er auch nicht sagen. Da tritt Calou zu ihm, der immer noch nicht spricht, sondern nach wie vor nur schreibt.

Willkommen, mein Bruder, tippt Calou.

    Ich bin ganz geflasht, sagt Tibor Dee.

Der Bugatti gehört übrigens Dir.

    Wow.

Und der Clan hat Dir auch eine bessere Unterkunft mit mehr Möglichkeiten organisiert. Unter anderem findest Du einen „speziellen" Schrank. Nur Du kannst ihn mit eigenem Passwort öffnen. Der Inhalt ist ausschließlich für Deine Augen allein. Du kannst nun also alles Wertvolle für das Game hierlassen und speichern.

Stunden, Tage verbringt Mirko nun mit Death out.

Nur kleine Jobs gibt es zu erledigen, doch alle haben irgendwie – Lerncharakter – und sind zu jeder Zeit eine gute handwerkliche Übung.

Tibor Dee cruist mit seinem Bugatti, als Radio-Scone meldet, dass es in der Kolonie 43 einen schweren Brand gegeben hat. Tibor ahnt Böses.

Zwei Häuser sind von dem Feuer komplett zerstört. 14 Freie zu Tode gekommen, 38 Verletzte, 12 Personen verhaftet.

Tibors Wohnung, hin. Grau qualmende verbrannte Bytes. Es ist alles vernichtet.

Seine Sachen, die er sich seit den ersten Tagen angeeignet hat, alles ist verschwunden. Die gespeicherten Daten im „speziellen Schrank" – GELÖSCHT. Flammenopfer …

Auf Cloonguard Four kann alles gebaut und alles zerstört werden, das ist Tibor schon bewusst, doch bisher hat es immer nur die anderen erwischt, nicht ihn, solange er dabei ist. Es ist ihm auch klar, dass es Spieler gibt, die es auf ihn abgesehen haben. Ihre Entscheidung.

Bisher ging es für Tibor Dee nur aufwärts. Das hier ist ein echter Schlag ins Kontor.

Wenn ich diese Dreckssau erwische, sagt Tibor sehr böse.

Wut. Unermessliche Wut steigt in Mirko hoch.

Er feuert leere Dosen „Red" laut scheppernd gegen die Kellerwand.

Mirko? Alles gut da unten?, ruft es von oben.

   Halt bloß die Fresse, will Mirko eigentlich brüllen.

Die Tür öffnet sich nach kurzem Anklopfen.

Hey, mein Schatz, alles gut? Ich glaube es langt für heute, mhm?, sagt Sabine mütterlich.

   Weißt Du, Mom, ich spiel da doch dieses Spiel. Da habe ich mir echt etwas Tolles gebaut. Das wollte ich Dir und Thomas zeigen. Nun ist alles kaputt, abgebrannt, weil jemand es nicht mochte, erklärt Mirko wehleidig seine Wutattacke.

Kann man es denn nicht einfach wieder aufbauen?, flötet Sabine feenhaft.

   Mom, nein, so geht das nicht. Stell Dir vor, unser Haus würde abfackeln. Das kann man ja auch nicht „einfach so" aufbauen, oder?

Ja, das stimmt auch wieder. Dir ist Unrecht widerfahren; und ich bin mir sicher, was Du uns da zeigen wolltest, hat bestimmt ganz toll ausgesehen. Sabine streichelt ihn tröstend.

Och, mein Baby, Kopf hoch. Sie wuselt ihm durchs Haar, *Kommst Du dann bitte? Wir wollen essen.*

Mirko hat seit nunmehr 31 Stunden nicht mehr geschlafen. Er merkt, wie schwer die Augen sind und schleicht regelrecht nach oben. Beim Essen wirkt er gedankenverloren.

Was ist los?, fragt ihn Thomas.

Müde, antwortet Mirko.

Lass ihn, Thomas. Man hat ihm Unrecht getan in dem Spiel, das ihm so gut gefällt.

Ja, aber der Junge sitzt ja nur noch da unten, fährt Thomas Sabine an. Mirko muss pennen.

Mirko erwacht, setzt sich langsam auf die Bettkannte, tappert schlaftrunken aus seinem Zimmer, dann die Treppe hinunter zum Erdgeschoss und schnurstracks in die Küche.

Ein Zettel liegt auf dem Küchentisch.

Essen ist im Kühlschrank. Sind zu Oma und bleiben drei Nächte. Hab Spaß. Wir lieben dich.

Die Lieblingsoma ist leider tot. Mirko mag Sabines Mutter – die andere Oma – nicht.

Die hat unsere ganze Ehe kaputt geputzt, so klagte immer der Opa, doch zu seinem Glück ist er auch schon hin.

Mirko bereitet sich auf seinen Gaming-Marathon vor. Vom nahen Supermarkt holt er sich haufenweise „Reds" und seine Lieblings-tiefkühlsalamipizza. Gummibärchen dürfen auch nicht fehlen.

Wundervolle Stille herrscht bei der Heimkehr. Thomas, Sabine und Antonia könnten seinetwegen noch vier weitere Wochen wegbleiben. Sicherheitshalber schaltet Mirko die Haustürklingel ab. Niemand soll stören. Keiner. Wenn die Suche beginnt. Denn nun kommt die Zeit der Vergeltung.

Tibor ist online. Die Ratte wird er schon finden. Nun sollen sie ihn kennen lernen. Er wird schon herauskriegen wer ihm das so dreist angetan hat. Und dann ...

Dringende Nachricht im Chat. *Sofort zum Rubba Dub. Calou.*
Mann, der hat immer noch kein Mikro, denkt Tibor noch und macht sich vom letzten Speicherpunkt der Safetycopy auf den Weg.
Tibor bewegt sich mittlerweile besser durch die Kolonie 43 und die Area von Cloongard Four als Mirko durch sein Zimmer.
Im Rubba Dub sind weder Calou noch Claire. Dafür zwei Männer. Mr. Old School und der Mann im grauen Anzug. Tibor kann sein Gesicht, das ein Schatten verdeckt, wieder nicht erkennen. Ob er überhaupt ein Gesicht hat?
Der Textchat öffnet sich. Calou.
Unterhalte Dich mit dem Mann im hellen Anzug.
Mr. Old School beginnt mit seiner Arnold-Marquis-Stimme:
Wie es sich herausgestellt hat, ist der Anschlag auf Matts Kapito nicht geglückt.
Nicht?!? Tibor fällt aus allen Wolken.
Somit ist auch der Brand kein Zufall und diese Vermutung bewahrheitete sich.
Was bewahrheitete sich?
Im „Gorsky Park" spricht man, die Geronier hätten herausgefunden, dass der Attentäter von Kapito in einem der Häuser lebt, die attackiert wurden.
Scheiße ... oh, Verzeihung ...
Leider viel zu spät gefundene Videoaufnahmen zeigen, wie mehrere Geronier nach dem Crash dem „Frettchen" zur Hilfe kamen, ihn aus dem Wagen befreiten und wegbrachten. Lange Rede, kurzer Sinn: Dein Hit lebt.
Oh, Mann, hätte ich doch kontrolliert anstatt wegzufahren. Ich war selbst so überrascht, „das Frettchen" so zufällig auf dem Servierteller präsentiert bekommen zu haben ...
BILLIGE AUSREDEN?, herrscht Old School Tibor an, *SIND WIR DIR SO WENIG WERT?*
Bitte, Eure Exzellenz, denkt nicht so etwas von mir.
Wie auch immer sie es herausgefunden haben, Fakt ist, sie haben DEIN, UNSER Haus niedergebrannt. Ebenfalls sind Dinge von Deinem Memory verschwunden. Es wird zu gefährlich. Wir erwarten nicht weniger, als dass Du Deine Arbeit abschließt.

Mr. Old School übergibt Tibor Dee ein Dossier von Matts Kapito. Halbwegs aktuelles Foto, Wohnort, Umgang, Lieblingsaufenthaltsorte, Restaurants, Bars, Office. Spezielle Vorlieben. Von Wohnhaus und Office gibt es sogar jetzt einen Bauplan.

Du willst doch dienen? Oder etwa nicht? Dann mache es diesmal richtig. Und keine Schlamperei mehr. Calou hat sich für Dich verbürgt, auch gesagt, dass so etwas sich nicht wiederholen wird. Solltest Du versagen, dann ist auch für Calou Schluss.

Ich habe geschworen – bei meinem Leben.

Also keine Fehler!

Es hat ihn schon bei WfC reingeritten. Seine Impulshaftigkeit. Besser kontrollieren müsste er sie, die verdammten Impulse. Vor allem, um Tibors Leben nicht in Gefahr zu bringen.

Tibor Dee. Mirko Thies muss Tibors Leben schützen.

Spontan war gestern, denkt Mirko, *ab heute ist Plan.*

Zumal „das Frettchen" jetzt gewarnt ist und sich nicht so leicht austricksen lässt.

Was hat Sammy noch gesagt? Matts „das Frettchen" Kapito hasst Überraschungen?

Wetten? Bisher haben alle nur versucht, Matts abzuknallen oder in die Luft zu sprengen. Aber niemand traut sich ganz nah an ihn ran, weil alle Angst haben, sie würden von ihm totgebissen.

Ich mach es mit dem Messer. Überraschung!!!

Mirko ist on. Tibor ist on. Keine Fehler mehr.

Eine so komplexe Einzeltat erfordert Planung und eine einfache Durchführung. Nichts darf schiefgehen, nicht zu viele Schritte. Gutes Timing. Schnelles Handeln. Na dann …

So sei es … sonst … besser nicht dran denken.

Im „Quarryman" wird ein Job als Kellner angeboten. Tibor ist begeistert.

Das Quarryman. Der Top-Laden für Top-Bonzen. Inklusive „das Frettchen".

Tibor rasiert sich den Bart ab – zur „Tarnung". Es stehen mehrere Bewerber für den Job an. Um genau zu sein, fünf. Man quatscht so rum, während man wartet.

Was machst Du so?

Bla bla bla ...

Tibor Dee ist der Letzte. Die vier vor ihm sahen nicht sehr zuversichtlich aus, als sie wieder vom Interview aus dem Office herauskamen.

Hey, Tibor, wie geht es Ihnen? Schön, dass Sie kommen konnten und für uns Zeit gefunden haben. Setzen Sie sich doch, bitte, fordert ihn der Interviewer freundlich auf.

Danke.

Sie wollen im Quarryman arbeiten? Was denken Sie, qualifiziert Sie?

Ich bin wach und will von den Besten lernen.

Wissen Sie was, mein Junge, die anderen da vor Ihnen haben so einen Schwall gelabert ... Sie haben den Job. Herzlich willkommen im Team. Ich bin John Mimi.

Mr. Mimi ...

John ...

... John, Sie wissen gar nicht, wie glücklich Sie mich gerade machen.

Sie fangen morgen zur Frühschicht an, da sind keine Gäste. Also aufräumen, richten, Kollegen beschnuppern, schon mal schauen, wo alles steht und ein bisschen den Laden kennenlernen. Das machen wir ein paar Tage, sehen dann, wie es sich entwickelt. Okay?

Klingt perfekt.

Also, 8 Uhr. Pünktlich!

Okay. John. 8 Uhr.

So ist das mit den Jobs bei Death out, jeder lebt ein zweites Leben um das erste zu verbergen (was verbirgt John?). Jetzt cool bleiben. Alles mitnehmen, was geht und so schnell wie möglich in den Gästebetrieb aufsteigen.

Normalerweise wäre es scheißlangweilig, ein Game zu spielen, in dem man Löffel, Gabel und Messer poliert. Teller in Schränke stellt und Tassen herausnimmt. Lieferungen kontrolliert, digitale Berge von Fleisch schleppen muss oder virtuellen Fisch, Obst und Gemüse. Ein Spiel, in dem man die Küche aufräumt und angebrannte Töpfe scheuert. Geht's noch?

Tibor wäscht ab. Er macht es gut. Aber: So läuft das Spiel. Mache es gut.

Jeden Winkel kennt Tibor mittlerweile. Er kennt die Namen aller Kollegen, ist hilfsbereit und wissbegierig, lernt schnell, öffnet und schließt Schränke, Truhen, Schubläden und merkt sich, wo alles gestapelt steht. Außerdem weiß er in Nullkommanichts, wie sich der Laden organisiert. Er lernt das Abrechnungswesen, wann Bugie oder Wugie angenommen werden und ab welchem Betrag.

Tibor lernt die Reihenfolge des Bestecks aufzulegen, die richtigen Gläser zu platzieren, die Teller, Unterteller, Dessertteller zu stellen und alle anderen Teller, Tassen, Schüsseln und was man sich sonst noch so denken kann, um es auf- und wieder richtig abzudecken.

Das Kellnern fällt zu Beginn schwer und verlangt viel Konzentration vom Gamer. Doch dann ist es einfach, wenn man den Bogen erst einmal raushat.

Auch gibt es ein Briefing im Umgang mit den zum Teil „schwierigen" Gästen. Gute Manieren und allgemein angemessenes Benehmen werden geübt.

Ein Kollege vom Service erscheint nicht zur Arbeit.

Tibor, Sie arbeiten heute im Gästebereich, sagt John.

Sein Moment. Wenn er sich nicht ganz blöd anstellt, kann er sich empfehlen und etablieren. Tibor ist gut vorbereitet. Tibor fühlt sich sicher.

Die ersten Gäste kommen und gehen.

Ein paar sind sogar nett, aber auch viele miese Gestalten tummeln sich, um gut zu speisen.

Stil kann man nicht kaufen, ihr Proleten, denkt sich Tibor, als er den einen oder anderen beim Verzehr digitaler Speisen beobachtet.

Der Abend verläuft gut. Viel Arbeit, viel Rennerei. Viel von allem. Zum Glück keine Schreierei mit den Gästen. Smooth.

Ab jetzt sind Sie fest im Gästebereich, sagt John, *Gut gemacht, wirklich gut.*

Das NL2, Tibors Jagdmesser, ist vom Feuer verschont geblieben und wartet schon auf seinen Einsatz. Tibor pflegt es. Übt sehr fleißig. Schneller und immer schneller verinnerlicht er die Bewegungen, die nötig sind, um schnell zu handeln.

Noch hat „das Frettchen" sich nicht im Quarryman blicken lassen. Doch Tibor ist unbesorgt. Der kommt noch. Jeder hat seine Gewohnheiten und „das Frettchen" macht da keine Ausnahme. Vielleicht kommt er ja mit der Russin und dieser Fetten, die seine „Schwester" sein soll ... Man hört viel über ... Matts „das Frettchen".

Tibor zieht es in seiner Freizeit ins Rubba Dub, doch keine Spur von Claire.

Ein paar Drinks, ein paar Chats, das war's. Calou hat sich auch rar gemacht. Arbeit.

Tibor hat ein Ziel. Dass ihn keiner drückt und nervt zeigt zum einen, dass ihm offenbar vertraut wird, zum anderen, dass man sich der Schwierigkeit der Sache bewusst ist.

Claire sendet ein „Denk an dich" und ein Küsschen. Wenigstens etwas.

Das Quarryman ist brechend voll und der Laden läuft abartig gut. Beim Bedienen, aus den Augenwinkeln, sieht Tibor endlich „das Frettchen" am Eingang stehen. Matts wartet darauf, an seinen Platz geführt zu werden. Er ist ohne Begleitung. Noch. Das ist günstig. Jetzt oder nie. Keine zweite Chance, zumal Tibor Dee keine Ahnung hat, ob nicht seine Tarnung wohlmöglich schon längst aufgeflogen ist. Also ...

Das NL2 liegt angeschmiegt in einem maßangefertigten Brustholster (eine Arbeit, die er sich in Lucky Town, in einer Vorstadt von Scone, hat anfertigen lassen). Die extrem geschärfte Stichwaffe ist praktisch unsichtbar unter dem Hemd und jederzeit griffbereit. Matts „das Frettchen" Kapito stolziert hinter dem Maître d'hôtel an seinen Stammplatz.

Tisch Nummer 12, ein Vierertisch. Mal sitzt Matts alleine, wird berichtet, mal mit Gästen. Nur kleine Runde und nie eine Ausnahme. Im Laden ohne Bodyguards.

Die Chancen stehen also gut, dass er heute alleine speist. Eine Marotte von Herrn Kapito zudem, dass er nicht gerne mit dem Rücken zur Wand sitzen mag.

Tibor ist für die Tische 11 bis 15 zuständig. Tibor ist busy. Tisch 13 hat gerade bestellt, Tisch 14 bekommt serviert, Tisch 11 will zahlen. Tisch 15 ist beim Dessert. Und Tisch 12 hat selbst mit der Hilfe des Maître seinen blöden Geronierhintern noch nicht platziert.

Just aber als der Maître geht, Matts „das Frettchen" Kapito bequem sitzt und Tibor hinter ihm Tisch 11 die Rechnung bringt, geht es blitzschnell.

In einer fließenden Bewegung dreht sich Tibor herum, zieht gleichzeitig das *NL2* aus dem Holster und reißt mit der freien Hand Matts Kapitos Kinn hoch.

Tibor fährt mit dem Messer durch Matts Kehle. Ein sauberer Throatcut, schnell und präzise. Zack. Von links nach rechts. Dabei schießt das Blut im Schwall, weil Tibor sein Opfer schon fast geköpft hat. Er denkt dabei an Claire. So geil macht es ihn.

Tibor lässt das Messer fallen. Sein weißes Oberhemd ist rot gefärbt. „Das Frettchen" gurgelt noch einen letzten Gurgler. Von überall Schreie des Grauens.

Die Tür des Quarryman öffnet sich. Gäste kommen oder verlassen gerade den Laden.

Tibor schaut und ruft so laut er kann: *John, John, schnell, schnell, rufen Sie einen Krankenwagen und die Cops. Der Typ ist gerade erst raus. Da durch die Tür …*

Tibor weist auf die hinausgehenden Gäste.

Seit dem Brand hat Tibor Bleibe im Rubba Dub gefunden. Hier ist er safe, selbst wenn die Geronier die Stadt bei der Suche nach ihm auf den Kopf stellen würden.

Tibor fühlt sich (zurecht) … UNBESCHREIBLICH.

Jetzt schon etwas länger steht Randy hinter dem Ausschank des Rubba Dub.

Randy ist stockschwul und hat ein Auge auf Tibor geworfen.

Ich hab' was für Dich, mein Hübscher.

Tibor schaut Randy an.

Nein, nein, nicht was Du denkst, Du unartiger Junge. Hier ein Couvert. Da hast Du. Lad' mich doch mal ein, hmmm?

Tibor öffnet das Couvert. Darin ein einfacher Zettel mit Adresse. John-Connor-Boulevard, 90210.

Tibor weiß, dass dies eine der nobelsten Adressen von Scone ist.

Ich fahre Dich. Lass Deine Karre stehen, die fällt im Moment zu sehr auf, sagt Pete.

Tibor ist überrascht. Er hat Pete nicht bemerkt und folgt ihm.

Die Fahrt endet vor einem Hochhaus mit Superluxusapartments. Der Concierge sagt: *Guten Abend, Master Dee. Wir haben Sie schon erwartet. Sie bewohnen das Penthouse, Sir.*

Der Blick vom 57. Stock ist unschlagbar. Tibor sieht auf Scone. Die Lichter funkeln wie Diamanten. Wunderland bei Nacht. Scone ist zwar von den Geroniern besetzt, doch von hier oben scheint alles Grauen fern.

Ding Dong, läutet es an der Tür. Tibor wundert sich. Dann macht er auf.

Claire!

Es wird eine lange Nacht, mein Hengst.

Mirko findet eine Mail von Alex. *Gute Arbeit! Befolge Befehle, folge mir durch das Dunkel zum Licht und Du wirst an Orte kommen, die Du noch nie gesehen hast. Du kommst an die Spitze – wenn Du mir vertraust und an Deine neue Familie glaubst.*

Mirko grübelt. (Tibor grübelt.)

Dann entschließt er sich, zu schreiben.

Kann ich Dir wirklich vertrauen? Bin ich wirklich Dein Freund?

Seid ihr meine Familie?

Alex ist online.

Wahrlich, ich sage Dir …

Als ich „das Frettchen" weggemacht habe, Mann – das war der absolute Wahnsinn!

Ja, das war unglaublich, schreibt Alex.

Aber wie ist das wirklich? Wenn man Menschen jagt? Ich meine WIRKLICH jagt. Das Adrenalin … vor allem, wenn man das hier be-

reits erlebt hat? Kann man das ... ich meine, lernen ...? Muss man dafür geboren sein? Ich glaube ... ich bin dafür geboren ...

Willst Du es herausfinden?, fragt Alex.

Tibor Dee hat gezeigt, dass man kämpfen muss und es Menschen gibt, denen man trauen kann. Alex hat ihn nie verraten und Tibor immer heil durch die Nacht des Games geführt.

Wie meinst du das?

Willst Du herausfinden, wer DU bist? Wozu DU fähig bist? Willst DU lernen, wie man jagt? Willst DU wissen, wie es ist? Vertrauen, wirkliches Vertrauen zu haben und zu erfahren? Dann sage jetzt „Ja", gib mir Deine Adresse und ich schicke Dir etwas zu. Du entscheidest dann, wie es weiter geht. Ich werde Deine Fragen beantworten. Ich werde Dir mein volles Vertrauen und Freundschaft dafür schenken – ALSO: kann ich DIR vertrauen?

An seiner Vertrauenswürdigkeit zu zweifeln, empfindet Mirko als fast beleidigend.

(Und kränkt auch Tibor.)

Ja, die knappe unwirsche Antwort.

Gut, dann sage ich Dir Folgendes: Bringe Dein Leben in Ordnung. Zeige nach außen, dass Du ein guter Junge bist. Räum Dein Zimmer, Deinen Keller oder sonst was auf. So wie in Death out, führst Du AB JETZT ein Doppelleben.

Mirko, eben noch angepisst, ist jetzt ÜBERWÄLTIGT. Angetörnt. Gekickt. Overwhelmed. On.

In den nächsten Tagen kapselst Du Dich nicht ab. Zeig Dich sozial. Du wirst Deinen Leuten sagen, dass Du „survivalmäßig zelten" gehst. Mit Freunden. Zwei Wochen wirst Du weg sein.

Sei auf Abruf bereit. Auf Abruf – also zu JEDER ZEIT!

Das wird hier alle freuen, Zeltplatz statt Computerkeller.

Unser gesamter gemeinsamer Gesprächsverlauf wird nach Beendigung dieser Konversation gelöscht. „Death out" wird gelöscht.

Mirko verschickt die Heimadresse und löscht diese letzte Nachricht sogleich.

„Death out" ist jetzt Wirklichkeit. Endlich – Mirkos Wirklichkeit.

„Geissen-Peter und Heino „der Zweite" hocken in Mirkos Gamekeller."

Hey, was geht ab? Das sieht ja hier richtig aufgeräumt aus, staunt Heino.

Was war eigentlich los? Hast Dich so rar gemacht, will der Geissen-Peter wissen.

Ach, antwortet Mirko, *nur so ein Spiel. Hat gut begonnen. Hab mich halt reingehängt, ihr wisst ja, wie das ist.*

Oh, ja, bestätigen Heino und der Peter, *wir wissen genau, wie das ist. Und dann?*

Ja nix und dann. Am Ende stellt sich heraus, dass es doch nur wieder dieselben alten Moves sind und keine echte Challenge. Mülleimer. Interessiert keinen Menschen mehr.

Schnauze abputzen und weiter machen, sagt Heino.

... und sonst?, fragt Peter.

Zelten gehen, mit Leuten, zwei Wochen, bisschen Luftveränderung ... wird gut ... die kenne ich alle noch aus dem Praktikum. Haben sich plötzlich gemeldet. Elke kommt auch.

Ach? Elke?, fragen Geissen-Peter und Heino „der Zweite" gleichzeitig interessiert. Mirko bleibt eine Antwort schuldig.

Mirko! Ein Paket für Dich, ruft Sabine.

Drumbeat bummert halblaut durch Mirkos Dachzimmer.

Mirkoooh! Pakeeheet!, ruft Sabine erneut.

Die Musik wird leiser. Mirko geht nach unten.

Was denn? Wie spät isses?, fragt Mirko.

Kurz nach neun. Hier, ein Paket, für Dich. Wurde gerade abgegeben.

Danke, Mirko versucht seine Aufregung nicht zu zeigen.

Die Leute vom Paketdienst sehen auch immer merkwürdiger aus, na ja kein Wunder, bei dem Gehalt, sagt Sabine.

Thomas schlurft durch die Küche.

Irgendwie fühle ich mich heute nicht. Bin total kaputt. Ich glaube ich lasse Tennis ausfallen. Ich werd' mich nochmal 'ne Stunde hinlegen, vielleicht geht es mir danach ja wieder besser, leidet Thomas vor sich hin.

Mirko nimmt zittrig sein Paket und verschwindet Richtung Treppe.

Denk bitte daran, dass es jetzt Zeit ist, für Antonia zu üben. Mach keinen Krach. Du weißt, sie hat bald ihr erstes Vorspielen, ruft Sabine ihm hinterher.

Ja, ja, brummt Mirko und noch etwas Unverständliches.

Ihm geht die ganze Geigerei auf die Nerven.

Irgendwann gab es einen Familiendeal. Mirko bekommt einen teuren Gaming-Room, Antonia bekommt, eine teure Geige und noch teureren Unterricht.

Das „Spielzimmer" im Keller hat er mit Thomas eingerichtet. Das letzte große Vater-Sohn-Projekt. Auch schon über vier Jahre her.

Wieder in seinem Zimmer, öffnet Mirko mit erregten Händen das Paket. Darin eine Schatulle. Das Teil sieht aus, als wäre es mal feucht geworden und danach wieder getrocknet. Deutlich kann man die Trocknungsränder erkennen.

Erdig riecht es auch, findet Mirko.

Er öffnet die Schatulle vorsichtig und sieht hinein. Mirko ist verblüfft.

Eine kleine weiße Schachtel und ein rechteckiger unscheinbarer grauer Karton. 20 x 15 Zentimeter? Beides nimmt Mirko vorsichtig heraus, nicht ohne sich zu wundern.

Der Karton hat sein Gewicht. Er öffnet zunächst die weiße Schachtel. Ein silberner USB-Stick kommt zum Vorschein. Mirko nimmt den Stick und steckt ihn in sein Laptop. Ein File erscheint. Mirko öffnet es.

Nachricht, tönt der Lautsprecher. Auf dem Bildschirm erscheint eine Zahlenkette.

Folge den Koordinaten: 41° 43' 55" N, 49° 56' 45" W

Ausrüstung: Hose, Hemd (3 x Wechselwäsche für 14 Tage), Unterwäsche, 8 Paar Socken, Trainingsanzug, Sport- und Wanderschuhe (je 1 Paar), Regenjacke, Regenhose, 1 Stück Seife, Zahnpasta/-bürste, 3 Handtücher, 1 Schlafsack, 1 x Besteck. Nicht mehr! Erwartete Ankunft: HEUTE, 20 Uhr 48. USB nach Erhalt der Nachricht zerstören. Sei es! Oder bleib fort.

Damit endet die Nachricht.

Mirko nimmt den unscheinbar grauen Pappkarton. Hebt ihn an und schüttelt. Nichts bewegt sich oder gibt ein Geräusch. Der Karton mit Inhalt wiegt unter einem Kilo, schätzt er. Mirko ist plötzlich so aufgeregt, dass er den Karton kaum öffnen kann. (Er stellt sich aber auch wirklich zu ungeschickt an.) Dann …

Er hebt den Deckel an und strahlt. Wie ein Kind zu Weihnachten.

Glock 17, flüstert Mirko ehrfürchtig.

Leichtgewichtiges Polymer, 14 % leichter und 17 % härter als rostfreier Stahl, 85 % Metallanteil. Sie ist gar nicht schwarz. Sie ist Anthrazit. Wie bei Sammy.

Der Kunststoff, etwas matt glänzend, verfügt über eine raue Struktur und eine noch rauere Textur an den Griffseitenflächen. Die Waffe liegt da eingebettet und schweigt. Schweigt ihn an. In ihrer Schönheit.

Mirko ist bei dem Anblick der Waffe im Zustand von überglücklicher Verzückung.

Man könnte auch andere Worte bemühen, aber „überglückliche Verzückung" trifft es schon recht genau.

Mirko kann sich auf einmal nicht mehr erinnern, je etwas Schöneres (vielleicht Claire) gesehen oder geschenkt bekommen zu haben.

Alex hat sein Versprechen gehalten.

Mirko nimmt die Glock, die ihm in der Hand liegt, als wären beide für einander geschaffen. Das Gefühl wird wieder in ihm wach, als er auf Matts Kapito schoss. Und jetzt … hält er sie tatsächlich in den Fingern … Glock 17. Alles wird wahr.

Die stark aufgeraute Struktur des Griffstücks bietet auch mit feuchten Händen Halt, jetzt fühlt Mirko, warum. Seine Hände sind nämlich regelrecht nass vor Aufregung.

Erst jetzt realisiert Mirko, dass die Waffe kein Magazin hat. Auch in dem Karton findet sich keines. Noch Patronen. Egal.

Mirko versucht, sich zu sortieren. Er muss jetzt klaren Kopf bewahren und nicht herumhüpfen. So schwer es auch fällt. Jetzt muss gepackt werden.

Er legt die Waffe in den Karton und verschließt ihn.

Mirko verlässt sein Zimmer, geht die Treppe hinunter.

Thomas schlappt noch immer kopflos leidend durchs Haus.

… oder soll ich vielleicht doch zum Tennis …?

Thomas geht ins Schlafzimmer.

Hey, Tom … wo haben wir eigentlich unseren ganzen Campingkram? Du weißt doch, heute geht es los. Zwei Wochen Survival-Zelten mit den Kumpels.

In der Garage, hinten irgendwo. Und viel Spaß beim Campen, ruft Thomas schon fast im Bett liegend, *amüsier Dich gut, Junge.*

Mirko geht in die Garage und sammelt zusammen, was auf der Liste gefragt ist. Er findet eine alte rote Sturmlaterne. Die müsste schon der Ur-Großmutter gehört haben, so ramponiert sieht das Ding aus.

Er packt das Zelt und die restlichen Sachen zusammen und schleppt alles nach oben.

In seinem Zimmer überprüft er die Funktion des kleinen Wurfzeltes. Die Wäsche breitet er auf dem Bett aus.

Antonias Violine im Hintergrund. Sie übt. Für Mirko nur Katzengejammer.

Mirko hat in den letzten Tagen Survival-Seiten im Internet besucht und eine eigene Checkliste angefertigt.

Keine Fehler! Fehler kosten das Leben!, steht überall in den Überlebensportalen zu lesen.

Mit der erhaltenen Liste vom USB-Stick gleicht er die eigene ab. *Socken, Unterwäsche, T-Shirts, Pullover, Jacke, Regensachen, Wanderstiefel plus Ersatz, Mountain-Rucksack (Original Berghaus), Isomatte, Schlafsack, Konserven, Dosenöffner, Messer, Pistole, 350 € (am Mann zu führen).*

Mirko streicht:

Dosenöffner, Ersatzstiefel, Isomatte, Konserven, das Messer.

Geld nimmt er trotzdem mit.

Ich fahr' jetzt einkaufen, ruft Sabine und schlägt die Haustür bedeutungsvoll zu.

Thomas und Antonia nehmen keine Notiz.

Nur Mirko ruft: *Alles klar, Mom, … und … dran denken, ich bin später auch weg … Camping.*

Sabine geht in die Auffahrt, hat den Einkaufzettel und Tasche in der einen Hand und wühlt suchend mit der anderen in der Handtasche.

Mist ..., rutscht es Sabine heraus. Sie kehrt zum Haus zurück, schließt auf und geht geradewegs in die Küche.

Hab' noch was vergessen ...

Der Autoschlüssel liegt auf der Anrichte beim Radio.

Bin dann wieder weg, ruft sie lauthals.

Thomas und Antonia nehmen keine Notiz.

Nur Mirko ruft: *Tschüss, bis in zwei Wochen ... ich melde mich.*

Sabine steigt in ihren blauen Volkswagen „Up". Der Brummer ist gerade groß genug für den Monatseinkauf, den sie vor sich hat. Eigentlich hasst sie es, alleine einzukaufen.

Heute ist es ihr ausnahmsweise recht, hat sie sich doch mit Freundin Elsbeth zum gemeinsamen Einkauf verabredet. Danach zum Kaffee mit Birgit und Hendrik in der Stadt.

Die drei hatten sich aus den Augen verloren, haben sich dann eher zufällig auf einer Internetplattform wiedergefunden. Die alte Chemie zwischen ihnen war sofort wieder da. Sabine freut sich. Halb zehn in Deutschland.

Thomas erwacht und schaut auf sein Handy. 10 Uhr 43. 17 Nachrichten.

Erste Nachricht von Winfried.

Alter, wir sind zu wenig. Kommst Du zum Tennis und dann auf ein Glas Wein zu Moni?

12 Uhr da, schreibt Thomas knapp.

Die anderen Nachrichten, Ma und Pa, witzige Gruppennews und noch eine von Moni.

„Kommst Du heute?" Und wie Thomas kommt.

Moni, das Luder, war sie doch Thomas' erste Liebe. Es kribbelt wieder zwischen den beiden. Besonders seit Monis Trennung von dem bescheuerten Matthias.

Thomas schwingt sich auf und macht sich im Bad frisch, sprintet in die Küche und bereitet geschwind einen Espresso. Instant. Nach dem Energietässchen packt er seine Tennissachen und nimmt seinen ganz besonderen Duft mit. Einen richtigen Ladykiller.

„Old Kashmir Classic Gentleman".

Was Moni wohl davon hält?

Thomas spurtet sicherheitshalber nochmal zurück ins Bad.

Das Gesicht sauber? Keine Stoppeln?

Sabine, so im „Up" sitzend, Phil Collins' „In the Air tonight" hörend, denkt sich:

Mirko räumt freiwillig sein Zimmer auf. Der Junge hat es endlich begriffen.

Sabine ist sehr glücklich und gerührt bei dem Gedanken.

Sie möchte Mirko seine Lieblingstiefkühlsalamipizza kaufen und Nachos mit Käsesoße.

Die liebt mein Baby doch so.

Auch wenn vegane Woche ist, im Hause Thies. Was soll's? Dann ist eben Cheating-Day!

Mein Mirko hat es sich verdient.

Sie hat bereits wieder vergessen, dass es fürs Mirko-Baby zum Camping geht.

Ich fahre doch noch zum Tennis, ihr beiden. Hört ihr? Ich rufe Sabine später an …

Beide hören nicht.

Hab euch lieb, ruft Thomas um 11 Uhr 13, schon fast in der Einfahrt stehend.

Thomas hat gelbe Strickware und Sporttasche locker über die Schulter geworfen und sieht aus wie seine eigene Imitation der 80ziger Jahre.

Ist er eigentlich so geworden oder so geblieben?, fragte Mirko einmal Sabine.

Sabine hat geantwortet: *Ich glaube, Thomas denkt, er ist so.*

Antonias Violinenspiel verstummt, als Thomas das Haus verlässt.

Sie geht die erste Etage hoch, in ihr Zimmer.

Lisa? Lisahh!, Antonia schaut sich um.

Ihre Puppe Lisa, Dr. Bruno Granz, der Bär (der lässt manchmal einen fahren), Emil, der Esel (der auch), Charly, der Panda (der besonders), Lord Giraffe und Prinzessin Viola (die nicht); sie alle ste-

hen nämlich auf der Gästeliste für „Antonias großes Hauskonzert".
Lisa, ich habe Dir doch ein Konzert versprochen und nun versteckst Du Dich!
Antonia kramt in einer rosa mit Feenstaub gestrichenen Kiste.
Dann ein Aufschrei der Freude.
Oh, liebste Lisa! Da bist du ja. Fein hast du dich gemacht. Extra für das Konzert.
Antonia herzt und drückt ihr Lieblingsstück.
Weißt du, es wird im großen Festsaal gespielt. Das Boston Symphonie Orchester ist auch da. Verschwörerisch beugt sich dann Antonia an Lisas Keramikohr und flüstert:
Pssst. Verrate es keinem! Niemandem! Aber das Orchester bin ich. Hi hi …
Antonia nimmt ihr Publikum nach unten.
Ein kurzes „Huppala" und Herr Dr. Granz wäre ihr fast aus dem Arm geglitten.
Bitte kommen Sie doch. Treten Sie ein.
Als deren Loge setzt Antonia Lord Giraffe, Prinzessin Viola und Dr. Bruno Granz, den Bären, in „dem Thomas sein Sessel".
Lisa, Emil und Charly bekommen auf dem roten Kuschelsofa ihren Ehrenplatz.
Meine sehr verehrten Damen und Herren, hebt Antonia an, *heute spielt die erste Geige, nur für Sie: Antoniaaaaa.*
Antonia spielt dem geneigten Publikum: *Ah, vous dirai-je maman.*

Mirko sitzt auf seinem Bett. Das Zimmer ist aufgeräumt.
Zumindest ist ihm das schon mal gelungen.
Also ein guter Tag, wie es dieser Admiral der Seals seinen Leuten immer sagt:
Denn egal was heute passiert, das Bett ist zumindest gemacht und man hat es selbst getan.
Mirko geht alles durch. Die Checkliste ist klar und deutlich.
Er packt die Sachen in den Rucksack.
Das Handy vibriert. WhatsApp von Heino „dem Zweiten".
Hey, heute Abend zocken?

Bin weg, komme in zwei Wochen wieder. Camping, sendet Mirko flüchtig zurück.

Er packt weiter. Regenjacke, Regenhose passen nicht mehr hinein. Was soll's?

Draußen leichter Regen. Warm und fein. Hört schon auf.

Die Liste ist abgehakt. Die Tasche bereit. Mirko schaut auf die Uhr. 11 Uhr 23.

Fahrpläne sind gegoogelt. Die Route rausgesucht. Suchverlauf gelöscht.

Mirko macht es ordentlich.

Ordentlich heißt auch, er nimmt nicht nur den Bus. Linie bis Endstation. Den Rest zu Fuß. Fünf, sechs Stunden. Unterwegs rasten.

Mal sehen, denkt er und zieht den Rucksack über, *Eigentlich könnte ich meine Spur auch ganz verwischen.*

Bobo, ruft Antonia ihren Bruder.

Antonia nennt ihn schon immer „Bobo".

Bobooohh!!!

Mirko öffnet die Tür.

   Was willst Du Nervensäge?

Kannst Du mir Schoki vom Küchenschrank holen, bitte. Nur ein Stück.

Antonia sieht ihren Bruder mit großen braunen Augen an.

Bitte ... Ich weiß wir haben vegane Woche, aber mit Schoki spielt es sich besser.

Mirko greift den Küchenschrank hoch und bricht ihr ein großes Stück Vollmilch-Nuss ab. *Falls Mom fragt, sage ihr einfach, ich hätte es genommen. So ... ich bin dann mal los. Bis die Tage und übe schön.*

   Wohin gehst Du denn?

Zwei Wochen Survival-Campen mit Kumpels.

Beim Hinausgehen sagt er noch: *Handy habe ich mit, falls ...*

Die Tür fällt 11 Uhr 32 ins Schloss. Sie winkt dem Bruder zum Abschied.

Antonia kehrt zurück in den Konzertsaal, wo ihr Publikum geduldig noch auf sie wartet. Sie stemmt plötzlich ihre Fäuste in die Hüften und stampft wütend mit dem Fuß auf den Boden.

Puhh ... Dr. Bruno Granz ... erlauben Sie mal!!!

Busendhaltestelle für den Desperado. Den Outlaw. Renegaten. Auf dem Weg nach Tombstone gibt es kein Zurück mehr für Mirko. Mirko „the Kid".

Die Eltern hat Mirko so richtig belogen. Und alle anderen auch. Mirko. Er muss seine Sehnsucht und Qual leben. Er muss. Egoist. Jung, rastlos. Egoman.

Er schaut nicht zurück.

Er geht allein.

Mirko prüft die Navi-Funktion seines Telefons.

14 Uhr 18.

„The Kid" ist gut in der Zeit.

Tibor, übernehmen Sie.

Sag, ist es nicht eine Schande,
ohne Respekt zu leben?
Das Leben eines Kriechers zu führen, Heuchlers und Verräters?
Ohne Ehre?

Willst Du etwa in Schande verstümmelt weitervegetieren?
Wie dieses feige Gesocks?
Umgeben nur von Brut? Ohne Familie?
Erbärmlich und räudig?

Bist Du bereit oder
ziehst Du lieber mit den Schlappschwänzen nach Nirgendwo?

Sieh mir gefälligst in die Augen, wenn ich mit Dir rede!

Ich frage:
Bist Du überhaupt bereit,
irgendetwas von Deinem kleinen Leben zu geben,
Du Waschlappen?!

Lüg' mich nicht an!
Dafür kenne ich Dich nur zu gut.
Kenne
Deine tiefste Sehnsucht.
Deine Einsamkeit.

Kenne Deinen Schrecken genau …
und
Deine Furcht!

LEVEL 2

Einfach so

Siegfried Schröder hat es nicht eilig.

Es ist nur noch etwas mehr als einen Katzensprung zur Besprechung.

Treffpunkt „alte Verwaltung". 60er-Jahre-Flair. In Eiche getäfelter Konferenzraum. Immergrüne Sansevieria. Nostalgischer Rest der guten alten Zeit. Die Runde pünktlich. Der Gastgeber, Herr Dr. Hessel, erhebt das Wort zum Gruß.

Meine sehr verehrten Damen und Herren, ich darf Sie recht herzlich zu unserem heutigen Treffen willkommen heißen und mich Ihnen sowie allen Teilnehmer dieser hochkarätigen Runde kurz vorstellen.

Ich bin Franz Josef Hessel. Geschäftsführer und Leiter des Kaiser-Wilhelm-Bahnhofes.

Nach nur wenigen Monaten Bau- und Installationszeit pünktlich zum Geburtstag, auch wenn es leider kein runder ist, steht heute neben einer Sicherheitsbegehung auch der abschließende Check des brandneuen Kamerasystems im Mittelpunkt der Agenda.

Ich danke auf das Herzlichste für die erfolgreiche Zusammenarbeit, dem zu meiner Linken sitzenden Herrn Dr. Siegfried Schröder und seiner rechten Hand, Herrn Hans-Peter Baehr von der Firma „Schröder Schutz und Sicherheit GmbH".

Herr Dr. Schröders Firma ist hier im Hause seit nunmehr eineinhalb Jahrzehnten sehr verantwortlich tätig. „Schröder" kümmert sich nicht nur um die hiesige Kameratechnik, sondern auch um die Neukonzeptionierung der Gesamtsicherheit und dessen Umsetzung hier im Bahnhofsgebäude.

Des weiteren möchte ich Ihnen Herrn Polizeihauptmeister Johann von Basten unserer Bahnhofspolizei vorstellen. Ferner den Leiter des Bau- und Ordnungsamtes Herrn Dr. Peter Schiffmann sowie dessen Stellvertreter Oberamtsrat Georg Kiesling.

Vom Roten Kreuz und der Feuerwehr begrüße ich recht herzlich die Herren Florian Kiesewetter, Kreisverbandsleiter des DRK und Orts-brandmeister Fritz Däumling sowie unsere geschätzte Protokollan-tin und meine persönliche Referentin Frau Gisela Storch.

Und – last but not least – und mit besonderer Freude, darf ich Ih-nen mit dem heutigen Tage die neue Kollegin für den Bereich Bahn-hofssicherheit Frau Dr. Alexandra Nienaber vorstellen.

Sie ersetzt unseren in Ruhestand getretenen Herrn Dr. Franke. Auch an dieser Stelle sei ihm nochmals großer Dank für seine jah-relange aufopferungsvolle Arbeit und Verdienste um den Bahn-hof gesagt.

Also, hiermit herzlich willkommen in unserem Kreis, verehrte Frau Dr. Nienaber.

Applaus aus der kleinen Runde.

Aber Herr Dr. Franz Josef Hessel hat auch noch etwas Betrübli-ches zu berichten.

Leider haben wir eine sehr kurzfristige Absage von unserem Herrn Dr. Kremer erhalten, den Leiter des hiesigen TÜVs. Er ist am frühen Morgen die Kellertreppe heruntergestürzt und wird noch heute an der Kniescheibe operiert. Er lässt aber beste Grüße ausrichten und weiß die Sache in bewährten Händen. Also – Gute Besserung von hier aus, lieber Herr Dr. Kremer.

Im Raum kurz mitfühlende Blicke.

Wie schon angesprochen, ist das Ziel dieser heutigen Zusammen-kunft, Ihnen unser neues Notfall- und Kriseninterventionskonzept mittels einer Sicherheitsbegehung vorzustellen; und wir werden die neu installierte Kameratechnik in einem Systemstresstest in unse-rer neuen Sicherheitszentrale bewundern.

Herr Dr. Schröder, darf ich Sie nun um Ihre einleitenden Worte bitten?

Dr. Schröder erhebt sich von seinem Platz und tritt gemessenen Schrittes an das Rednerpult. Er verneigt sich kurz.

Dr. Siegfried Schröder beginnt, ja – man kann sagen – präsidial. Meine sehr verehrten Damen und meine sehr geehrten Herren, mit besonderer Freude und – ja, auch mit Stolz – berührt es mich zu-tiefst, meinen bescheidenen Beitrag für unsere herrliche Stadt und *ihren wunderbaren Bahnhof mit dem heutigen Tage zum Abschluss gebracht zu haben.*

Für die anwesenden Herrschaften, die mich noch nicht persönlich kennen, erlaube ich mir, mich Ihnen kurz vorzustellen.

Mein Name ist Siegfried Schröder, Unternehmer in Fragen Sicherheit. Erste Experimente meiner Drohnen, Wärmebildtechnik und resultierende Sicherheitskonzepte erregten schon früh Aufsehen in der Branche. Aber vor allem in der Politik. Gut gerüstet gründete ich in unserer Heimatstadt das Unternehmen „Schröder Schutz und Sicherheit", kurz „SSS".

Sozial, standorttreu und Steuerzahler – wie wir uns auch gerne nennen. Und … nebenbei bemerkt ist auch dies Sicherheit. Nämlich sichere zukunftsorientierte Arbeitsplätze in der Region zu schaffen, erhalten und wenn möglich auszubauen.

Stolz darf ich sagen, mit heute über 500 höchst qualifizierten Mitarbeitern ist „SSS" zum Marktführer in den Bereichen General-, Kamera- und Speichersicherheit avanciert sowie zum Leader in Fragen modernen Arbeitnehmer- und Arbeitgebertums.

So als hätte er einen Frosch im Hals unterbricht Dr. Schröder mit emotional bewegtem Räuspern kurz seine Präsentation.

Er rückt sich seine blau/grün karierte Krawatte zurecht. Frau Storch eilt aufmerksam zum Rednerpult, um ein Glas stilles Wasser darauf zu stellen. Dr. Schröder trinkt in kleinen Zügen, setzt das Glas ab und sagt: *Herzlichen Dank, Frau Storch.*

Schröder nimmt noch einen kleinen letzten Schluck, bevor es weitergehen kann.

Doch zu unserem Thema. SICHERHEIT.

Eine mit Sicherheit heiß diskutierte Materie und nicht immer frei von Emotionen.

„Aber, um Gottes Willen, warum denn nur noch mehr Sicherheit?", mag der verunsicherte und vielleicht überforderte Laie fragen. Sicher, weil er es wohl auch nicht besser weiß.

„Überwachungsstaat!", ruft so manch verängstigte und desinformierte Person.

Dadurch geraten wir als „SSS" sowie die uniformierten und verdienten Bürger dieser Stadt in einen negativen Fokus, den wir nicht verdient haben.

Wir alle wollen doch nur das Beste – Frieden durch Sicherheit!

Der Traum von Sicherheit ist nicht neu. Gestatten Sie mir nur kurz, Ihnen das aktuelle Szenario und Geschehen einmal GANZ DEUTLICH zu skizzieren: Es geht zurück auf Platon.

Willst Du Frieden, rüste Dich für den KRIEG!

Die sichtbare und allgegenwärtige tägliche Bedrohung durch Terror und Vandalismus, in dieser unruhigen und unsteten Zeit, ist nicht erst seit dem schicksalhaften 11. September 2001 eine immense, nennen wir es – Herausforderung.

Betretene Gesichter.

Denken wir an den „Krieg gegen den Terror". Die bedrohlichen Fronten in aller Welt.

Denken wir an die nicht abreißen wollenden Flüchtlingsströme und dem, was sie uns bringen. Denken wir an die menschenverachtenden barbarischen Schurkenstaaten, die unsere Welt in Frage stellen – sogar in den Niedergang zwingen wollen!

Das hat gesessen.

Bedrohung! Gefahr! Überall! Lauernd! Am helllichten Tage! Oder im Dunkel! Im Verborgenem!

Schröder schaut in verschreckte Augen.

… ach ja … und dann noch … all diese Träumer … nichts als agitierende Elemente, die in ihrer Naivität gegen die Sicherheit hetzen. In Wirklichkeit sind es sie, die später in krimineller Art und Weise mitverantwortlich dafür sind, dass Tausende und Abertausende oder gar mehr Menschenleben niedergemacht werden könnten.

Sein oder nicht sein. Ohne Frage. Darum geht es. Und nichts anderes. Wir dürfen uns da keinerlei Illusionen hingeben. Darüber muss man sich VÖLLIG im Klaren sein. Ohne Wenn und Aber.

Schröder lässt sacken. Um erneut auszuholen.

Angriffe auf unsere gemeinsame demokratische Volkskultur sowie die Zerstörung der Grundwerte sind nicht hinnehmbar – geschweige denn weitere Provokationen akzeptabel.

Dem Täter auf der Spur. Entsprechend müssen bestmögliche, verwertbare Beweisketten und aussagekräftige Bild- und Tondokumente erstellt werden können. Damit Zugriff erfolgt! Täter entsprechend hart bestraft werden, um dem Bürger und seinem Recht Genüge zu tun. Beste Beweise sind dazu gerade gut genug.

Schröder lässt nicht locker. Nach der Peitsche folgt Zuckerbrot.

Und – auch wenn es für Sie noch so altmodisch klingen mag – ich habe mir geschworen:

die Wärme und Güte des christlich europäisch geprägten Abendlandes zu schützen und zu verteidigen. Im Heimatschutz. An vorderster Front. Als Mensch und Deutscher. Versehen mit den höchsten moralischen Standards.

Siegfried Schröder blickt nach oben, dann direkt in die Runde.

Ich habe gelobt – auch im Gedenken an meine Mutter – die Freiheit zu ehren und zu wahren, da auch schon die liebe Frau Mama zutiefst unsichere Zeiten miterleben musste.

Und glauben Sie mir: „Ich bin sicher" kann man NUR in Freiheit – als freier Mensch frei rufen.

„Schröders" Auftrag ist und bleibt daher – die Vereitelung des Bösen und der Unfreiheit.

Ich gebe Ihnen hiermit mein Ehrenwort! ... und an alle verängstigten Landeskinder das Versprechen – in UNSEREM öffentlichen Raum sorgt „SSS" für Sicherheit. Mit Sicherheit!

Denn am Ende des Tages arbeiten wir doch alle für die Harmonie und das friedliche Wohl derer, deren Sicherheit uns so sehr am Herzen liegt, nicht wahr?

Die Zuhörer nicken durchgerüttelt und wie erweckt.

Aber ..., sagt Siegfried Schröder, ein wenig abwesend, fast Gefangener seiner Worte,

... ich schweife ab ... nun zum Surveillance-Stresstest. Kurz: SS.

Dürfte ich wohl noch bitte etwas Wasser bekommen, Frau Storch?

Frau Storch schenkt ein. Siegfried Schröder nimmt Zug um Zug bis das Glas fast leer ist.

 Darf es noch etwas mehr sein, Herr Doktor?

Nein danke, Frau Storch ... also, wo war ich stehengeblieben ...?

... ach so, ja, der Bahnhof ... 1903 hat noch unser Kaiser Wilhelm höchstpersönlich mit der Eröffnung des Bahnhofes dem Fortschritt der Heimatstadt Tor und Tür geöffnet.

Jeder Bürger hat seither das besondere Privileg und Recht auf einen behüteten Transport sowie SICHEREN Aufenthalt an unserem, weiß Gott, geschichtsträchtigen Kaiser-Wilhelm-Bahnhof. „Schröders" zukunftweisendes Allround-Konzept – „Total View" – sah die Installation von insgesamt 286 Kameras mit Bewegungssensoren der allerneusten Generation vor. Selbst in den schwach frequentierten Bereichen des Bahnhofes haben wir jetzt völlige Kontrolle. Wenn da nichts los ist, geht es in den „Camera-Sleep-Modus", um Energie zu sparen. Die Umwelt wird so nachhaltig geschützt, ohne das Augenmerk auf die Sicherheit dabei zu vernachlässigen. Stellen Sie sich diese Innovation vor! Einfach – wie ein Melder an Ihrem Haus. Nur in Hightech.

Unsere Apparate sind zu 100 Prozent autonom und mit entsprechender Chiptechnik ausgestattet. Die gesamte Bahnhofüberwachung ist selbst bei Ausfall der Stromversorgung für mindestens eine Woche garantiert!

Die Kamera ist also allseits bereit. So kann man, allen Widrigkeiten zum Trotz, die Tagesaufzeichnung, Ton-, Wärme- oder Nachtbilddarstellung sowie Gesichtserkennung für den behördlichen Austausch stets fortführen und gewährleisten.

In der neuen Sicherheitszentrale wird der verehrte Hans-Peter Baehr Ihnen mehr über dieses technische Wunderwerk und den Stresstest berichten. Dazu möchte ich Sie nun bitten, mir zur Sicherheitsbegehung einmal quer durch den Bahnhof, in die neue Zentrale zu folgen. Haben Sie bereits Fragen?

Oder vielleicht Sie?

Es herrscht allgemeiner, aber unaufgeregter Betrieb im Bahnhof. Die Geschäfte in der Halle sind besucht, Fahrkartenautomaten tun ihren automatischen Dienst. Im Reisezentrum herrscht Kundenbetrieb. Hier und da patrouillieren im Gebäude Sicherheitskräfte. Alles geht seinen unaufgeregten Gang.

Ein steter, aber nicht überladener Strom von Reisenden kommt und geht. Wieder andere flanieren einfach so durchs Gebäude, warten, telefonieren und bleiben an dem einen oder anderen Schaufenster oder dem Backshop kleben.

Ein normaler friedlicher Tag im Leben.

Doch ein Herr aber scheint sich beeilen zu müssen … jetzt aber hurtig … Im Sprint hetzt er mit seinem silbernen Samsonite auf die Treppen von Bahnsteig 4 und 5 zu.

Die Gruppe für Sicherheit steht in der großzügigen und weitläufigen Bahnhofshalle und schaut kollektiv professionell nach oben. Hoch zur Kuppel.

Hat ja schon ein wenig von einer Kathedrale, sagt Herr Dr. Hessel fast ehrfürchtig, … *und,* fährt Herr Dr. Hessel fort, *bitte legen Sie nebenbei auch Ihr „Ohrenmerk" (kleiner Scherz), auf die angenehmen Klänge des Wassers. Wir haben diese mit unserem gesamten Unterhaltungsnetzwerk gekoppelt und dabei festgestellt, dass der Stresspegel der Bahnhofsbesucher um circa 1,5 % zurückgegangen ist. Die Gäste bewegen sich somit ruhiger und vor allem sicherer durch den Gebäudekomplex – das zumindest sagen diverse Umfragen und Studien, die wir in Auftrag gegeben haben.*

Ortsbrandmeister Däumling ist das Sicherheitsgeplätscher egal. Er öffnet seine E-Notizen und geht energisch die Aufzeichnungen durch, schaut dabei forschend ins Rund.

Über Erdgeschoss und Galerien verteilen sich „die üblichen Verdächtigen" als auch Döner, Wok-Man, Donut-Shop, Reisemagazin, Tabak- und Literatur, Telefon- sowie Florist, Boutique für Reiseaccessoires und Modeartikel, Bäcker mit Café und ein Feinkost-Schlachter. Am Ende wäre noch der Supermarkt zu erwähnen, mit erstaunlich großer Auswahl. Freitags sogar mit Frischfischtheke! Nicht schlecht für einen Bahnhof …

UND man entwarf, in die Ladenzeile integriert, den „Kids-Choo-Choo-Club", eine Kinderkrippe unter pädagogischer Aufsicht, mit angeschlossenem Spieleparadies.

Dr. Hessel, nun ganz Geschäftsführer, gibt fast wie zu Protokoll eine kurze Bilanz:

Der Kids-Choo-Choo-Club ist ein weiterer besonderer Service und Angebot für unsere Besucher. Manche Eltern lassen ihre kleinen

Racker auch schon mal länger da, um in Ruhe shoppen zu können. Nicht umsonst ist die Verweildauer im Bahnhof statistisch gesehen, pro Person, bei einer Frequenz von 1,3 Millionen Besuchern im Jahr, um ganze vier Minuten gestiegen. Dabei Security immer im Blick.

Roll- sowie Stufentreppen führen links und rechts die Emporen hinauf zu weiteren Konsumgelegenheiten. Und ... natürlich ... zu den Bahnsteigen mit Fernverbindungen.

In Betrieb sind futuristisch illuminierte Elevatoren, anmutig wie Wurlitzer Musikboxen, die intelligent Schranken zwischen Kaiserzeit und digitaler Moderne aufheben.

Die Fahrstühle verbinden das „Kellergeschoss" und seine S- und U-Bahnen mit dem Erdgeschoss und der Ankunftshalle sowie dem oberen Stock für die ICE-Reisenden.

Beinah versteckt, die „Intercity-Schenke". Die Kneipe liegt hinter den Fahrstühlen und scheint ein fast verborgenes Relikt des Bahnhofes zu sein.

Man verweilt noch kurz vor „Bibis Aromalädchen."

Immerhin 120 Quadratmeter Wohlgeruch, schwärmt Dr. Hessel.

Er schwärmt auch für die hier angebotenen Yogi-Tees und welche Bereicherung gerade dieser Laden für den Bahnhof darstellt. *Darum rundet nämlich hier auch der „Selfie-Point" das Gesamtambiente ab. Wir nähern uns damit unserem Ziel, ein „Erlebnis-Bahnhofs" zu sein, inklusive Erlebnisgastronomie und Erlebnisshopping – eben ein unvergesslicher Erlebnisort – eine Begegnungsstätte, eine sichere Oase für Reisende, Ankommende, Fahrende, jung und alt,* verkündet Dr. Hessel, fast ein wenig euphorisch, ... *unser Motto: Hier können Sie sicher was erleben.*

Weiter geht's ...

Auf der Fensterscheibe eines unter Renovierung stehenden Friseurs steht als dessen Werbung zu lesen: *„Hier werden Sie nicht nur ihr Haar los, sondern auch mit Sicherheit Ihre Zweifel am Look."*

Köstlicher Sicherheitseinfall ... was sagen Sie dazu, mein lieber Baehr?, amüsiert sich Dr. Schröder.

Wirklich gelungen, sprüht ja förmlich vor Sicherheit ..., antwortet Hans-Peter Baehr entzückt.

Äh, Herr Dr. Hessel, beginnt der Ortsbrandmeister, *Bei der letzten Begehung hatten wir in Brandabschnitt 2, noch unter meinem Vorgänger, dem Kollegen Struck, mehrere Sicherheitsverstöße gegen § 14 Abs. 2 Satz 4 der Bauordnung und die BGI 560 festgestellt.*

Sie meinen Fluchtwege?, memoriert Dr. Hessel.

Genau, es waren seinerzeit die Flucht- und Rettungswege baulich beeinträchtigt und das gefahrlose Verlassen des Arbeitsplatzes, im „COE", also „Case-of-Emergency", war nicht mit Sicherheit gewährleistet. Wie ist hier der gegenwärtige Ist-Stand?

Ist-Stand? … ah, ja … wir konnten, zusammen mit Ihrem verehrten Herrn Vorgänger, bereits sämtliche Mängel beseitigen. Dies wurde auch seinerzeit durch das Bau- und Ordnungsamt protokolliert und bestätigt, nicht wahr, Herr Dr. Schiffmann?

Ja, ja, Ist-Stand bestätigt, murmelt Dr. Schiffmann.

Merkwürdig, haben Sie darüber keine Information erhalten?, fragt Herr Dr. Hessel fast ein wenig besorgt.

Nein.

Dann, liebe Frau Storch, lassen Sie doch Herrn Däumling bitte eine Kopie zukommen.

Frau Storch notiert, *… und Ihre E-Mail?*

oberbraPunktdaeumatfeuerPunktde, alles kleingeschrieben. „Däum" mit A, E.

Haben Sie noch weitere Fragen?, möchte Dr. Hessel wissen.

Wieder hakt Herr Däumling ein.

Herzlichen Dank, ja, tatsächlich habe ich die noch. Wo wir hier gerade im Bahnhof stehen, sehe ich einige Gänge, die nach wie vor leider nicht brandlastfrei sind … das geht natürlich so nicht. Ich verstehe ja, dass es gewisse Umstände gibt, wie zum Beispiel einen Umbau oder den Lieferverkehr. Wäre das Lieferverkehrsmanagement vielleicht besser zu steuern?

Dr. Hessel überlegt, *… Lieferverkehrsmanagement …?!?*, man merkt ihm an, dass der Groschen gerade nicht wirklich fallen will. Aber dann klingelt doch etwas.

Liebe Frau Storch, wie war die Dokumentennummer, die wir auch für das neue Sicherheits-, Licht- und Raumtemperaturkonzept angepasst haben?

Frau Storch „blättert" in ihrem Tablet.

Es war der zweite Sicherheitsentwurf ... Moment bitte ... da ist es ja ... die Safetynumber lautet 324/2a. Soll ich Ihnen das Dokument ebenfalls zukommen lassen, Herr Däumling?

Ja, bitte, erwidert jener, selbige Adresse.

Selbstverständlich hat auch „SSS" das Bezugsdokument 324/2a in das neue Sicherheitskonzept eingebunden und es wurde mehrmals, ich betone mehrmals, mit dem Licht- und Raumtemperaturentwurf abgeglichen, sagt Dr. Schröder bestimmt.

Sicher, sicher ..., sagt der Oberbrandmeister.

Weiter mit der Sicherheitsbegehung.

Die Gruppe bleibt auf ihrem Rundgang vor einer Wand mit einer robusten Aluleiter stehen. In ungefähr drei Metern Höhe wird eine Kamera von einem Mann im grauen Arbeitskittel endbefestigt.

Ja, Herr Wiedroschack, wo ist denn der Herr Renner?, fragt Siegfried Schröder den Mann hoch oben auf der Leiter.

Der angesprochene Herr Wiedroschack schaut nicht nach unten.

Prostata, der musste mal schnell ... ganz dringend kurz mal wohin ..., dann erst erkennt er seinen Chef sowie die anderen bedeutsam aussehenden Personen und bereut seine flapsige Ansage.

Mensch, Mensch, Mensch, Wiedroschack, SICHERHEIT! Sie wissen doch, dass Sie ab einer Arbeitshöhe von 1,80 Meter immer eine zweite Person zum Festhalten der Leiter benötigen.

Herr Wiedroschack stellt die Arbeit ein und schaut seinen Chef weiter aus der Höhe an.

Der Renner war die ganze Zeit da. Es ist wirklich nur noch diese eine Schraube und das hier ist die letzte Kamera, Herr Dr. Schröder. Dann sind wir fertig. Angeschlossen ist alles ... nur die Schraube.

Dr. Siegfried Schröder schaut in seine Runde. Er muss liefern.

Aaach, wenn das so ist, dann lassen Sie mich Ihnen kurz helfen und ich halte Ihnen die Leiter. Daran soll es ja nun sicher auch nicht scheitern, nicht wahr?

Als Siegfried Schröder die Leiter festhält, zwinkert er schelmisch der Gruppe zu.

Alle Beteiligten nehmen den gesicherten Ausgang der Szene erleichtert zur Kenntnis.

Derweil widmet sich der leitende Techniker Wiedroschack wieder seiner letzten lockeren Schraube und zieht sie endgültig fest. Nach einem kurzen Augenblick ist er von der Leiter herabgestiegen und legt seine Arbeitsutensilien in den rot-weiß mit Flatterband abgesperrten Arbeitsbereich.

Das war die letzte Kamera, Herr Dr. Schröder. Die Ersatzgeräte bringt der Herr Renner dann gleich in die Sicherheitszentrale und übergibt alles dem verantwortlichen Techniker vor Ort, dem Herrn Voigt.

Na, geht doch, brummt Siegfried Schröder väterlich zu seinem Mann.

Herr Hessel übernimmt wieder.

Darf ich die Damen und Herren vielleicht auf einen sicher erstklassigen Kaffee einladen?

Wir haben hier im Bahnhof eine äußerst gemütliche Backstube, die mit einem handgemahlenen Arabica-Kaffee aufzuwarten weiß.

Man schaut sich gegenseitig in die Gesichter. Allgemeines Nicken ... *ja, warum nicht, ... gute Idee, ... es ist ja noch Zeit ...,* und orientiert sich Richtung „Bäckerei Krug".

Herr Dr. Schiffmann vom Bauordnungsamt bleibt auf dem Weg unter einer Lampe stehen und mustert diese sehr genau.

Wir gehen schon mal vor, ruft es aus der Gruppe.

Schiffmann öffnet sein Tablet, blättert sich durch PDF-Dateien. Schröder tritt heran.

Darf ich behilflich sein?

Beide schauen nun nach oben.

Ja, bitte. Wenn ich das hier richtig sehe ist dies eine Dora 39-Strich-3. Die dürfen aber nicht mehr verbaut werden. Das verstößt ja gegen die Bausicherheit!

Das ist völlig richtig, Herr Schiffmann, entgegnet Schröder, *aber hierbei handelt es sich um ein neues Retrodesign, das harmonisch in das Gesamtbild des Bahnhofes als Ort der Verbindung und des Verweilens einlädt. Sie wissen ja, hier sollen die Menschen was erleben.*

Währenddessen kommt Herr Wiedroschack mit seiner Leiter. Bei ihm ist nun auch Herr Renner am hinteren Ende des Sprossengestells.

Ah, mein lieber Wiedroschack, auf ein Wort, bitte. Dies ist der Herr Dr. Schiffmann, Leiter des hiesigen Bau-Ordnungsamtes und Ansprechpartner für den Bahnhof seitens der Stadt.

Herr Dr. Schiffmann deutete gerade in einer Vermutung an, dass es sich hier um die Dora 39-Strich-3, also um ein Sicherheitsrisiko handelt. Wie, bitte, ist das hier genau?

Herr Wiedroschack unterbricht seinen Transport. Stellt die Leiter mit Herrn Renner zur Seite ab und nähert sich dem Chef.

Optisch, sagt Herr Wiedroschack, *gleicht die Lampe der Dora 39. Doch dies hier ist eine Karlson 24/12. Das Design ist „retro", da können Verwechslungen schon mal vorkommen.*

Sicher ... können schon mal vorkommen, wiederholt Dr. Schiffmann.

Diese Lampe hier wurde erst Anfang letzten Jahres durch den TÜV nach ISO 08-15 zugelassen, dabei holt Herr Wiedroschack wie aufs Stichwort aus seiner Beintasche ein Pad hervor. Er öffnet und schließt diverse Files.

Ah ja. Hier, die deutsche Originalzulassung. Möchten Sie die Herstellernummer notieren?, dabei schaut Wiedroschack Dr. Schiffmann direkt an.

Sicher, wenn Sie es mir eben auf mein Pad schicken würden, wäre das sehr freundlich.

Und Ihre werte E-Mail lautet?

infoPunktschiffmaatordamtPunktde, alles kleingeschrieben.

Wiedroschack, immer auf Zack, lobt Schröder anerkennend.

Dafür bin ich doch da, Chef, lächelt Herr Wiedroschack.

Auf dem Weg zum Rest der Gruppe werden Schiffmann und Schröder von einem Mann mit schmutzigen Fingernägeln und Hartz-4-Klamotten angequatscht.

Verzeihung die Herren, haben Sie zwanzig Cent? Zwanzig Cent? Zwanzig Cent für 'ne Fahrkarte? Die fehlen mir noch.

Schröder holt Kleingeld aus der Hosentasche und gibt einen Euro.

Danke sehr und einen schönen Tag noch ...

Wie wird man hier am Bahnhof mit denen fertig?

Solange die nichts anstellen ..., antwortet Schröder.

... wie kann man nur so tief sinken?, fragt kopfschüttelnd Dr. Schiffmann.

Existenzen ohne Verantwortung. Darum der Fall in den Abgrund.

Also?

Also?! Wir leisten unseren Sicherheitsbeitrag, erwidert Schröder trocken, *die Polizei ihren.*

In der „Bäckerei Krug" hat man bereits Platz genommen. Der Kaffee wird von Frau Storch gereicht, zwei frische Tassen den Neuankömmlingen auf den Platz gestellt.

Mmmm ... wie der duftet, schwärmt Herr Dr. Schiffmann, *Bei uns im Amt ... na ja ...*

Alle lachen. Alle wissen Bescheid.

Man unterhält sich angeregt über die triste Atmosphäre anderer Bahnhöfe und wie behaglich und einladend der eigene Bahnhof doch sei. Dass jeder sich wirklich hier wohlfühlen kann und willkommen ist.

Herrn Kiesling, Dr. Schiffmanns Stellvertreter, fällt bei dieser Gelegenheit die besondere Wärme des Lichtes auf.

Es wirkt nicht aufdringlich und durchflutet gleichzeitig alle Winkel, bemerkt er.

Das liegt an der Karlson 24/12 im Retrodesign, setzt Herr Dr. Schiffmann seinen unwissenden Untergebenen in Kenntnis.

Herr Dr. Schröder, beginnt Frau Dr. Nienaber schüchtern, *Darf ich Sie etwas fragen?*

Nur zu, meine Verehrte.

Verzeihen Sie meine weibliche Neugier ... Sie erwähnten im Vortrag kurz Ihre Frau Mutter ... wenn es nicht zu privat ist ...

Nein, nein, ganz und gar nicht ... Schröder lächelt mild wie Gandhi.

Was lässt Sie, Herr Dr. Schröder, sinnbildlich gesprochen, am Ball zu bleiben?

... am Ball bleiben? Charmant ... Siegfried Schröder lächelt noch immer asiatisch.

Ich möchte Sie eigentlich fragen: Was gibt Ihnen die Kraft, alles so beeindruckend umsetzen zu können?

Siegfried Schröder macht jetzt ein nachdenkliches Gesicht, antwortet getragen.

Nun ... Balance, verehrte Frau Dr. Nienaber, beginnt er tiefgründig, *Balance und Glaube.*

Ach?!?

Kaufmann sein und doch die Seele nicht an den Mammon zu verlieren oder zu verraten. Einen Ausgleich schaffen ist das Entscheidende. Mit Güte erreichen, was mit Geld nicht zu bezahlen ist. Die Liebe.

Aha?!?

Ich entstamme kleinen Verhältnissen, wissen Sie? Der Vater starb sehr früh. Nur die Mutter blieb uns Kindern. Sie brachte uns hungrige Mäuler vor allem auch mit ihrer Liebe durch.

Dr. Siegfried Schröder erblickt im Geiste die Mutter.

Sie hat sich nie beklagt. Ich habe sie nie ihr Schicksal beweinen sehen. Nie hat sie der Mut noch Optimismus verlassen. Und: Sie hat durchgehalten. Darum, nur wegen ihr, haben auch wir Kinder durchgehalten. Die Liebe beginnt zuhause, verstehen Sie?

Diese unerwartet offene und menschliche Ansprache erstaunt und ergreift die Anwesenden. Die Männer und Frauen vor ihren dampfenden Tassen schweigen. Schweigen andächtig.

Von ihr, meiner Mutter, habe ich den rechten Glauben, den Blick für das Notwendige und Wesentliche im Leben mitbekommen. Somit bin ich mir als erfolgreicher Unternehmer natürlich meiner besonderen sozialen Verantwortung völlig bewusst. Vielleicht sogar mehr als jeder andere.

Siegfried Schröder sucht nach den einfachen Worten, die, vielleicht, alles zu erklären vermögen.

Wenn ich eben die Liebe erwähnte, so wäre diese doch nicht ein Ganzes ohne die Dankbarkeit und Demut. Beides darf in einem Menschenleben nicht fehlen.

Es ist mir daher ein besonderes Anliegen, mit meiner Frau Marianne gemeinsam unseren Erfolg mit der Gesellschaft zu teilen, uns dabei immer erinnernd, woher wir kommen.

So riefen wir die „Marianne-und-Siegfried-Schröder-Stiftung" ins Leben.

Bravo, Herr Dr. Schröder, sagt Herr Kiesewetter vom Roten Kreuz. Verstehen Sie, Menschen fördern, die nicht so viel Glück im Leben erfahren durften wie wir. Dort helfen, wo man direkt etwas bewegen kann. Ohne Umschweife.

Wirklich nobel, lieber Herr Dr. Schröder und es wird viel zu wenig gelebt, sagt Dr. Schiffmann mit aufrichtigem Ton.

Aber auch abseits der Stiftungsarbeit gibt es noch so viel anderes Erfüllendes zu tun.

So gewähren wir, zum Beispiel, dem großen Kirchenchor der altehrwürdigen St.-Nikolai-Kirche großzügige Unterstützung, ebenso dem Gelben Frauenhaus am Whaseberg e.V. und ich bin aktives Fördermitglied für die Speisung der Armen an der Tafel zu Neuburg an der Furt.

Wie schaffen Sie das alles nur?, fragt fast ehrfürchtig Frau Dr. Nienaber, die mit ihrer anfänglichen Frage Siegfried Schröders philanthrope Sendung auslöste.

Mit der mir von Gott gegeben Freude, verehrte Frau Dr. Nienaber, und der unendlichen Liebe meiner Frau.

Und gibt es etwas, sagen wir, dass Sie mit ganz besonderer Freude und Stolz erfüllt?

In der Tat, das gibt es.

Siegfried Schröder macht eine letzte kurze Pause und fährt in Selbstbeschränkung fort:

Mariannes als auch meine Aufmerksamkeit und besondere Herzensangelegenheit gilt unserem „Watoto Kinderheim – Hilfe unter dem weißen Mond" in Maratonga, im so fernen und fremden Kamerun auf dem schwarzen Kontinent, genannt Afrika.

Stille.

Vielleicht fragt sich der eine oder andere Anwesende gerade: „Was habe ich in meinem vergangenen Leben bloß getan?"

Herr Dr. Schröder, ich finde das alles ganz, ganz enorm und bewundernswert, wirklich. Ganz, ganz bewundernswert und enorm, sagt Frau Dr. Nienaber.

Zu freundlich, aber ich bin nur ein einfacher Mann in einer komplizierten Welt, lächelt Siegfried Schröder demütig …

... nun aber, meine Damen und Herren, sollten wir uns mal wieder auf den Weg zur Sicherheitszentrale machen, fährt Schröder plötzlich abrupt fort.

Frau Storch weist Herrn Dr. Hessel flüsternd auf noch bevorstehende Termine in den kommenden Stunden hin.

Wie die Gruppe so weiter geht, spricht Oberamtsrat Kiesling Schröder an.

Sagen Sie, die Türen mit den Displays und Tastaturen hier in der Unterführung? Sind doch sicher gleicher Abstand, gleiche Höhe?

Absolut, lieber Kiesling. Das geht ja auch gar nicht anders. Diese Gänge dahinter sind unsere Sonderzutrittswege für Rettungs- und Einsatzkräfte. Sie dienen der behinderungsfreien Zuwegung zum Bahnhof und wieder heraus.

Welches Szenario müssen wir uns vorstellen?

Sollten wir, beispielsweise Sicherheitsrisiko, im Bahnhof eine eher unfriedliche Demonstration erleben oder Hooligans, national oder international, vermummte politisch motivierte Randalierer, Unfälle oder gar Schlimmeres; so können die Einsatz- sowie Rettungskräfte störungsfrei über diese Seitengänge in den Bahnhof einströmen. Natürlich alles unter den wachsamen Augen der Kameras.

Übrigens, die neuen Sicherheitssätze der Door-Logs ergehen heute an die Leitstände der Polizei, Feuerwehr und des Roten Kreuzes. Sie sind jeweils für eine Woche gültig.

Die große Tür in der Mitte hat keinen solchen Sicherheitslog?, fragt Herr Kiesling.

Dr. Hessel antwortet.

Nein. Dies ist kein Rettungsweg. Wie über der Tür zu lesen steht, ist dies der Zugang für die Mitarbeiter des „Facility Management". Früher hieß es ja langweilig „Hausmeisterei".

Diese Tür wird deshalb konventionell geschlossen für den Fall, dass alle elektronischen Systeme ausfallen. So haben wir immer noch diese Tür, nebst einem klassischen Schlüssel für den Facility Manager. Aufgrund der Bauarbeiten der vergangenen Monate haben wir uns allerdings entschlossen, diesen Bereich als letztes zu sanieren.

Sieht noch ein bisschen wild aus und ist auch sonst ungenutzt, aber der sichere, direkte Zugang zur City ist über diesen Weg gewährleistet.

Wird schon. Aber nicht zu lange schludern!, mahnt der Oberamtsrat.

Die Gruppe erreicht die neue Sicherheitszentrale.

Das Raumlicht wie ein sonniger Maienmittag. Großzügig, nüchtern und futuristisch präsentiert sich die Technik auf dem neuesten Stand.

Übertragungswände, technische Pulte, ergonomische Sessel und Stühle. Uniformierte Männer und Frauen mit Headsets sitzen an den Tischen und beobachten das allseitige Geschehen. Die Atmosphäre ist ruhig. Souverän. Professionell, ohne Hektik.

Dr. Hessel ergreift das Wort.

Ich darf Sie im Herzstück der Bahnhofssicherheit begrüßen und gleich, ohne Umschweife, weitergeben an Herrn Dr. Schröder.

Herr Dr. Schröder, meldet sich Herr Kiesling dazwischen, *Bevor wir uns in die große Welt der Computertechnik begeben würde ich gerne wissen wollen, schon aus baugenehmigungsrechtlichen Gründen, würden Sie die Kameras als bautechnisch freundlich und umweltgerecht im Sinne von ISO 4711 in der Installation bezeichnen?*

Verehrter Herr Kiesling, mein Haus und Grundstück sind bestückt mit dieser Kamera, wie wir sie auch hier im Bahnhof verwenden. Der Technische Überwachungsverein, unser Herr Dr. Kremer ist ja bedauerlicherweise verhindert, hat uns die technische Prüfung daheim persönlich bei einer guten Flasche mit Bravour abgenommen und alles genehmigt. Sichere Installation, aber vor allem die Nachhaltigkeit, alles vorbildlich laut Dr. Kremer.

Ja, wenn das so ist, sagt Herr Kiesling.

Danke, Herr Kiesling und nun bitte, mein lieber Baehr, Sie haben das Wort.

Herzlichen Dank, Herr Dr. Schröder, sagt Hans-Peter Baehr, rechte Hand des Chefs.

Herr Hans-Peter Baehr ist ein schlichter und aufrechter Schröder-Bewunderer. Nach außen mit der Treue eines deutschen Schäferhundes.

Baehr gilt als die Zuverlässigkeit in Person. In Vertrauensangelegenheiten ist er 24/7 erster Beamter. Preußisch, pflichtbewusst, demütig und stets loyal.

Mein lieber Baehr – eine solche Wertschätzung sagt dann ja auch schon alles.

Nun, also dann …, beginnt der „liebe Baehr", *… Sie befinden sich im Herzstück der Bahnhofssicherheit. Hier sind die Zentralisten der Firma „Schröder Schutz und Sicherheit" für die Kamera- und Monitorüberwachung im Acht-Stunden-Schichtrhythmus federführend. Zudem wird die Arbeit zusätzlich seitens der Sicherheitskräfte der Bahn unterstützt.*

Ich denke, in Frau Dr. Nienaber haben wir eine kompetente Partnerin, um endlich bedeutsame zukünftige Projekte, wie zum Beispiel die erfolgreiche Koordination der Pausenraumgestaltung, gemeinsam anzugehen und zu stemmen.

Hans-Peter Baehr spricht professionell trocken. Referiert bieder und technisch.

Die Sicherheitszentrale hat immer die neuesten Livebilder auf dem Schirm. Per Time-Code kann auf Wiederholung geschaltet werden, so abermals etwas genauer hingeschaut werden muss, Sie verstehen. Es hat sich zudem als recht wirkungsvoll herausgestellt, den Damen und Herren der Stadtverwaltung während der Reinigungsarbeiten rund um das Bahnhofsgelände und auf den Vorplätzen je ein Funkgerät zu übergeben. Sie sind somit der erste Meldeposten.

Herr Baehr spult sein Programm ab wie ein Uhrwerk.

Die Zentrale sowie der gesamte Bahnhof sind mit den neuesten, höchstauflösenden Kameras des Typ AION 3000-C ausgestattet. Das Besondere an diesen Kameras ist die Tatsache, dass die Firma Schröder bei der Entwicklung entscheidend mitwirken und ihre jahrelange Erfahrung einfließen lassen konnte. Dies führte dazu, dass wir heute eine ultramoderne, 360 Grad schwenkbare Kamera mit spezieller Linsenkrümmung und 4 K Auflösung an allen 286 Positionen des Bahnhofes verbaut haben. Wir haben sozusagen alles im Blick. „Total View". Das System verfügt über eine Gesichtserkennung, die Möglichkeit der Ton- sowie der Wärmebild- und Nachtsichtaufzeichnung.

Die Technik ist bereits jetzt schon für die 6 K Technologie vorbereitet, was Folgekosten auf ein Minimum reduziert und damit die Amortisationszeit auf ein Maximum verkürzt.

Siegfried Schröder nennt Hans-Peter Baehr nicht umsonst seinen Mann am Abzug. Informationen und Fakten. Er feuert sie ins Auditorium hinaus wie ein MG.

Wie bereits Herr Dr. Schröder sagte, kann die Kamera überall genutzt und eingesetzt werden. Sowohl privat als auch öffentlich. Schutz und Obhut für alle. Für die Firma Schröder ist damit das Versprechen allgemeiner Sicherheit kein leeres Wort.
Das Gehäuse der Kamera hat die Möglichkeit, unterschiedlichste Systeme aufzunehmen. So muss das Äußere nicht getauscht werden, sondern nur das Innenleben. Was zusätzlich die Umwelt vorbildlich entlastet.
Das Kameragehäuse ist stoß- und kratzfest, mit modernsten Dichtungsmaterialien versehen, die es sogar tiefentauglich bis zu 100 Metern machen. Dies hat den Vorteil, dass die Dichtigkeit enorm hoch ist und die Wartungskosten für die Erneuerung von Dichtmaterial, enorm gering sind; und das bei einer geschätzten Nutzungsdauer von immerhin 25 Jahren.
Die Umweltfreundlich- und Nachhaltigkeit ist somit auch hier besonders innovativ und steht bei „SSS" ganz oben.
Herr Baehr blickt prüfend, ob die gute Nachricht auch angekommen ist. Dann wendet er sich dem Towerrechner zu.
Treten Sie jetzt bitte an die Anlage, mit dem unser finaler System-Stresstest in den nächsten sechs Stunden durchgeführt wird.
Hans-Peter Baehr kommt für seine Verhältnisse richtig in Fahrt.

Stresstest. Was ist ein Stresstest? Da stellen wir uns mal ganz dumm. Ein Stresstest ist ein kontrollierter Versuch, ein Objekt unter starker Belastung und Beanspruchung in seiner Funktion zu beobachten. Hierbei werden Verläufe unter besagtem Stress objektorientiert dokumentiert, um mögliche Schwachstellen zu identifizieren und abzustellen. So weit, so gut!

Nun zu den Trojanern, die den Stress auslösen sollen.

Die Kamerasysteme, wie, zum Beispiel auch Telefone, laufen nicht mehr über analoge Leitungen, sondern wie Sie ja wissen über Voice-over IP, erklärt Hans-Peter Baehr in ruhigem Ton, und sind trotz überragender Technik gegenüber Übergriffen leider auch nicht sicher. Daher haben wir einen Verschlüsselungsalgorithmus entwickelt, der sich alle paar Sekunden ändert. Ein digitales Spinnennetz sozusagen. Dieses verhindert eine weitere Ausbreitung. Der befallene Bereich kann so abgetrennt und absolut sicher desinfiziert werden.

Baehr schaut in die erwartungsvollen Gesichter.

Sie müssen verstehen, ein Angriff wirft immer Fragen auf.

Zum einen: Erkennt das System überhaupt, dass es angegriffen wird? Und wie meldet es dies? Und vor allem – wie wehrt es sich?

Wir arbeiten daher mit den sogenannten Trojanern, um herauszufinden, ob die Sicherheitszentrale einem Cyberangriff von außen standhalten kann.

Die „Schädlinge", mit denen wir den heutigen Versuch starten, haben dafür natürlich die behördliche Nutzungserlaubnis in gesicherten Umgebungen.

Außerdem sind all diese Trojaner in einer nochmals gesicherten Umgebung auf dem Rechner eingebettet.

Der erste der zwei Würmer ist der bekannte Datenentferner „Omo". Der Zweite der allseits gefürchtete Alleslöscher „Perlweiss". Im Towerrechner laufen deren Aktivitäten und unsere Analyse koordiniert zusammen ...

... und was am Ende im System geschieht, wird genau dokumentiert, gibt Dr. Schröder ergänzend zum Besten.

Bitte, Herr Voigt, schalten Sie nun alles frei, sagt Hans-Peter Baehr, ... unser Rechner ist jetzt mit dem Netzwerk des Bahnhofes verbunden. Die Drucker verknüpft. Wir werden in wenigen Minuten erste Trends darüber haben, ob wir den Angriff erfolgreich abwehren können.

ABER, es stehen uns dafür noch bange Stunden ins Haus. Wer wird die Oberhand behalten? Im Kampf Gut gegen Böse? „Omo" und „Perlweiss" oder „Schröders Datenbank"?

Plötzlich ist auf allen Monitoren nur Bildschirmflimmern und Zeilenrauschen.

Was ist los?, fragt Dr. Hessel sichtlich unbehaglich.

Keine Panik! Das ist normal. Wir haben die Viren geladen, welche jetzt kurz für Störung und Interferenzen im System sorgen. Gleich werden wir wieder ein ganz normales Bild erhalten.

Tatsächlich erscheint kurz danach die reguläre Überwachungsfunktion auf den Monitoren.

Hans-Peter Baehr hat's im Griff, … et voilà, SSS – *alles unter Kontrolle! Wie Sie sehen konnten, brauchte der Rechner sich nur einmal kurz zu schütteln. Nun laufen alle Systeme abermalig konventionell und normal. Jetzt, nachdem Sie gesehen haben, verstehen Sie sicher besser, warum wir kritisch testen müssen. Gibt es eigene Lücken? Und wie muss man diese schließen … ahh … ich sehe, einen Moment, bitte … ja, da ist … ein erster Ausdruck … schon in Arbeit …*

Wie die Jesusfigur vom Zuckerhut wendet Hans-Peter Baehr sich der Gruppe zu.

Schauen Sie. Auf die Kontrollmonitore. Schauen Sie. Auf die Kamerabilder. Schauen Sie.

Alles funktioniert tadellos, obwohl gerade der Angriff beziehungsweise der Test läuft.

Die Sensoren und Bewegungsmelder draußen arbeiten störungsfrei. Alle Kameras schwenken, drehen und zoomen. Bildqualität top, farbig und gestochen scharf. Umschalten auf Gesichtserkennung und Wärmebild unproblematisch.

Herr Baehr ist rundherum stolz. (Das kann er auch …)

Siegfried Schröder, der neben einem der Drucker steht, nimmt erste Analysebögen zur Hand, schaut auf farbige Diagramme und Kurven und nickt zufrieden.

Wie erwartet … NICHTS … keine Interferenzen oder Abweichungen, was die ersten Ausdrucke uns gerade bestätigen …, sagt er kühl, … *wir dürfen jetzt schon tendenziell und vorsichtig optimistisch sagen, ohne auf die finale Auswertung allzu lang warten zu müssen: Das System wird den Test bestehen. Ein grandioser Erfolg!*

Sicherstellung und Zusicherung! Mehr geht nicht, folgert Herr Dr. Hessel beruhigt.

Mirko schultert seinen Rucksack. Es ist wirklich besser, wenn man die Riemen ordentlich über die Schultern legt. Das Gewicht verteilt sich angenehmer.

Er nimmt sein Mobile mit Navi-App zur Hand und geht los. Nach fünfhundert Metern links.

Der leichte Regen hat aufgehört.

Mirko geht entlang eines einfachen Waldweges, der sich mal rechts und mal links schlängelt. Der Wald selbst ist ein Mischwald, vornehmlich Buche, Eiche, Fichte und Tanne. Hier und da Ahorn und Birke.

Navi im Blick, erreicht Mirko nach einer Weile eine mittelgroße Lichtung. Die Lichtung erinnert ihn an eines der Gefechtsfelder aus seiner „Combat WW II" Simulation.

Scheiße, ging das da ab ...

Ein Ast bricht. *Was war das? ... vorwärts, weiter und keinem in die Arme laufen ...*, steht auf den „Survival in Action" Websites. Mirko weiß trotzdem nicht, was ihn erwartet. Egal, was er auf solchen Seiten gelesen hat.

Die Aufregung, die ihn im Bus überkam, keimt erneut eine Sekunde lang auf. Doch er spürt, sein Instinkt fürs Abenteuer ist deutlich ausgeprägter als irgendeine Furcht. So als wäre er Frodo, der den Ring „vorbei an Mordor" führt.

Das Navi zeigt ihm an, dass er noch gut fünfundvierzig Minuten Marsch bis zum Ziel hat. Alles erscheint ihm gerade wie ein ruhiger Spaziergang, wie er ihn des Öfteren an Sonntagen mit Großvater Klaus unternahm.

Er geht noch ein paar Minuten, dann pausiert Mirko auf einem einladenden Stein. Er nimmt die stahlblaue Trinkflasche aus der äußeren Rucksackhalterung. Sein Mund ist trocken. Adrenalin?

Er nimmt einen tüchtigen Schluck, verweilt ohne größere Gedanken oder Sorgen und lässt die Ruhe des Waldes auf sich wirken.

Dann weiter. Den winzigen Monitor fest im Blick.

Die Sensoren, die ihn schon seit gut einer Viertelstunde erfassen und von denen er keine zwei Meter entfernt geht, bemerkt er allerdings nicht.

Der Weg verdunkelt sich. Buschwerk. Steine, Wurzeln, liegen überall versteckt.

In einer für Mirko nicht abzuschätzenden Distanz ist auf einmal etwas zu hören.

Es klingt wie ... wie Gesang ...

Gesang?!

Er bleibt kurz stehen. Ja, wirklich, Gesang.

Zwei Stimmen. Ganz deutlich. Aber was ist das für eine Sprache? Russisch???

Er reißt sich zusammen und marschiert schnurstracks der Melodie entgegen.

Tiens, voilà du boudin, voilà du boudin, voilà du boudin
Pour les Alsaciens, les Suisses et les Lorrains,
Pour les Belges, y en a plus, Pour les Belges, y en a plus,
Ce sont des tireurs-au-cul

Nous sommes des dégourdis,
Nous sommes des lascars
Des types pas ordinaires.
Nous avons souvent notre cafard,
Nous sommes des légionnaires ...

Tschuiiiich ..., hört es Mirko nur noch zischen. Ihm wird buchstäblich der Boden unter den Füßen weggerissen, er durch die Luft gewirbelt und hochgeschleudert.

Ehe Mirko sich versieht und versteht, was geschehen ist, so es überhaupt zu verstehen wäre, hängt er, Kopf nach unten. Die Arme flattern unsicher. Gefangen in einer Katapultschlinge, die ihn an den Füßen umfasst und nach oben schmetterte. Das Ende des Seils ist mehrfach um einen starken Ast hoch in einem Baum gewunden.

Das Blut pocht erst, *poch, poch, poch ...* und dann hämmert es in Mirkos Schläfen.

Pff, pff, pff, pff, pff, oberflächlich rasender Atem, *pff, pff, pff ...*

Hin und her schwingt er. Wie Omas Wanduhrpendel.

Sein Kopf schwebt fünfzig Zentimeter über dem muffig riechenden Waldboden. Alles, was er zu erkennen vermag, ist in den Konturen unscharf. Dazu überfällt ihn eine Opferangst. Richtige Angst. Mirko hat das Gefühl, sich gleich übergeben zu müssen.

Ha, ha, haaa … was haben wir denn da?, lacht eine Männerstimme vollmundig auf.

Nicht zu mager, nicht zu fett, jubiliert eine zweite raue Männerstimme.

Mirko pendelt. Hin und her.

Er sieht vier Stiefel und vier halbe Beine. So sehr er es auch versucht, er kommt weder mit Kopf noch Körper höher als die Knie dieser Männer. Außerdem zieht ihn der Rucksack noch zusätzlich nach unten. Mirko muss würgen, so schlecht ist ihm.

Was meinst Du?, beginnt der eine Kerl.

Meine ich zu was?

Na, ob wir ihn da noch ein wenig baumeln lassen oder …

Oder was?

Oder lieber gleich …?

Du meinst gleich … krrrkk …?

Ja, das meine ich … gleich krrrkk …, beide klingen ziemlich ernst.

Mirko macht sich gleich vor Angst in die Hose.

Nach einem dumpfen Aufschlag liegt er am Boden.

Die Männer, ein Trafohäuschen und eine Telefonzelle, drehen sich wortlos um und gehen. Schlendern fort, durch eine grüne Wand.

Eyyy, Sie … Ihr … könnt doch nicht …, ruft Mirko ein wenig zaghaft und muss erkennen:

Doch, sie können.

Die Männer summen erst die Melodie, die Mirko vom Weg lockte, dann beginnen die Gestalten wieder, ihr Lied anzustimmen:

> *… Au Tonkin, la Légion immortelle*
> *À Tuyen-Quang illustra notre drapeau,*
> *Héros de Camerone et frères modèles*
> *Dormez en paix dans vos tombeaux.*

Mirko starrt dem ungleichen Pärchen hinterher, während er sich mühsam berappelt.

Beim Versuch, aufzustehen, stolpert er. Er hat das Seil vergessen. Ungeschickt fummelt er die Schlinge von seinen Füßen. Alles tut ihm weh. Scheiße, wirklich alles. Gerade die Körperteile, von denen er noch nicht einmal wusste, schmerzen besonders gemein. Er sortiert sich, schafft es auf die Beine, richtet sich und den Rucksack und geht – eher humpelt er – in die Richtung, die die beiden Männer eingeschlagen haben.

Er folgt dem Weg und nach einer leichten Rechtskurve erreicht er eine Lichtung mit einem ungefähr vier Meter hohen Bunker.

Als Mirko wieder auf die beiden trifft, sitzen die schon bei dem grau-braunen Betonklotz an einem, nein, zwei Lagerfeuern.

Über einem der Feuer hängt ein einfacher schwerer Henkeltopf an einer Eisenkette. Es köchelt und blubbert lustig vor sich hin.

Ich bin Mirko.

Setz dich, sagt der Große und zeigt auf den freien Platz, gegenüber der zwei Gesellen.

Ich bin Axel, sagt der Kleine, *und der Hässliche hier, das ist Gabriel.*

Wehe DU sagst mir, dass ich hässlich bin. Das darf nur der Zwerg.

Hast du Hunger, Junge?, fragt Axel. Mirko nickt.

Mirko nimmt, noch leicht benommen, die Situation als irgendwie unwirklich wahr. Sogar als völlig unwirklich, um genau zu sein. Exotisch oder surreal trifft es nicht einmal im Ansatz.

Erst jetzt bemerkt Mirko, dass er noch immer seinen Rucksack auf dem Rücken trägt. Er nimmt ihn unter Mühen ab. Spürt wieder seinen ganzen Körper.

Er reibt sich die linke Schulter, auf die er gefallen ist.

Hier, nimm. Axel wirft ihm eine Tube mit Salbe zu. *Tigerbalsam. Hilft bei sowas.*

Mirko schraubt den Deckel von der Tube ab und riecht. Unter dem Gelächter von Axel und Gabriel verzieht er das Gesicht zitronensauer.

Er zieht sein Hemd aus, drückt sich einen Strang der Creme in die rechte Hand und beginnt damit, sich sorgsam die linke Schulter einzureiben. Der stechende Geruch der Salbe treibt Mirko Tränen in die Augen. Heiß brennt der Balsam auf der Haut.

Dahinten steht ein Eimer, da findest Du auch Seife, sagt Axel, *Geh, wasch Dir jetzt gut die Hände. Und nicht in die Augen fassen oder was mit den ungewaschenen Flossen anpacken.*

Mirko steht auf und tut wie ihm geheißen.

Im Gehen erinnert sich Mirko, mit seinem Vater Thomas mal ein Lagerfeuer im Garten gemacht zu haben. Da war Mirko zwölf.

Vom Waschplatz aus beobachtet er das seltsame Paar. Ihre Silhouetten schimmern auf, flackern im unterschiedlichen Schein. Mal so, mal so. Wie es dem Feuer gefällt.

Sie sitzen da und glühen auf wie flüssiges Erz. Vor seinen Augen.

Zwei Männer – wie aus Stahl gekocht und geschmiedet.

Mirko trocknet sich die Hände gründlich ab.

Ist gleich fertig, das Essen, sagt Gabriel. Und summt dieses Lied.

Was ...?, will Mirko fragen.

Doch bevor er ausreden kann, fällt ihm Gabriel ins Wort.

„Le Boudin" und jetzt frag' nicht mehr ...

Iss lieber etwas, erwidert Axel, *macht groß und stark.*

Sieht man ja an Dir, lästert Gabriel.

Axel reicht Mirko einen Löffel, dazu eine einfache Schüssel aus Blech und haut eine tüchtige Kelle mit heißem Eintopf hinein.

Wer einmal aus dem Blechnapf frisst ..., sagt er.

Suppenfleisch-, Bohnen-, Kartoffel- und Kräutergeruch vermischt sich mit dem Tigerbalsam auf Mirkos Schulter.

Heiß dampft es aus der Schüssel, die Mirko nur mit Mühe halten kann.

Hier, wickel Dir 'n Handtuch drum. Morgen geht für Dich die Ausbildung los, hast Du gehört?

    Ja. Wow.

Gabriel wird Dir erste Dinge erklären. Und dann sehen wir weiter. Jetzt iss.

Mirko isst. Axel reicht ihm Wasser. Sie sitzen, essen und sprechen kein Wort.

Am Feuer ist es warm. Mirko schaut in die züngelnden Flammen und die ersten Schmerzen verschwinden, auch dank dieser entsetzlich riechenden Salbe.

Willst Du noch 'n Schlag?, fragt Gabriel.

Mirko nickt schüchtern, sich nicht wirklich trauend, etwas zu sagen. Alle drei essen weiter und schweigen.

Bist Du satt?

    Ja, danke. Das war echt gut.

Komm jetzt, wir richten erst einmal Deine Stube, sagt Axel.

Auf der grauen Bunkerwand tanzen die Silhouetten des Feuers. Ein grünes Licht leuchtet schwach rechts neben dem Eingang. Axel tippt etwas in eine Konsole neben der schweren Eingangstür, die sich anschließend mit mechanischem *„eeeeääääh"* und leichtem Klinkengriff öffnen lässt.

7836, sagt Axel, mit dem Gesicht zur Tür, *Merk Dir das. Hast Du mich verstanden?*

    7836, wiederholt Mirko und folgt Axel durch die schwere Eisentür.

Nach einem engen, aber hell erleuchteten Flur, öffnet sich ein großer Raum.

Graue Betonwände. Nackter, grauer Beton der Boden. Alles besenrein.

Mirko schätzt, sechzig Quadratmeter werden es wohl sein. Vielleicht mehr.

Ein riesiger Schreibtisch direkt links am Eingang, wie man es aus einem der Dutzenden alten Kriegsfilme kennt. Über dem Schreibtisch hängen drei mit Leinen verhüllte Tafeln. Rechts olivfarbene Spinde an der Wand und ein paar kleine, grobe Bänke. Immer mehr Licht schaltet sich automatisch dazu.

Mirko sieht Halterungen und Ketten in die massiven Wände eingelassen und Käfige mit Gittertüren davor. Fast noch ein wenig unheimlicher wirken die leeren Gewehrständer.

Dungeon-Themenpark, denkt Mirko.

Sie durchqueren den Raum und gehen weiter, wieder durch einen verengten Gang. Auch hier schaltet sich automatisch Licht kalt und hell hinzu.

Über ihnen verläuft ein Rohr, darauf in deutscher Schrift zu lesen „Zuluft".

Sie gelangen in einen grauhellen Raum, auch so dreißig Quadratmeter. Über der Tür in deutscher Schrift „Wachquartier". Vier Türen gehen ab. Über einer der Türen steht „Abort", über einer anderen „Waschraum".

Dann sind da noch zwei Türen aus Eisen. Darüber keine Schrift. Eine Tür grün, die andere blau.

Da, grüne Tür. Das ist Deine Stube.

Sie betreten einen spartanischen Raum. Einer Kemenate eines Büßermönchs gerecht. Ein Gestell steht hochkant, links an der Wand. Ein Blechspind rechts. Die Kopfwand ist frei sichtbar und ohne Schmuck. Kein Tisch, kein Stuhl. Bescheidener geht es kaum. Mirko spürt dabei die Festigkeit der ihn umgebenden Wände. Alles ist fest und umgibt ihn. Hermetisch. Aber nicht wie ein Verlies. Eher Trutz und Widerstand.

Es ist auch nicht klaustrophobisch fest, eher schützend fest. Eher wie eine Zelle, in der man atmet und schläft, einer Larve gleich. Erdverbunden fühlt es sich an, dieses … Zimmer … Kammer … Stube.

Kannst Du ein Feldbett aufbauen?

Nein, hab ich noch nie gemacht.

Dann schau her, sagt Axel. Er nimmt das Gestell, das an der Wand lehnt.

Mit wenigen geschickten Handgriffen ist das Feldbett aufgestellt.

Morgen siehst Du den Rest von Anlage und Gelände.

Gar nicht mal schlecht, das Ganze hier, selbst für die heutige Zeit, sagt Mirko.

Die Scheiß-Nazis wussten schon genau, was sie gebaut haben. Aber das siehst Du ja noch.

Axel verlässt den Raum. Absolute Stille. Nicht ein Piep dringt herein. Mirkos Stube, vielleicht vier mal vier Meter, ist, bei aller Einfachheit, trocken und warm. Es riecht weder nach abgestandenem Regenwasser noch irgendwie muffig. Nicht wie in den Anlagen, die man während diverser Klassenexkursionen mit der Geschichtslehrerin Frau Graf, besucht hat. Nein, dieser Bunker ist in Betrieb und Nutzung.

Mirko öffnet den Spind. In die Innentür geklemmt eine Anleitung, wie ein Spind zu packen ist. Wo etwas zu liegen hat.

Ach, morgen ..., Mirko verstaut sein Zeug erst einmal so.

Er setzt sich aufs Bett und wackelt und hüpft mit dem Hinterteil leicht auf und ab.

Bequem geht anders, aber er will sich nicht anstellen wie eine Tussi. Jetzt erst fällt ihm der kleine, graue Teppich am Boden auf und die verwitterte Flagge der Franzosen, die sich zunächst links neben dem Schrank verbarg.

„Legio Patria Nostra".

Mirko öffnet die Tür der Kammer. Er wird noch lernen, dass es „Stube" heißt. Beim Hinausgehen verblasst das Licht in einen abgedunkelten Modus. Er kann noch rechts neben der Tür einen in die Wand eingelassenen Monitor erkennen.

Rekrut: Mirko T., Ausbildung „FPS-Liga".

Hier also soll sein Training stattfinden. Hier soll er „es" lernen. Hier soll er das Rüstzeug bekommen, für das ganz große Spiel. Das höchste Spiel. Death – out.

Endlich. Ein „echter" First-Personal-Shooter sein.

Er schaut auf seine Smartwatch. 21:48.

Mirko öffnet die schwere Außentür des Bunkers und tritt hinaus.

BUH!!!, macht Gabriel, der schon neben der Tür auf ihn wartet.

Mirko springt gut einen Meter nach vorne.

Biste bescheuert?! ..., will Mirko eigentlich herausbrüllen. Seiner Schwester hätte er sicher eine geknallt, so hat er sich erschrocken. Doch Mirko besinnt sich … dem Gabriel haut man mal besser keine runter (wenn man es überhaupt schafft).

Rechne immer mit dem Unerwarteten, lacht Gabriel.

Mirko setzt sich zu den beiden ans Feuer.

Tee?, fragt Axel.

Nein danke, ich schlafe dann immer so unruhig. Oder gibt es auch Hagebutte?

Axel sieht Gabriel an, zieht die Mundwinkel runter und die Schultern hoch.

Weißt Du, wir haben sonst nicht ganz so junge Spieler wie Dich hier, erklärt ihm Axel.

Was genau willst Du eigentlich bei uns erreichen?, fragt nun Gabriel.

Ich will der Beste sein.

Morgen Nullsechshundert Zulu, sagt Axel.

Die drei sitzen noch eine Weile, trinken Wasser und Tee und starren ins Feuer.

Dieses magische Feuer.

Axel und Gabriel sprechen kaum ein Wort, mal ein *Gib mir noch etwas Tee, bitte,* oder *Für mich nicht mehr, danke.* Mal wirft der eine dem anderen Feuerzeug und eine Zigarette zu.

Dann sagt Gabriel ohne Betonung:

Kleiner, es ist Zeit für Dich. Dusche, bevor Du schlafen gehst. Der Tag morgen wird es in sich haben. Er wird lang und anstrengend, das verspreche ich Dir. Deine Welt dreht sich ab morgen neu.

Nach ein paar wenigen Momenten steht Mirko auf. *Nacht Axel, Nacht, Gabriel. Danke.*

Nacht, Kleiner.

Mirko verschwindet auf das schwache grüne Licht des Displays der Bunkertür zu.

7836.

Mein guter Gabriel, ist es nicht merkwürdig, wie sich so am Ende eines Tages neue Verbindungen knüpfen?

Mein lieber Axel, das kann kein Zufall sein.

Wenn man viel unterwegs ist, sagt Axel, *begegnet man auch vielen Menschen.*

Bist Du unterwegs auch Jonny Froid begegnet und was weißt Du von ihm?, fragt Gabriel.

Oh, ich weiß viel über Jonny Froid, antwortet Axel, *Vielleicht mehr als jeder andere. Ich weiß, er ist ein Mörder. Ich habe ihn morden sehen. Ich weiß aber nicht, was ihn dazu gebracht hat, eine Killermaschine zu werden und warum.*

Jonny Froid verbarg das „Warum" …

… aber nicht, „Wer" er war, nämlich ein Defekter, der tötet.

… genau wie unser Neuer hier. Wie Jonny Froid. Dasselbe Holz, sagt Gabriel.

Ja … sie reichen sich die Hände noch übers Grab hinaus …

Das Toupet ist bereits auf einem Schaumstoffkopf festgesteckt. Siegfried Schröder steht vor dem Badezimmerspiegel und bereitet sich zur Nacht vor.

Noch die Zahnseide und abschließend Gurgeln mit Mundwasser. Er bleckt die Zähne, schaut in seine grünen Augen und klaren Skleren, wendet den Kopf auf und ab.

Oh, es wird wunderbar, sagt Siegfried zu Marianne.

Dieses Mal hast Du Dich selbst übertroffen, zollt ihm Marianne ihre Bewunderung.

Warte ab, meine Liebe, das ist doch erst eine Übung … es wird noch besser.

Marianne gießt sich ein Glas 72er Burgunder ein.

Stell Dir vor, amüsiert sich Siegfried sichtlich, *unter aller Augen. Die haben alle zugeguckt …*

… und nichts gemerkt, ergänzt Marianne.

Sagen wir es mal so: Das Beste an allem ist doch, dass alle gewinnen. Trotzdem.

Das ist wahr, bestätigt sie, *Jawohl, dankbar sollte man Dir sein.*

Denk nur, schwärmt Siegfried, *die Fans bekommen ihr größtes Spiel, die Voyeure ihren Kick, Streams ihre Power, Zocker ihr Geld, die Medien ihre Story, die Polizei ihren Einsatz, die Politiker ihren neuen Handlungsspielraum, die Justiz ihre Fälle, die Lobbyisten ihre Argumente, die Industrie ihre neuen Aufträge und der Bürger …*

der Bürger bekommt endlich seine heiß ersehnte Sicherheit ... Und noch einen Gedenktag obendrauf!

Jackpot für alle, Marianne Schröder erhebt ihr Glas, ... Sieg auf ganzer Linie.

Siegfried öffnet seinen weißen Bademantel.

Geh, Marianderl, bitt' schön, sei so gut ... blas' mir einen.

Seine Sachen hat Mirko noch nicht ausgepackt. Nur Handtuch und Seife zum Duschen,

... ach, den Rest mach ich morgen ..., denkt er, stopft den Rucksack unsortiert wieder zurück in den Spind.

Mirko liegt auf dem Feldbett und starrt an die Betondecke seiner fensterlosen Kammer. Stube.

Plötzlich hat Mirko so etwas wie einen nostalgischen Anfall. Etwa Heimweh, Killer?

Er denkt an Sabine und Thomas. Antonia und ihr Gekratze. Sein Zimmer und seine Gamestation. Den Geissen-Peter und Heino „den Zweiten". Die Lieblingsoma und die Nicht-Lieblingsoma. Opas Toyota. Der Bolzplatz von ganz früher. Selbst an die Schule. Sogar Doris, die heimlich Angehimmelte, die dann mit Lars Hand in Hand über den Schulhof ging. Musikstücke poppen im Kopf auf, wie der Soundtrack seines Lebens. Er denkt an die Vergangenheit. Frühe Kindheit. Kindheit. Frühe Jugend, die mit dem heutigen Tag ein Ende findet. Späte Jugend? Mehr gibt es noch nicht zu erinnern.

Dinge presslufthämmern sich regelrecht durch seinen Kopf. Es ist, als würde sein vergangenes Leben im Sauseschritt in besagter Geschwindigkeit an ihm vorbeieilen.

Egal, was hier passieren wird: Nichts wird mehr sein wie es war. Nichts. Gar nichts. Nichts vom alten Leben wird bleiben. Egal, wie lang das alte Leben bereits dauerte.

Er liegt hier in einem Bunker, der zugegebenermaßen sauber ist, nicht muffig riecht und ja – sogar „Komfort" hat. Im Waschraum einfache weiße Kacheln, die Dusche mit Kalt- und Warmwasser. Die Toilette ist ebenfalls sauber. Nichts wackelt oder ist schäbig. Und er ist hier, das Töten zu lernen. Ist schon strange, oder?

Mirkos Traum. Virtual Reality. EIN Leben. SEIN Leben. Ausleben. Sein Ziel ist jetzt ganz nah.

Mirko ist sich der Tyche völlig bewusst, als er auf der Pritsche liegt und nicht weiß, wie er sich auf dem harten, engen Ding drehen soll. Während er an die Decke starrt, weiß er um das unwiderrufliche Schicksal seines Hierseins. Nämlich in diese Welt zu kommen als das „eigentliche Ich".

Mirkos Kopfgeburt Tibor Dee ist durch ihn, Mirko, hier nun fleischgeboren in der realen Welt angekommen. Tibor Dee lebt. Ist ein „Ich" geworden.

Mirkos Leben als sich selbst Fremder hört nun auf. Diese Wände, die ihn hermetisch umgeben, bezeugen es. Für immer. Stein um Stein.

Jeder Stein ist Zeugnis. Und jeder Stein Beweis.

Ich bin nicht ich – Ich bin ein anderer.

Alex steht vor einem sehr großen Spiegel.

Er mustert seinen Körper. Ist hingerissen von sich selbst.

Das wir uns nicht falsch verstehen, Alex ist ein schöner Mann. Ebenmäßig das Gesicht, Teint gebräunt, strahlendes Weiß die Zähne, ebenholzfarben das Haar, mittellang wie Prinz Eisenherz. Alex. Dandy. Lebemann. Dreißig. Schmaler Zorro-Oberlippenbart. Die Augen grün. Alex. Ganz der Papa.

Alex tänzelt vor dem Spiegel wie ein Rockstar. Betrachtet seinen gänzlich entblößten, durchtrainierten Luxusbody.

Bitte gestatte mir, mich Dir vorzustellen: Ich bin ein Mann, von Stand und Art.

Bin Alex. Entertainer, Moderator, Scout und Streamer und manche nennen mich – Luzifer.

Drei dunkelhäutige Kinder warten im Hintergrund von Alex' Schlafzimmer.

Zwei Mädchen, vielleicht neun oder zehn Jahre alt, in Babydolls aus einem Hauch von durchsichtigem Chiffon. Ein Junge, höchstens zwölf, gekleidet als Kanonissin.

Kommt, meine kleinen Schönen … kommt, wir schauen uns jetzt alle an.

Die Silhouette der vier im Spiegel ist bizarr.

So, bevor wir uns gleich weiter erfreuen, muss euer Meister noch husch, husch was erledigen. Ihr bleibt noch ein wenig hier und spielt miteinander … wenn ihr etwas Pulver schnupfen mögt, holt es euch aus dem Nachtschrank, meine kleinen Schätze.

Die vier küssen sich.

Alex geht in das Nebenzimmer. Vor ihm ein herrschaftlich hoher Raum, in angenehm gedimmter Beleuchtung.

Oouhhh, „Room of Doom". Mein Schicksalspalast!

Von der Decke hängt ein Kristallleuchter, das Mauerwerk schwarz gestrichen. Vier Ölgemälde und zwei gerahmte Filmposter schmücken die Wände.

Das größte der Bilder, ungefähr ein mal drei Meter quer, ist einer ausschweifenden Orgie des Marquis de Sade nachempfunden. Titel: „120 Tage von Sodom". Eine Arbeit, die lange nach de Marquis' Tod entstand. Wohl um 1850. Man munkelt, ein früher Bresson. Drei kleinere Gemälde, 60 x 90, zeigen Motive wie aus „Death out", gemalt im Stil der Renaissance.

Die erste der Darstellungen zeigt eine dominante Frau im roten, erotischen PVC und einer Reitgerte in ihrer Rechten. Ihr zu Füßen ein auf allen Vieren kriechender, nackter Mann mit einem Kruzifix in der Hand. Er trägt eine lederne Ganzkopfmaske sowie um den Hals ein Hundehalsband, dessen Leine Madame in ihrer Linken hält. Die letzten zwei Gemälde zeigen Alex selbst als „David" vor einem stahlblauen Bugatti, der im Schein einer Straßenlaterne steht. Im Hintergrund eine Stadt wie Scone.

Das andere Bildnis, Alex vor einer Bergkulisse als Action-Hero-Adonis nur mit Machete und MG geschmückt. Über Thema und Komposition mag man streiten, doch ist die gemalte Qualität enorm. Dass die Bilder – maltechnisch gesehen – leicht verwischt erscheinen, liegt am „sfumato". Da ist diese Vollkommenheit der weich ausmodellierten Tonübergänge. Magico. Am Ende bestechen die drei Werke, die alle aus der Hand von Alex stammen, auch durch eine Hell-Dunkel-Malerei. Clair-obscur.

Die Filmposter runden die Galerie ab – „Der blutige Pfad Gottes" und „Shaun, das Schaf".

Im Room of Doom selbst stehen drei champagnerfarbene Plüsch-
sessel und ein Plüschsofa. Alle Möbelstücke weit ausladend und
bequem. Außerdem ein antiker Schrank aus Kirschholz mit erle-
senen Spirituosen, ein Glastisch, ein Stahlkäfig (mit einem Meter Seitenlänge) und eine lederbezogene Folterbank mit Riemen
für Hände und Füße.
Eine große Monitorwand, sechs Screens, entsprechend riesiger Ar-
beitstisch mit aufwendigem Computer- und Kameraequipment, Bild-
nachbearbeitung und Tonmischpult, vervollständigen das Interieur.
„Laute" der drei Gespielen dringen in den Room of Doom.

Die Monitore sind im Stand-by-Modus. Alex switched on.
Augenblicklich flimmern auf dem Zentralmonitor Codes und zwei
Tabellen auf.
Die erste Tabelle ist sehr lang, die zweite sehr kurz.
„VIP-Paket, plus 9 Kameras, 25.000 €" steht über der ersteren zu
lesen.
Die kleinere Rubrik ist gleichzeitig auch die teurere. Nur zehn
Namen.
„Logenpaket, plus 24 Kameras, extended and very special Bo-
nus Material, 750.000 €"
Beide Rubriken sind gefüllt mit nationalen und internationalen
Namen und Adressen.
Die Kunden haben bereits 100 % Vorkasse geleistet. Heute bekom-
men sie ihr „Ticket".
Das „Ticket" ist ein Code, der am „Tag X", zu einer bestimmten
Uhrzeit freigeschaltet wird und für zehn Minuten per Videozu-
schaltung Einblick in die TOTALE HÖLLE gewährt.
Je nach Anzahl der, in diesem Fall, „gemieteten" Kameras und
deren verschiedenen Positionen und der Tatsache, dass jede ein-
zelne Kamera diese Minuten aufzeichnet und zum Download freigibt, ergibt sich, bei später cleverem Zusammenschnitt, am Ende
ein hochaufgelöstes Video von weit mehr als nur Spielfilmlänge.
Alex nennt so etwas:
„The real deal – eine Hymne des Machbaren ohne Werbeunterbre-
chung.".

Er kann zufrieden sein. Sein Geschäft brummt. Der Markt boomt. Die Gier der Menschen nach extrem Bizarrem und der Hunger nach noch mehr Ungeheuerlichem werden auf allen Ebenen immer größer. Und … wollen natürlich auch bedient werden.

Alex befriedigt das kaufkräftige Segment sowie dessen Hang nach authentischer Unterhaltung ohne Zensur.

Alex kommt zurecht. Beim Zusammenrechnen heute ergeben sich, vor Abzug aller Nebenkosten, letzter Stand: Ungefähr zweiunddreißig Millionen Euro – für streng limitiert, top-exklusiv, weltweit eintausend Tickets.

Nicht schlecht. Vorerst. Geht aber noch besser. Alex denkt schon weiter. Es ist genug im Topf für alle. Für alle, die daran beteiligt sind … und ja – es sind viele beteiligt.

So. Achtung, Voyeure! Hier kommt der Aufgeilcode.

Klick.

See ya soon in the Room of Doom.

Die „Premiumshow" läuft zwar erst in zwei Wochen, doch die meisten möchten ihr Ticket wie ein Billett für ein Konzert. Obwohl man nichts aktuell damit anfangen kann, ist es doch etwas, worüber man sich offenbar freut. Manche brauchen einfach den Vorlauf.

Alex weiß außerdem, es werden Partys zum „Event" organisiert. Manche feiern mit Schampus, Koks und Kaviar. Manche gesellig beieinander mit Chips wie bei einer Sportübertragung. Und nach dem Download noch einmal alles in Zeitlupe.

Manche aber wollen die Übertragung alleine genießen. Still. Nur ganz für sich. Bei einem schönen Glas Wein. Die Hand sanft am Genital.

Alex weiß das.

Er sieht die Welt da draußen. Am Monitor der Zeit. Verkauft gegen satten Aufpreis, Nervenkitzel für einen virtuell flanierenden, verdorbenen Haufen aus aller Herren Länder. Für einen im sterilen Elfenbeinturm lebenden Kreis exklusiv Gelangweilter, die gaffen, weil sie abgefuckt sind. Gaffen auf Exhibitionisten, weil auch die nichts als abgefuckt sind. Gladiatorenspiele. Unser tägliches Massaker gib uns heut … ohne Dolch, Netz oder Schwert. Aber mit Bombe, MG und Kamera.

... morituri te salutant – ... die Todgeweihten grüßen DICH!
Alex und seine Neu-Gladiatoren zelebrieren den feindfreien Welt-krieg ohne Grund oder Erklärung. „Seine Mirkos" sind die „frisch-gebackenen Reality-Stars des brandneuen Terrors", von ihm, Alex, auf die Bühne gestellt und in Szene gesetzt für ein global schwachnerviges Publikum.
Alex, der Streamer. Er schaut auch mal gerne bei ihnen rein.
Schhhh ...
Er sieht, hört und weiß ... alles.
Alex räumt noch ein wenig auf. Ordnung muss schließlich sein!
Das Voicemodul für Death out, mit dem er die Stimmen von Clai-re, John, Mr. Old School, Pete, Randy, Sammy und all den ande-ren mimte, verschwindet in der Schublade.
Alex steht auf, streckt sich behaglich, dimmt das Licht ganz run-ter und verlässt den Room of Doom.
Ihr Kinderlein kommet ..., ruft er ins Schlafzimmer, *Oh, kommet doch ...*

Der Morgen ist recht frisch.
Vögel singen. Tau hier, Tau da. Mirko schläft und hat noch mehr als eine halbe Stunde. Axel und Gabriel beginnen den Tag.
Seit nunmehr einer Woche sind sie hier. Die Gegend haben sie eindringlich kontrolliert, Vorkehrungen getroffen, dass niemand „überraschend zu Besuch" kommt.
Der gestrige Einkauf verschafft vierzehn Tage Ruhe. Versorgungs-fahrten erledigt. Obst, Konserven, Kartoffeln, Gemüse, Dörr-fleisch, „Army-Ration" und auch Bier. Es ist genug da. Später noch eine letzte Tour zum Schlachthof. Aber das hat Zeit.
Gabriel hackt Holz und bereitet das Feuer. Axel macht rund rum klar Schiff.
Routine oder enges aufeinander Hocken ist beiden nicht fremd. Wieso auch? Waren Axel und Gabriel doch Jahre gemeinsam durch den Morast und Unrat dieser Erde gerobbt.
Heute sind beide dem Pass nach Deutsche und Franzosen. Sie selbst halten sich für das, was sie sind. Legionäre. Legionäre – dem Ruf der Kameraden oder dem, der sie kauft und bezahlt,

verpflichtet. Ihr Schultertattoo, Balkenkreuz und „Legio Patria Nostra", zeigt die Sitte der Einheit, dass die Legion weder Rasse, Hautfarbe noch Herkunft kennt.

Denn, egal wer Du bist, wie Du aussiehst, was Du glaubst oder woher Du kommst:

Du bist Legionär.

Die beiden schlichen so jeder für sich einst heimlich fort, als der Vater und die Mutter schliefen. Suchten und fanden, fern in der Legion, ihr Abenteuer in Nigeria und Kamerun.

Axel schaut auf die Uhr. Dann schaut er Gabriel an.

Irgendwie sind die beiden schon „witzig". Axel, kompakte 1,60 m. Gabriel, kompakte 1,90. Kleiner Schrank, großer Schrank (vorsichtig beim Aufmachen).

Gabriel blickt vom Hackklotz hoch.

Was?

Axel zieht die Schultern auseinander.

   Und?

Und was? Ist alles viermal kontrolliert. Scheiß Dich bloß nicht so an.

Axel nickt, … *ist ja gut, kleine Lady.*

Er weiß doch, dass alles bestens erledigt ist. Trotzdem. Trau nicht dem Idyll.

Gabriel macht sich daran, die zwei Feuer wieder in Gang zu kriegen. Das eine zum Wärmen und das Grubenfeuer zum Kochen. Sie haben zwar eine komplette Küche im Bunker, nutzen sie aber so gut wie nie. Fast egal, welches Wetter herrscht.

Abgesehen davon, mag jeder die Wärme eines Feuers am Morgen und am Abend. Den Geruch von Holz und das Knistern. Dazu frische Speise. Chai oder Milchkaffee, in den man Stangenbrot stippt. Soweit die Romantik.

Und Du hast es gelernt. Ein Feuer selbst zu machen. Du hast es gelernt. Überall kannst Du Feuer machen. Bei Wind und Wetter. Deshalb kannst Du überleben. Weil Feuer Leben ist.

Darum.

Es wird Zeit, den Bengel zu wecken, sagt Axel.

Mirko ist bereits wach, als Axel an die Tür bummert.

Aufstehen, waschen, fertig machen und in zehn Minuten vor dem Bunker antreten.

Mirko steht auf, geht zum Schrank, sein Rucksack purzelt ihm entgegen. Er kramt sein Waschzeug vom Fußboden zusammen.

Hätt' ich doch gestern …

In Unterhose, Handtuch, Zahnbürste, Zahnpasta sowie Seife in der Hand, eilt Mirko in den Waschraum. Zähneputzen, Katzenwäsche, ratzfatz Haare glätten und weiter. Anziehen, Rucksack zerwühlt in den Spind schmeißen, in die Schuhe schlüpfen und raus. Gabriel sieht auf die Uhr.

Elf Minuten, sieh an, sieh an …

Gib mir Dein Handy, Deine Smartdingsuhr … und die Glock auch …, sagt Axel.

Mirko ist erstaunt. Axel hält nur die Hand auf. Mirko langt in seine Hosentasche, reicht Telefon sowie die Pistole und nimmt die Smartwatch ab.

Nicht zu fassen, rennt der Knabe hier mit einer ungeladenen Knarre rum. Bist Du blöd?, fragt Gabriel scharf.

Ich leg's in den Schreibtisch, sagt Axel ruhig und geht in den Bunker.

Er legt die Glock in die Schublade und holt ein Laptop heraus. Axel schließt Handy und die Uhr an und lädt eine Spyware auf beides.

Fertig. Er legt Laptop, Uhr und Telefon in die Lade und kehrt zu Gabriel und Mirko zurück.

Heute lernst Du drei einfache Wahrheiten: Du kannst nichts, Du weißt nichts und Du bist nichts, sagt Axel ganz locker.

Ach so?, Mirko versteht nicht wirklich. Noch nicht.

Wenn Du frühstücken willst, dann tue was dafür, wir sind hier kein Hotel, sagt Gabriel …

UND JETZT, brüllt Axel plötzlich wie auf dem Exerzierplatz, dass es Mirko in die Glieder fährt, *auf den Boden und gib uns hundert Liegestütz.*

Mirko ist schon fast auf dem Weg nach unten als ihm Gabriel mit wenigen Handbewegungen bedeutet: *Nicht hier … da …* Und zeigt auf ein modriges Schlammloch.

Ja, genau da! Und jetzt ab die Post.

Mirko geht runter und ist mit dem Gesicht dicht über einer „riechenden" Masse aus Matsch, abgestandener Lache und noch etwas wie undefiniert weicher Erde.

Er zeigt Eifer, aber mehr als 35 sind unter den Umständen für ihn nicht drin. Ständig rutscht er weg, landet mit Körper und Gesicht in der Mocke. Unter dem Gebrüll von Axel und Gabriel geht es wieder hoch und wieder – Schwupps – mitten rein und so fort. *Und auf. Und stillgestanden.*

Mirkos ganzer Körper zittert, vielleicht auch vor Wut.

Jetzt schau sich mal einer diesen Dreckspatzen an, mäkelt Gabriel verächtlich.

Ja, wirklich, wie ein Schwein in der Suhle, bah ...

Meinst Du, er hat es verstanden?

Dass er noch unter einem Prittstift rangiert? Meinst Du?

Ja, weniger als ein Prittstift, wiederholt Gabriel.

Hast Du verstanden?, fragt Axel Mirko.

Noch unterm Prittstift ... verstanden, erwidert Mirko, den Mund voll Dreck.

Das hier ist etwas anderes als Computer, also reiß Dich zusammen, sagt Gabriel hart.

Und jetzt sieh Dich mal an. So kannst Du am Trog fressen und gleich noch dazu reinscheißen.

Das Verrückte ist, dass sich Mirko trotzdem nicht gedemütigt fühlt. Warum?

Er weiß, dass die beiden etwas wissen, das er nicht weiß.

Und davon weit mehr als genug.

Vielleicht sind sie nicht annähernd so schnell mit einem Joystick wie er – aber sie verstehen jemanden auf zehn verschiedene Arten „tot zu machen", noch bevor einer das ABC aufgesagt hat. Darum fühlt sich Mirko nicht gedemütigt.

Sie wissen, was er nicht weiß und bringen es ihm bei. Stück für Stück. Zeigen, wie es geht. Vor allem, wie es richtig geht, wenn er „richtig funktioniert".

Es gibt tausend Arten, „es" falsch zu machen und nur eine Art, „es" richtig zu tun.

Wie Schuppen fällt 's Mirko nun von den Augen. Es gibt keinen Plan B.

Er bekommt seine Lektionen. Es liegt an ihm, ob er sie frisst. Oder stirbt.

Denn wenn er versagt, kommt er hier nicht mehr weg.

Kommt er durch, besteht die Prüfung, ist alles gut.

Taugt er den Bedingungen des Trainings nicht, dann begraben ihn die Brüder und er ward nicht mehr gesehen. Axel und Gabriel brauchen keine Zeugen. Können sich auch keine leisten.

Aber auch dieser Gedanke schreckt Mirko nicht. Im Gegenteil.

Mirko hat nur ein Ziel und die beiden sollen ihm helfen, es zu erreichen. Das ist alles.

Überdies, wenn er dem, nämlich seinem eigenen Anspruch nicht genügt, wird er auch nie der Beste, der er sein will. Dann können sie ihn auch begraben. Zu mehr hätte es dann eh nicht gelangt.

Den Tod vor Augen, ist Mirko deutlich konzentrierter.

UND HOPP … brüllt Gabriel.

Mirkos Gesicht ist sogleich wieder dicht über dem Matsch.

Du schuldest mir immer noch 65 Liegestütze, Du Trottel. Also jetzt los, blafft Axel.

SO: In den Liegestütz fall, kündigt Gabriel an. Er fällt neben Mirko in matschfreie Zone zu Boden in die perfekte Liegestütz-Position. *Keine Muckis? Da wirst Du hier nix mit,* sagt er beim Hoch- und Runterpumpen, ohne dabei rot zu werden.

Eins und zwei und drei und vier …, Gabriel zieht die Nummer durch. Cool und gelenkig holt er Mirkos Liegestütz locker auf.

Mirko lässt es nicht ganz so zackig angehen wie Gabriel, darum drückt ihn Axel noch einmal tiefer. Mirko spürt die Kraft von Axels Hand und was die alles anstellen kann.

Den Rücken gerade! WAS? Kannst Du nicht? Du willst wohl eher nicht! Du Muschi. Du willst einer von uns sein? Du bist eine weiche Fotze! Und wir haben nur 14 Tage Zeit, aus Dir annähernd so etwas wie einen Kerl zu machen. Dafür schuldest Du mir die ganzen hundert. Los jetzt, fordert Axel.

LOS! Du sollst mitmachen und zählen, oder meinst Du etwa, wir merken uns, wo Du bist und wie viele Liegestütze Du schon hast? Los zähl, Prinzessin, poltert Gabriel.

... 43 ... 44 ...

Du bewegst Dich wie eine Tunte. Biste eine? Bist Du eine Tunte? Lässt Dich in den Arsch ficken? Ja? Stehst auf Typen, hä? Was kasperst Du hier so rum? LAUTER ZÄHLEN, ICH KANN DICH NICHT HÖREN, schreit Axel Mirko direkt ins Ohr.

... 67 ... 68 ... Mirko ist fast am Ende.

Komm in die Gänge, Du Pupe, schiebt Gabriel noch derb hinterher.

Die beiden sind das perfekte Team. Axels und Gabriels Druck macht ordentlich was aus. Mirko pumpt weiter und zählt.

... 86 ... 87 ...

Was zum Arsch! Das nennst Du zählen? Du hast wirklich eine Stimme wie ein kleines Mädchen. Lauter zählen, Prinzessin, LAUTER, setzt Axel hart nach.

... 99 ... 100 ...

Dann ist Schluss. Das war's. Mirko bricht zusammen. Bleibt einfach in der Pampe liegen.

Geh nach Hause, Du Affe. Du hast es nicht verdient, bei uns zu sein. Du bemühst Dich nicht mal. Ich könnte kotzen, wenn ich diese verweichlichte Jugend sehe, sagt Gabriel.

Kein Rückgrat, diese „Millennials". Alles warm geduschte Schwanzlutscher, die bei Mutti wohnen und meinen, sie wissen was abgeht.

Die Welt killen vom Wohnzimmer aus, das könnt ihr. Aber Dir werden wir es schon beibringen. Weiter Prinzessin. Los, aufstehen! Mirko drückt sich hoch, kniet und kommt langsam, sehr langsam in eine halbwegs aufrechte Position. Die Arme – sie brennen. Der Rücken – puckert.

Je mehr die beiden Mirko aber provozieren, desto mehr will er's ihnen einfach zeigen.

Mirko kommt aus dem Kreuz.

Gut, ab morgen wird's dann richtig ernst. Dann beginnt ein hartes Training. Du gehst Dich jetzt duschen. Danach wäschst Du Deine Klamotten gründlich sauber, hast Du gehört? Gründlich! In der Küche, im Unterschrank, ist Waschpulver, im Bad sind zwei Bottiche, und warmes Wasser, na, weißt Du ja. Da ist auch eine Wäscheleine an der Wand, die spannst Du und hängst die nasse Wäsche dann auf. Mach alles anschließend sauber. Zeitansatz 75 Minuten. Und ab ..., sagt Axel ohne Befehlston.

Mirko verschwindet im Bunker.

Mein Gott, zu unserer Zeit waren die Ausbilder nicht so nett, stellt Gabriel fest.

> *Kannst Du Dich noch an Francois erinnern? Gute Güte, was hat das Schwein uns getriezt.*

Aber, sagt Gabriel, *Hurra, WIR leben noch! ... auch wegen dem Drecksack ...*

> *Das ist wahr, mon frère ... und weißt Du, was das Beste ist?*

Was denn?

> *Ich habe es mit seiner Alten getrieben.*

Wie jetzt?, fragt Gabriel erstaunt.

> *Na, die hässliche Schnalle von Francois, die mit dem üppigen ...*

Du verarscht mich!, ruft Gabriel ungläubig, *Die wo 'n Sack übers Gesicht musste?*

Axel nickt, *... kein, hähä ... kein Gesicht ... hahaha ... ist, hahahaha, größer ... als das Taschentuch ... der Armee ... hehehehehe ...*

> *... hähä ... bei der brauchteste gleich 'ne Flagge ...*, setzt Gabriel noch einen drauf.

... während Francois euch ordentlich ... ouhahaha ... hab ich sein dickes Luder weggenagelt.

Du die Alte und uns Francois, neeh, neeh, neeh ...

Nun, olympischen Göttern gleich, lacht auch Gabriel, *... HO ... HO ... HO.*

Mirko macht die Wäsche – die Sachen sind schmutziger als zu Kinderzeiten im Klackermatsch – er denkt sich so seinen Teil ...
Mann, verstehen hin, verstehen her ... So jedenfalls ist noch keiner mit ihm umgesprungen. Und er nimmt es hin. Freiwillig ... und er weiß, es wird noch schlimmer ... und dass dies erst der Anfang ist.

Waschen ist eine einfache Handlung, so wie das Bügeln. Fast eine Meditation. Und weil es immer nur hin und her geht oder hoch und runter, melden sich die Gedanken.

Die Handynummer habe ich Alex geschickt. Den Rechner gelöscht und zum Schluss mit dem Datenkiller von Alex bearbeitet. Alle Spuren vernichtet.
Dann ist auf einmal alles leer und mechanisch.

Mirko steht frisch und sauber wieder vor seinen „Coaches".
Setz Dich, trink einen Tee. Mirko setzt sich und schaut gespannt.
   Willst Du das hier wirklich, Kleiner?, fragt Axel forschend.
Es gibt kein Zurück. Einmal gelernt, vergisst Du es nie, mahnt Gabriel.
   Am Scheideweg der Worte muss man schwanken, ob dies da besser oder jenes dort.
Denn der Gedanke hält nicht immer Wort, jedoch das Wort hält mancherlei Gedanken.
Das sagt Axel immer auf, wenn er jemand „fast vielleicht" mag. Ist von Karl Kraus – Zweifel.
   Ich habe keine Zweifel! Ich will es lernen, durchziehen und nie vergessen, erwidert Mirko ernst.
Bon, wir wollten es nur noch ein letztes Mal angesprochen haben.
   … nur um ganz sicher zu gehen, comprends?, ist Axels letztes Wort zur Sache.
Dann komm mal mit, sagt Gabriel.

Erste Lageeinweisung zur Unterrichtung.
Raum: Vorraum von Bunker A-746-2c.
Gegenstand: Drei verhüllte Tafeln mit Planungsmaterial.
Zugegen: Major Axel, Hauptmann Gabriel und Mirko Thies aka Tibor Dee.
Zweck: Den Rekruten unterrichten und einweisen in die Lage.

So! Aufnahmebereit?, fragt Axel.
   Ja, aufnahmebereit.
Du bekommst jetzt eine Lageeinweisung zur Unterrichtung. So heißt es. Konzentriere Dich.
   Es ist absolut wichtig, also höre gut zu, schiebt Gabriel mahnend noch hinterher.

Axel lüftet den ersten Vorhang hinter dem Schreibtisch wie eine bedeutende Persönlichkeit, die etwas zur Einweihung enthüllt. Auf die Wandtafel ist ein Plan gepinnt, den Gabriel, er ist größer und kommt oben besser dran, abnimmt und auf den Schreibtisch legt. Alle drei stehen, wie im Führerbunker, über den Tisch gebeugt und schauen auf einen Bauplan. Zumindest einen Teil davon.

Was siehst Du?, fragt Axel.

Mirko zuckt die Schultern, *… ein Gebäude, vielleicht?*

Axel und Gabriel schauen sich an, *… hmm … ein Gebäude, vielleicht …*

Oh, Mann, was sind Googlekinder?, murmelt ein nachdenklicher Gabriel.

Gut, also hier siehst Du viel mehr als nur „ein Gebäude vielleicht". Denn hiernach wählst Du Deine Ausrüstung. Hier beginnt Dein Plan, verstanden?

Ja, verstanden.

Du siehst hier den Gebäudeabschnitt eines Bahnhofes. Dass es ein Abschnitt ist, erkennst Du daran, dass hier der Bereich noch nicht geschlossen ist. Betrachtet man dabei die Form der Außenhaut des Gebäudeabschnittes, erkennt man, dass das Gebäude im romantisch-klassizistischen Stil errichtet wurde.

Mirko prustet. Teils überrascht, teils auch weil es irgendwie lustig klingt, dass Axel über „romantischen Klassizismus" spricht. Gabriel gibt Mirko eine gewaschene Kopfnuss. Zum einem für die Respektlosigkeit dem Vorgesetzten gegenüber, als auch dafür, die Konzentration der Unterrichtung gestört zu haben. Durch die Sterne hört Mirko Gabriels zischende Stimme:

Hör gefälligst zu!

Axel unterbricht seine Ausführungen.

Was war so witzig?

Axel starrt Mirko an. Mirko kann dem Blick nicht standhalten. Axel ist völlig außer sich, transformiert dabei in einen bebenden Stier kurz vor dem Angriff.

ICH KANN ES ABSOLUT NICHT LEIDEN, wenn man GRUNDLOS DIE LAGEEINWEISUNG STÖRT, schnauft er. Mirko wagt nicht einmal, „Pieps" zu sagen.

ICH KANN ES ABSOLUT NICHT LEIDEN, WENN JEMAND BEI EINER SO WICHTIGEN UND BEDEUTENDEN LAGEEINWEISUNG NICHT FOKUSSIERT IST!, donnert er.

Mirko schrumpft auf Golfballgröße.

Axel baut sich auf wie die kurz vor dem Brechen stehenden sieben Siegel der Apokalypse.

Konstruktives immer ... DUMMES KICHERN, NEIN! HABEN WIR UNS VERSTANDEN?

Windstille. Vakuum. Alles Vorherige ist plötzlich wie pulverisiert.

Wie alter Putz, den man von einer Wand schlägt, fällt auf einmal alles von Mirko ab.

„Entblättert" steht er da. Er spürt den Hauch der Klarheit. Kühl wie frische Minze. Bodhi.

Der diamantene Moment der Coolness hat ihn berührt. Ein anderer Baum, ein anderer Traum. Alles cool. Das ewige Rad dreht sich ... cool.

Mirko. King of Cool.

Axel hat Mirko völlig abgeholt, dessen Ernst und Deutlichkeit haben alles hell gemacht. „Es" KLAR gemacht. Worum's hier wirklich geht – Leben oder sterben lassen.

Mirko ist jetzt Axels und Gabriels Zauberlehrling. Bedingungslos. Besiegelt. Endgültig.

Cool?

Axel verwandelt sich wieder in Axel.

Lachst Du, weil ich weiß, welcher Baustil das ist?

Irgendwie doch bübisch, aber sich nicht trauend, die Mundwinkel zu verziehen – bisschen wie saure Zitrone und Mund zu – nickt Mirko nur.

Bei Axel regt sich keine Mine. Aber Axel weiß, wie es in Mirko aussieht. Trotzdem darf man dem Burschi nicht alles durchgehen lassen!

Gut, weiter im Text ... wie bereits erwähnt, das Gebäude wurde im ... hmhh ... romantisch-klassizistischen Stil errichtet. Das bedeutet, Du hast da verdammt dicke Mauern und Wände.

Was heißt das für mich und mein Verhalten in der Aktion?

Die Architekten von damals wussten, was sie da bauen und es sollte halten. Da schießt man nicht durch. Klingt simpel, ist aber so. DOCH es bietet Dir daher auch enorm viel Deckung.

Schutz, ohne dass Du Deine Deckung aufgeben musst. Deshalb weiß ich so etwas wie „romantischer Klassizismus", weil es ein Teil meines Jobs ist.

   Tee?, fragt Gabriel.

Gute Idee. Ausführung …

Das Gebäude hat eine gesamte Länge von 237 Meter und 48,45 Meter in der Breite. Die größte Höhe der Empfangshalle liegt bei 27,98 Meter. Was Du hier siehst ist der Anfang des Gebäudes.

Ab morgen führst Du immer und zu jeder Lageeinweisung einen Block und einen Stift mit. Du wirst alles auswendig lernen. Du musst es fressen, sonst hast Du ein Problem. Und wenn wir fertig sind, wirst Du es ausspucken und runterbeten.

Mirko ist völlig angekommen. Er schaltet auf Tutorial, als sei er selbst Computer und User zugleich. Er macht seinen persönlichen Upload, akustisch wie photographisch haargenau und speichert alles in seinem „Brainchip" ab.

Mirko kann jetzt alles lernen. Alle Synapsen sind jetzt freigeschaltet. Alles fließt und strömt. Ohne Versuch oder Wunsch, zweimal in den gleichen Fluss zu springen. Weiterfließen lassen. Alles. Alles fließt. Fließt. Fließt. Fließt. Fließt. Alles fließt.

Hier in der Empfangshalle, erläutert Axel, steht ziemlich in der Mitte ein Infoschalter der Bahn. Das bedeutet Sichteinschränkung. In den Passagen ebenfalls. Sichtbehinderungen durch kleine Läden in der Mitte.

Ansonsten stehen da noch „Wachturm" und Brüder und Schwestern der Platte. Der Rest ist alles Normalbewegung sowie Lieferverkehr.

   Wieviel Bewegung, sagen wir pro Stunde, würde ich normalerweise zu erwarten haben?

Gute Frage, sehr gute Frage. Mittagszeit, Essenszeit. Wir rechnen mit 1100 plus Leuten. Aber wer weiß, wer weiß? Vielleicht werden es ja noch viel mehr?, deutet Axel nebulös an.

Hier sind Türen markiert, die für Dich überlebenswichtig sind. Präge sie Dir präzise ein, denn dahinter sind unter anderem Annähe-

rungswege. *Da gehen viele Leute durch. Reinigungskräfte, Polizei, Rettungskräfte und so fort. Nicht durch die falsche Tür gehen!*

Falsche Tür gleich falsche Entscheidung. IP – R.I.P., denkt der neue King of Cool.

Fahrkartenautomaten links vom Hauptportal. Terminalschalter und weitere Automaten, rechts beim Fastfood und in der Passage. Und ein neuer Laden. Bibis Aromalädchen. Mittags, immer Hütte voll. Aber das kommt in einem späteren Briefing, Frequenz und voraussichtlich besucherstärkste Läden zu der Zeit Deiner Performance.

Axel hat wirklich „Performance" gesagt. Mirko denkt dabei an eine große Rock-Show.

Vielleicht ist es schlichtweg doch zu viel oder gar unmöglich für Mirko, die Tragweite seines Tuns zu überschauen oder zu verstehen. (So es überhaupt zu verstehen ist.)

Am Ende, kleine Kartenkunde. Du musst immer zunächst die Karte „ein-norden".

Verstehst Du? Das kommt von „dem Norden", nach dem richtet man sich ein. Man nord-et sich, orientiert sich also Nord. Warum ist das wichtig?

Positionsbestimmung, wo bin ich …, antwortet Mirko.

Richtig, bestätigt Axel, *sonst weißt Du nicht, WIE und WO das Gebäude steht. Durch welchen Abschnitt permanent Personen gehen. Also: Es gibt viel zu tun.*

Kleiner Tipp. Axel holt sich Mirko näher. *Jedes Mal, wenn Du hier vorbeikommst, wirfst Du einen Blick auf den Plan. Mal gehst Du näher heran, mal versuche, mit Abstand das Ganze zu betrachten. Und noch etwas zum Schluss …*

Ja?

Nimm es nie persönlich! Egal, was Du tust und was es ist! Es ist ein Spiel.

Ist gut, sagt Mirko.

Das soll es sein, für den Moment. Wegtreten!

Mirko ist platt. Aber alles fließt.

Selbstverständlich können wir …, sagt Siegfried Schröder ins Telefon.

... die Leitung? Die ist sicher, da können Sie sicher sein ... nein, nein alles läuft wie besprochen ... natürlich ... so wie Sie sagen ... die Codes ... genau DIE Codes ... ja, sind, wie besp ...,ja, letzte Nacht ... ganz recht ... alles raus ... na, was denken Sie wie teuer das alles ist ... das Ganze in ... ja, alles nach Plan ... genau ... Schutt und Asche ... richtig, hahaha, die Kunden bedient und zufriedengestellt ... Ihr Geld? ... Überweisen wir heute noch ... Cayman ... selbstverständlich ... doch, doch, Sie werden zufrieden sein ... sechs saubere Millionen ... Danke, Herr Konsul, es freut mich auch immer, mit Ihnen Geschäfte zu machen ... daannke, werde ich ausrichten ...
Schröder beendet das Telefonat. Er hat Kopfschmerzen.
Maaariannderl ... geh bitt' schön ... sei so gut ...

Sabine kommt mit ihrem Pad in Antonias Zimmer. Terminplanung. Wichtig.
Jedenfalls für Sabine. *Antonia, ich sehe gerade ... hier in zwei Wochen. Da kann ich Dich nicht zum Geigenunterricht fahren. Nimmst Du bitte ausnahmsweise mal Bus und Bahn? Das kannst Du doch, oder?*
Kein Problem, sagt Antonia.
Eigentlich ist das eine wirklich gute Nachricht. Antonia freut sie sich sogar richtig. Normalerweise parkt Sabine vor der Tür, solange der Unterricht dauert oder kauft nur mal kurz ein. Dann ist sie pünktlich wieder vor dem Haus des Geigenlehrers und zurück geht's. Ohne Freiraum. Sofort entflammt Antonias Fantasie. Jetzt könnte sie nämlich mal ihre Zeit strecken. Zum Beispiel, im Bahnhof bummeln mit ihrer besten Freundin Judith und dann gehen sie noch irgendwo ein Eis essen.
Das wird toll, denkt sich Antonia. Sie sagt es aber nicht. Sie will Sabine nicht erschrecken.
Mama denkt doch immer noch, ich bin ein kleines Baby.

DIE „Hip-Plattform" für alle „neuen Geisteskranken zwischen dreizehn und neunzehn" ist „Tiki-Taka-Primer".
Bekannt geworden ist Tiki-Taka-Primer, durch seine Aufrufe, „lustige Tiki-Taka-Motto-Partys" zu feiern. „Tupper Party" war vorgestern.

Die Party kann dabei überall steigen. Im Kaufhaus, der U-Bahn, im Zoo, bei Aldi oder auf dem Mond. Jeder „Partyteilnehmer" erkennt sich an einem bestimmten Motto-Utensil. Mal roter Papphut auf dem Kopf, mal Klobrille in der Hand.

Und HEUTE ... endlich ... DIE Ankündigung, auf die alle soooo lange schon gehofft haben:

Hey, Freunde und Follower! In zwei Wochen! Große TIKI-TAKA-BLUE-T-SHIRT-DAY-PARTY!!!

High Noon im Kaiser-Wilhelm-Bahnhof. Yeah! Alle Partygäste tragen gut sichtbar blaue T-Shirts. Das wird ein Spaß! Mehr und Näheres in den nächsten Tagen. Unconditioned Love.

I keep you posted. Haut rein. Hope to see ya. Eure Alexa.

Die Tiki-Taka-Gemeinde ist elektrisiert. Ist nach dem Post auf der Tiki-Taka-App entzückt. Das zeigen die sofort aufpoppenden „Responses". Es wird sofort gefiebert.

Es gibt ja jetzt ganz viel vorzubereiten. So happy, eure C. C. Rheider, eine der so vielen ersten euphorischen Reaktionen.

Vorfreude ist eben doch die schönste Freude. Immer. Daher auch die Vorlaufzeit, die noch durch Posts, News und weitere Ankündigungen ordentlich befeuert wird.

Und sowieso, was wäre das schon für ein Event, wenn jeder bloß die Kelle hinschmeißen muss und irgendwohin verschwindet? Das kann man sich vielleicht noch als Facebook-User erlauben. Total Loser.

Jedenfalls NICHT als Follower von Tiki-Taka-Primer. Das geht gar nicht! Da muss man schon mal den Unterschied klar und deutlich aufzeigen.

Die „neuen Geisteskranken" sind nämlich durchorganisiert und können nicht für jeden Scheiß einfach so spontan die Brocken fallen lassen. Dafür braucht man erst einen Termin und dann einen Plan. Einen Terminplan! Auch oder GERADE für ein dreizehnjähriges Kind und aufwärts. Das Leben eines Tiki-Taka-Followers ist nämlich durch-ge-ti-ki-tak-tet.

(Und spätestens Mitte zwanzig, die fest eingeplante erste Eigentumswohnung.)

Ist schon irgendwie geisteskrank. Verstehen Sie?

Ist ja auch egal. In zwei Wochen steigt die Party.
Vergessen Sie Ihr blaues T-Shirt nicht. Sie sind nämlich auch eingeladen!

Hier, ruf mal Deine Eltern an, sag ihnen, Du bist gut angekommen.
Axel hält sein eigenes Telefon Mirko entgegen.

Eltern können manchmal komisch werden, wenn sie nichts hören, sagt Gabriel.
Sag, alles ist cool. Du weißt schon, Mutti anlügen. Außerdem hast Du ganz schlechten Empfang. Du meldest Dich in einer Woche wieder.
Mirko wählt Sabines Nummer.
Hi, Mom, ich bin's … Du nur ganz kurz … genau, ich wollt' nur sagen … ja, ja, alles prima … was? … ich verstehe Dich so schlecht … nein, nein, mieser Empfang … Du bist immer wieder weg … wir sind halt in der … Natur … ich melde mich wieder … danke, ich Dich auch …

Das Training eines „guten Soldaten", beginnt mit der Theorie.
Denk daran, Du brauchst grundsätzlich für jedes Wetter Klamotten. Wichtig, denn Du weißt nie, was kommt. Also bereite Dich immer richtig vor. Jeder Auftrag verlangt äußerste Disziplin und Vorbereitung. Machst Du Fehler schon bei der Vorbereitung, kannst Du den Rest gleich vergessen, belehrt Axel.
Fehler an Fehler werden sich reihen und Du gehst drauf. Ist schon anderen passiert als Dir. Also, keine Vorbereitung ohne Grundlagenplan, mahnt Gabriel.
Die beiden sind wie ein Kanon.
Vor jedem Einsatz prüfst Du den Auftrag, das Wetter und Deine Ausrüstung, klar? Dann erst packst Deinen Rucksack, fährt Axel fort.
Du hast einen Packplan unter Deinem Feldbett. Dein Rucksack hat die passende Größe, somit bekommst Du alles rein, was auf dem Plan steht. Wegtreten!
Mirko geht in die Unterkunft – Stube – und „packt" seinen Rucksack. Auf dem Zettel stehen auch die Regensachen, die er daheim gelassen hat, da er vermeintlich keinen Platz mehr hatte und sie ihn eigentlich nervten.

Aber wenn er sich den Packplan so ansieht, ist er doch erstaunt, was da alles so in einen Rucksack passen soll.

Axel steht unversehens wie ein Geist in der Tür von Mirkos Stube. *Ja, was ist das? Das soll ein gepackter Rucksack sein? Willst Du Pillemann mich verarschen? Wo sind die Sachen von der Liste? Wo sind die Regensachen?*

Gabriel erscheint. In Joggingklamotten. Ein blauer Schrank mit drei weißen Streifen an jedem Hosenbein und Ärmel.

Jetzt sieh Dir bloß diese Scheiße an, Gabriel.

Gabriel nimmt wortlos den Rucksack, schüttelt den gesamten Inhalt auf den Boden.

Alles auf! Rucksack verräumen. Dann antreten vor dem Gebäude. Zeitansatz drei Minuten.

Beide verlassen Mirko.

Mirko rafft die Sachen zusammen, stopft alles hastig in den Rucksack, wirft ihn sich über und steht kurz danach vor dem Bunker. Der Rucksack hängt Mirko wie eine unförmige Kugel auf dem Rücken.

Was zum Arsch ist das denn? Soll das ein marschfertiger Rucksack sein?, blafft Axel erneut los. Doch diesmal hält Gabriel ihn zurück. *Er wird es anders lernen*, sagt er ruhig, *Wir laufen. Los. Lockere 10 Kilometer. Zum warm werden.*

Axel bleibt zurück am Bunker.

Die ersten drei Kilometer sind ganz in Ordnung. Doch mehr und mehr macht sich der schief gepackte und somit unbequem hüpfende Rucksack auf dem Rücken bemerkbar. Die Riemen drücken sich ab und scheuern langsam mit dem Schweiß die Haut auf.

Mirko traut sich nicht, ein Wort zu sagen. Er kann doch nicht jetzt schon zugeben, dass der Rucksack ihn fertig macht. Mirko mimt erstmal auf hart, verdrängt den Schmerz – doch Gabriel weiß Bescheid.

Sie laufen weiter. Jeder Meter ist nun eine Qual. Mirkos Rücken fühlt sich roh gepeitscht an wie von einer neunschwänzigen Katze traktiert.

Endlich, nachdem Mirko zu allem Überfluss auch noch über die eine oder andere Baumwurzel gestürzt ist, kommen sie wieder am Bunker an.

Aber Mirko fühlt sich gut. Erschöpft, aber gut. Bis vielleicht auf den schmerzenden Rücken und die schwächelnden Arme und Beine.

Axel tritt aus dem Bunker.

Gabriel nickt, sieht dabei frisch aus wie der junge Morgen. Kein Schweiß, kein Dreck. Er macht mehr als nur den Eindruck, er könne noch einen Marathonlauf hinterherschieben.

Axel und Gabriel haben jedenfalls den richtigen Zugang im Umgang mit Mirko gefunden.

Zuckerbrot und Peitsche. Warum auch Bewährtes ändern? Funktioniert immer!

Für Mirko ist es unbedingt der richtige Weg. (Tibor fühlt genauso.)

Geh duschen, danach zeige ich Dir den Rest.
Der Rücken ist wund und rot wie ein Pavianhintern. Das kalte Wasser lindert etwas den Schmerz.

Axel tritt in den Waschraum.

Werd' fertig, wir wollen runter. Du hast noch 4 Minuten. Dreh Dich mal um.

Mirko dreht sich um.

Ich komme gleich wieder, sagt Axel.

Hier. Salbe. Benutze ich auch bei Abschürfungen.

Axel tupft das Wasser von den offen rot aufgeschürften, geschwollenen Stellen.

Die Salbe, die er verreibt, brennt wie Feuer. Mirkos ganzer Rücken steht in Flammen.

Hast Du es jetzt kapiert, mit dem Rucksack und dem Plan?

Mirkos Schmerzen geben Axel die beste Antwort.

Wir zeigen Dir schon, wie es richtig geht, den Rucksack packen und so, aber jetzt zeige ich Dir, was Dich gleich noch im Bunker erwartet.
In dem Bunkereingangsbereich springt eine nur nach außen rostige Tür auf, die Mirko bisher nicht bemerkt hat.

Hier lang. Wo issn ... Licht ... Schalter? Ahh ...

Lampe für Lampe schaltet sich im Dominoeffekt ein und gibt eine scheinbar ewig lange, breite Treppe in einen Stollen frei. Filmreif. Mirko ist mitten in einem Streifen.

Am Ende des Stollens eine quadratische Galerie, von der mehrere Wege abgehen.

Was zweigt da ab?, fragt Mirko.

Soldatenunterkünfte. Sie hausten hier. Ein ganzes Bataillon. Man sagt, so um die fünfhundert Mann hatten hier während des Krieges Platz.

Fünfhundert?

Da hinter den Türen waren Mannschaftsräume, Duschen, Küche, Messe, ein Feldarzt mit Behandlungspraxis und kleinem OP-Saal. Ein Casino für die Offiziere gab's auch noch.

Wow, wenn das Frau Graf sehen könnte ...

Wer ist Frau Graf?

Meine Geschichtslehrerin, die ist immer mit uns zu Bunkeranlagen gestiefelt, aber so etwas hat sie uns nie gezeigt.

Ist eine riesen Anlage. Pläne gibt es keine mehr. Wir haben deswegen noch nicht den vollen Umfang erfasst. Aber es wird immer mehr. Also, gehe nie in die verschlossenen Bereiche ohne Licht. Es sei denn wir sagen es Dir, dass es sicher ist. Verstanden?

Das Wort „verstanden" betont Axel sehr ernst.

Verstanden.

Gut, dann nach ganz nach unten.

Zwei oder drei endlose Minuten vergehen, von der ersten Galerie bis, endlich, zu einem zweiten Raum. Zwei Spots seitlich sind da auf einen einfachen Holztisch gerichtet, der Rest herum liegt in völliger Finsternis.

Vor Dir liegen Waffen. Du dürftest sie kennen. Wie heißen sie?

Glock 17, die, die ich von Alex bekommen habe, noch 'ne Glock 17 und ich meine ... eine MP5. Die letzte ... die da rechts ... sieht aus wie 'ne ...

... MP7. Heckler und Koch. Made in Germany. Die Glock kommt aus Österreich.

Ach?!

Du siehst bei der Glock keinen Sicherungshebel wie zum Beispiel bei der Pistole P8, wie sie die deutsche Armee verwendet. Warum?

Mirko zuckt mit den Schultern.

Er ist im Abzug mit integriert. Wenn Du also mit einer Glock schießt, sei Dir immer sicher, dass Du es willst. Bei der MP5 und der MP7 ist es etwas anders.

Hmm … verstehe …

Wenn Du auf die Seite der Waffen schaust, stellst Du fest, dass die Waffen Einzelfeuer, Salven zu je drei Patronen und Feuerstoß schießen können. Die Vor- und Nachteile erlebst Du bald.

Wie jetzt, werden wir die alle schießen?, will Mirko tatsächlich wissen.

Axel schaut kurz hoch, verzieht das Gesicht und schaut dann wieder auf die Waffen.

Die Waffen haben unterschiedliche Kaliber. Wichtig ist, Glock und MP5 verschießen 9 mm Patronen. Alles klar?

Alles klar, 9 Millimeter.

Die MP7 verschießt kleine Geschosse vom Kaliber 4,7 mm, Schusskadenz 950 pro Minute. Sie ist klein, handlich und kann mit dem verlängerten Magazin 20, 30 oder 40 Patronen mit sich führen. Die ideale Waffe in engen Räumen, wenn man mal mehr Feuerkraft benötigt als normalerweise in einer Pistole steckt.

Mirko ist nichts als begeistert.

Ich nutze sie zu unterschiedlichen Gelegenheiten, schätze es sehr, dass man sie, bei geringem Gewicht, in nahezu jede Tasche bekommt. Außerdem kann man mehr Munition mit sich führen und somit jede Situation länger bestehen. Fragen?

Nein, alles klar.

Ich zeige Dir nun, wie man die Waffen zerlegt und wieder zusammensetzt. Bei der MP5 löst Du zuerst hier die Stifte. Die kannst Du dann in die Schulterstütze einlegen. Siehst Du? … rausziehen … Bei der MP7 ist es nicht viel anders …

WICHTIG – und jetzt höre wirklich genau zu – wirklich wichtig ist – dass Du Dir IMMER einen festen Plan zurechtlegst. Egal bei welcher Waffe.

Plan? Was soll das heißen?

Plan soll heißen, WO kommen die Waffenteile hin, wenn Du die Waffe auseinanderbaust. Nimm ein Tuch, entfalte es … siehst Du? … so … lege die Teile darauf. Sie sollen immer einen festen Platz haben.

Schau, so mache ich es. Der Verschluss kommt dort hin, die Maga-
zine hier. Dort der Handgriff bei den Pistolen. Die Rohre hier. Der
Mündungsfeuerdämpfer dort. So skizziert sich für jede Waffe ein
einzelnes Bild ... sieh her ... die Glock baust Du so auseinander.
Axel nimmt die Glock mit schlafwandlerischer Sicherheit auseinander, legt alles ab und baut sie wieder zusammen. Ohne Hektik, ohne Ungeduld. *Klack, klack, zack*, macht's, und wiederholt
den Vorgang sechs Mal hintereinander. Alles sieht so einfach aus.
Also: Pistolen. Wir beginnen erst langsam, dann auf Zeit. Zum Schluss
geht es mit verbundenen Augen und auf Zeit. Da kannst Du dann
zeigen, was Du drauf hast.
Dann ist Mirko dran. Er nimmt sich zunächst „seine" Glock 17 und
baut sie behutsam auseinander.
Axel erklärt:
Verschluss, Griffstück, Lauf, reduzierter Ring und Gewindelauf,
Deckplatte, Druckbolzen, Pufferstange, Auszieher, Schließfeder,
Schlagbolzen, Schlagbolzensicherung und Feder, Verriegelungsschie-
ber, Verschlussfanghebel, Abzug mit Abzugsstange, Abzugsfeder,
Steuerfeder, Feder zum Verriegelungsschieber, Abzugsachse, Stift
für Verriegelungsblock, Steuerblock mit Ausstoßer, Stift für Steu-
erblock, Verriegelungsblock, Feder zum Magazinhalter, Magazin ...
... klingt wie eine Bedienungsanleitung von IKEA, sagt Mirko spaßig.
Ich werd' Dir gleich, IKEA! Hier – noch was – Pass jetzt auf!
Wichtig! Magazine! Magazine lässt Du NIE fallen. Die bewahrt man
auf! KLAR?! ... dazu hast Du hier so ... eine kleine Tasche ...
Okay? ... nachdem Du das Magazin verschossen hast, nimmst Du
es aus der Waffe und legst es einfach ab ... hier in diese kleine Ta-
sche. Verstanden?
    Verstanden, Magazine in die Tasche ...
Wo soll die Tasche bei Dir am Körper hängen?
    Hinten rechts.
Gut, wir bereiten alles vor. Ich habe sie auch gerne hinten rechts ...
aaach, bevor ich es vergesse. Alex hat sich gemeldet, als ihr laufen
wart. Er schafft es nicht die nächsten Tage. Ein Problem für Dich?
    Nein, kein Problem. Nur schade.

Mirko zerlegt die Waffe. Er benennt dabei die Bauteile, so wie es Axel gelehrt hat.

Alle Teile werden auf das Waffentuch gelegt. Das Magazin extra in der Tasche verstaut. Es liegt nun alles an seinem festen Platz, den Mirko sich einprägt.

Gut, sagt Axel, *nun zusammensetzten.*

Die ersten Versuche kommen noch einer Bastelarbeit gleich, doch hat Mirko den Bogen bald raus. Drei Stunden machen sie nichts anderes als die Glock zerlegen und zusammen zu setzten. Alles klickt, klackt und schnappt.

Mirko ist glücklich. Erschöpft zugleich ob der Monotonie. Aber dafür kann er's jetzt im Schlaf.

Ist die Welt nicht verrückt?

Während Du in der regulären Welt als fröhliches Genie eingeschult und als Idiot wieder entlassen wirst, ist Mirko hier als Idiot „eingeschult" und wird als kompletter, kompetenter und fröhlicher Killer wieder entlassen. In nur vierzehn Tagen!

Was läuft eigentlich falsch mit dem Bildungssystem?

Gabriel hat in der Zwischenzeit das nahe Gelände beobachtet und die Umgebung gecheckt. Die Bewegungssensoren haben angeschlagen.

Diese Sensoren sind wirklich ein kleines technisches Wunderwerk. Sie scannen in Mikrosekundeneile, welches Wesen den Sensor passiert und meldet lediglich die menschliche Bewegung. Darum geht der Alarm nur los, wenn Leute kommen. Bei Tieren bleibt der Sensor still. Schrödertechnik. Made in Germany.

Zwei Jäger schlendern vorbei.

Bonjour, sagt Gabriel.

Man kennt sich. Die Jäger nennen Gabriel und Axel „die Belgier".

Wir haben Ihren Wagen gesehen und wollten mal „Hallo"
sagen.

Hallo, sagt Gabriel, *... möchten Sie einen Tee?*

Nein, nein danke. Nur „Hallo" sagen, quatscht der eine dumm. *Planen Sie eigentlich noch immer das Waldforschungszentrum?,* fragt der andere blöd hinterher.

Das tun wir, doch zuvor muss noch eine Menge vorbereitet werden, Sie verstehen?

Tolle Sache, meint der eine Jäger, in Wirklichkeit denkt er, „Die spinnen, die Belgier", was soll es hier schon zu forschen geben?

Ja, das Thema Wald wird für die Deutschen wieder wichtiger. Die Deutschen sind nämlich Waldmenschen, wissen Sie?

Guter Ansatz, sagt der andere.

Ich mach dann mal weiter, Salut, verabschiedet sich Gabriel freundlich, unverbindlich die Axt schwingend.

Wir wollten nicht stören …

Ich weiß … nur „Hallo" sagen.

Na, dann wollen wir mal wieder, schönen Tag noch …

Ihnen auch und Waidmanns Heil! Gabriel haut dabei einen Holzscheit mit der Axt durch.

Waidmanns Dank!

Die Wildschützen gehen wieder ihres Weges. Ihre Neugier gestillt. Vorerst.

Gabriel mag Hobbyjäger nicht, die sich Anteile eines Waldes pachten, nur um Bambi abzuknallen und dann behaupten, es sei Hege und Pflege.

Auch komisch.

Den Schacht aufwärts zu gehen ist ein gutes Training. Axel und Mirko kommen oben an.

Die Dämmerung hat bereits eingesetzt und Venus trifft langsam Mars.

Sagt mal, woher kennt ihr euch eigentlich?

Verdiene Dir unser Vertrauen, dann gestatten wir eine private Frage.

Wie soll ich das in der Kürze der Zeit nur schaffen?, denkt Mirko.

Tu, was wir Dir sagen und so wie wir es sagen. Vertraue uns und wir bringen Dich zu Deinem Ziel, sagt Axel, als könne er Mirkos Gedanken lesen.

Mirkos Rücken meldet sich wieder, er will sich lieber beschäftigen.

Können wir noch mal runtergehen?, fragt Mirko.

Geh ruhig alleine. Ich muss mit Gabriel reden.

Keiner hat sie berührt. Die Stille. Es ist unheimlich. Und zugleich schön. Hier, unter der Erde. Unten im Bunker.

Was soll er eigentlich fragen?

Nur eine Frage offen ... Auch egal. Er will es ihnen zeigen. Beweisen will er, dass er ihr Vertrauen wert ist.

Dass man ihm vertrauen kann müsste Alex doch wissen.

Ob die beiden wohl auch Gamer sind?, geistert es ihm kurz durch den Kopf, doch ist die Frage so derart hirnrissig wie Nullwachstum.

Mirko hat zwei Stunden konzentriert Waffen auseinandergenommen und wieder zusammengebaut. Geübt, bis die Hände schmerzen. Mirko ist durstig, hungrig, müde.

Axel und Gabriel sitzen am Feuer und trinken Tee.

Hunger?, fragt Gabriel.

    Und wie.

Bedien Dich, iss und trink was. Morgen geht es weiter. Wir haben viel zu tun, sagt Axel.

Mirko denkt sich seinen Teil.

Sie decken sich immer den Rücken. Nie ist ein Wort nötig. Es herrscht blindes Vertrauen zwischen den beiden. Und wie die miteinander reden. Derb.

Gabriel grinst Axel schelmisch an.

Alt, fett und schwach bist du geworden, sagt Gabriel zu ihm.

Du mit Deinem Zauselbart. Du hast doch bei der Geburt den Rahmen gleich mit rausgerissen.

Derbe Späße. Darf man gar nicht weitererzählen.

Bevor es mit Gabriel in Wald und Flur geht, steht Mirko vor dem Gebäudeplan.

... nach rechts, Treppe hoch und wieder rechts ... ah, da ... sechzig Meter ...

Der Tag. Laufen. Waffen zerlegen. Waffen zusammensetzen. Magazine verstauen.

Wieder Gebäudeplan. Liegestütze. Rucksack packen. Rucksack leer machen. Stunden lang. Nachmittag. Vorräume und Küche putzen. Klo schrubben. Liegestütze.

Am Abend muss Mirko die Waffen blind zerlegen und zusammenzusetzen. Zwei Stunden.

Mirkos extrainvestierte Zeit hat sich bezahlt gemacht. Mittlerweile ist jedes Waffenteil als Abbild im Kopf und tief abgespeichert. Unauslöschlich. Alles fließt.

Die Tür zur Stube fliegt deutlich vor der Zeit auf.

Mirko, aus dem Schlaf gerissen, steht kerzengerade auf dem Feldbett.

Geht doch. Antreten mit Rucksack zum Frühsport. Zeitansatz fünf Minuten.

Der Rücken brennt noch immer wie nach einem Sonnenbrand.

Mirko nimmt sich seinen Rucksack und packt. Training ist alles.

Der Rucksack perfekt. Und raus.

Gabriel wartet.

Lass mal sehen. Sieht gut aus. Und los, zehn Kilometer.

Mirko mag den Wald, vor allem fällt er nicht mehr hin. Es ist eigentlich gar nicht so schwer, achtsam zu sein, wenn nur der Geist scharf genug und wach ist.

La brousse parle, sagt Gabriel, *Du musst nur lernen hinzuhören. Nach einer Zeit weißt Du dann auch, WAS Dir der Wald sagt. Und hopp, hier rechts …*

Bei der Rückkehr wartet Frühstück.

Axel Frühstück. Gabriel Abendbrot. Mittagessen bereiten alle gemeinsam.

Zweite Lageeinweisung zur Unterrichtung.

Raum: Vorraum von Bunker A-746-2c. Divisionsgefechtsstand.

Gegenstand: Zwei verhüllte Tafeln mit Planungsmaterial.

Zugegen: Major Axel, Hauptmann Gabriel und Mirko Thies aka Tibor Dee.

Zweck: Den Rekruten unterrichten und einweisen in die Lage.

Axel enthüllt die nächste Tafel, Gabriel nimmt den neuen Plan von der Wand. Er legt den zweiten Teilabschnitt neben den ersten.

Das ist der Mittelbau. Also die Passage. Länge?

Zweihundertsieben Meter, sechsunddreißig Zentimeter.
Axel ist zufrieden.
Im Mittelbau, in den Passagen, findest Du mehrere Läden. Bäckerei, Metzger, Friseur, Reiseunternehmen und Fressalien.
In der Mitte stehen kleine, mobile Schmuckshops. Und hier die Eventfläche, da an diesem Punkt. Ziemlich groß, dreihundert Quadratmeter. Hinterer Teil Mittelbau. Merken!
Ist immer der gleiche Platz wo diese Spinner mit ihrem spontanen Tanz da rumalbern. Wie heißt das nochmal?
     Flashmob, sagt Mirko frei heraus.
Ja genau, diese Dinger. Wahrscheinlich bewegen sich die Tiki-Taka Leute dahin. Blue-T-Shirt-Day-Party. Wie dem auch sei, dass findet alles in diesem Bereich statt.
     Echt? Tiki-Taka-Primer macht da 'ne Party? Cool ...
Hier auf der rechten Seite gibt es ein paar wichtige Dinge zu beachten. Im vorderen Bereich ist die Bahnpolizei. Genau dort.
Jetzt pass genau auf. Die ziehen zurzeit gerade in das neue Verwaltungsgebäude. Da herrscht organisiertes Chaos. Dauert noch Wochen. Gut für Dich.
Geschäfte sind in diesem Schlauch ansässig. Siebenunddreißig Meter. Siehst du?
Axel fährt mit einem Zeigestock über den Plan und weist auf eine halbkreisförmige Ausbuchtung hin; *dort sind ebenfalls zwei Geschäfte. Sehr ruhig dort. Wirklich nett. Wenig Leute. Guter Kaffee. Ab und zu Gäste, Streifen, Reinigungskräfte und so weiter.*
Mirko erkennt langsam das Gebäude. *Das ist doch der ...,* will Mirko sagen.
Schnauze, fährt Axel ihn an.
Egal, was Du von diesem Gebäude zu wissen glaubst, vergiss es. Denn dann machst Du Fehler.
Mirko versteht nur Bahnhof.
Beispiel: Deine – Mom – geht einkaufen. Was kauft sie?

     Na ja, Obst, Käse, Gemüse. Keine Schokolade. Die müssen wir uns selbst besorgen.

Siehst Du! Wenn Deine – Mom – Schokolade kaufen würde, dann müsste sie erst suchen. Suchen kostet Zeit und wenn es schlecht läuft das Leben. Also kenne den Ort. Nicht suchen. Wissen, wo was ist. Und zwar haargenau!

Wenn Du, anderes Bespiel, in eben jenem Markt nicht mehr einkaufst, sondern den Boden schrubbst, dann erlebst Du den gleichen Ort wieder ganz anders, obwohl es immer derselbe Raum ist. Also höre mir auf mit „kenne ich". Einen Scheiß kennst Du. Unterrichtung beendet.

Neuen Plan auswendig lernen. Wegtreten.

Junge, es geht wieder runter. Nächster Schritt. Du lernst schnell. Gut so, dabei klopft Axel ihm jetzt fast väterlich auf die Schulter. Dieses Mal kommt auch Gabriel mit. Unten angekommen liegen die Waffen wie immer bereit auf dem Übungstisch. Wo sollten sie auch sonst sein?

Wenn ich „Hepp" sage, zerlegst Du die Waffe, danach machst zwanzig Liegestütz. Beim zweiten „Hepp" setzt Du die Waffe zusammen und machst wieder zwanzig Liegestütz, verstanden?

Mirko nickt. *Ja, verstanden.*

Hepp! ... Mirko zerlegt die Waffe und geht anschließend in den Liegestütz ...

... *neun, zehn* ...

Gib mir die Maße des Objektes, fordert Gabriel.

... *elf, zwölf* ... *Länge zweihundertsiebenunddreißig Meter,* ... *dreizehn, vierzehn* ... *Breite achtundvierzig Meter fünfundvierzig* ... *fünfzehn, sechzehn* ... *Höhe Empfangshalle siebenundzwanzig Meter achtundneunzig* ... *siebzehn, achtzehn* ... *Passage Länge zweihundertsieben Meter* ... *neunzehn, zwanzig* ... *Breite fast fünfundzwanzig Meter* ...

Stunden. Drill. Nach dem letzten „Hepp" zittern Mirkos Hände derart, dass er die Waffe nicht mehr halten kann.

Axel nimmt Mirkos Hände. *Beruhige Dich. Du musst wissen, wie Dein Körper reagiert unter Belastung, sonst kannst Du ihn nicht kontrollieren.*

Gabriel weiß: ... *es geht ausschließlich um Kontrolle. Entweder Deinem Körper oder der Situation gegenüber.*

Beginne, beides zu kontrollieren. Beides! Wir bringen Dich in die Situation und Du schaffst Dich da heraus. Atme im Rhythmus. Atme ein und aus, zähle 21, 22, 23.

Sag es laut im Kopf, aber sprich's nicht aus. Hast Du mich verstanden?

Beim Reden musst Du Dich auf das Wort konzentrieren und hast keine Zeit für die Umgebung. Das kann tödlich sein.

Und vor allem brauchst Du einen guten Plan. Doktor auch nicht allzu lang herum. Wenn Dir der Plan gefällt, dann passt es. Hast Du mich verstanden, Junge?

Gabriel ist sehr eindringlich.

Ja.

Ja, was?

JA! Ich habe verstanden!

Gut, heute und morgen alle Waffen …

Abends am Feuer. Das Trio sitzt beieinander. Man schlürft Tee. Auch Mirko ist inzwischen Teetrinker. Nichts mehr, „ … ich schlafe unruhig, wenn ich abends Tee trinke".

Mirko hat noch nie in seinem Leben so gut, tief, traumlos und fest geschlafen.

Wisst ihr, beginnt Axel, *Manchmal, da denke ich so über Dinge nach.*

Ach? Was denn so für Dinge?, fragt Gabriel kindlich.

Die Ehe, zum Beispiel …

Aha …

„Verheirate Dich, Du wirst es bereuen. Verheirate Dich nicht, Du wirst es auch bereuen. Heirate oder heirate nicht, Du wirst beides bereuen", sagt Kierkegaard.

Und Du meinst …?

Ich meine, die ganze Sache ging schon gleich bei Adam und Eva schief …

Adam und Eva?

Zum Beispiel, worüber haben Adam und Eva denn so den ganzen lieben langen Tag geredet, bevor sie aus dem Paradies geflogen sind?

Das habe ich ja noch nie gehört.

Und in welcher Sprache?, fragt Axel weiter.

Oh, genau. Du hast recht. Es gab schließlich keinen Fernseher, Games, Bücher oder sonst irgendetwas Aufregendes zu putzen, springt Gabriel auf.

Also, was haben die den ganzen Tag so gemacht? Und vergiss nicht! Beide waren sie nackt!

Vielleicht hat Adam 'nen Hunderter auf den Tisch gelegt, sich einen eingegossen und gesagt: So, jetzt lernen wir uns erst einmal kennen. Künstlername reicht.

Du willst mir doch nicht erzählen, die haben den ganzen lieben langen Tag gebumst und der „Liebe Gott" hat zugeschaut, erwidert Axel „entrüstet".

Wie kommst Du denn drauf, dass Gott Adam und Eva beim Bumsen zugesehen hat?

Na, weißt Du es denn nicht? „Der Liebe Gott sieht alles", sagt Axel.

Und jeden Tag? Stell Dir mal vor, von morgens bis abends, immer nur bumsen, da hängt Dir ja irgendwann der Riemen völlig in Fetzen.

Ja, völlig. Also, was haben die sich erzählt?, insistiert Axel.

Vielleicht ist Eva zu Adam gekommen und hat gesagt, „Ey, Adam, da hinten gibt es Äpfel im Sonderangebot, kaufst Du mir welche?" und ...

„Scheiße ...", hätte Adam sofort losgebrüllt, „ ... Du bist ja so eine ermüdend dusslige Kuh".

... dann hätte Eva bestimmt geheult.

Und damit sie endlich aufhört zu heulen und Ruhe gibt, die dumme Pute, hat Adam ihr die Äpfel aus dem Sonderangebot besorgt? Und so sind beide aus dem Paradies geflogen?

Ja, vielleicht ...

Du bist ja nicht besser als diese Eva. Mit der konnte man bestimmt auch nicht vernünftig reden.

Also meiner Erfahrung nach, kannst Du mit keiner Frau vernünftig reden.

Bleibt also doch nur bumsen, nix reden, sagst Du ..., realisiert Axel trocken.

Dann halten sie wenigstens die Klappe ...

Mirko traut seinen Ohren nicht. Soviel Sexismus ist ihm noch nicht untergekommen. Seine eigenen Erfahrungen im Umgang mit dem weiblichen Geschlecht sind allerdings eher spärlich. Mirko ist schüchtern was das angeht. Damit wird er bei Axel und Gabriel aber wohl eher nicht punkten können.

Ich bin noch Jungfrau, rutscht es Mirko raus.

Axel und Gabriel schauen sich an.

Zero Score für Mirko.

Axel bummert an Mirkos Tür und tritt ein. Doch diesmal ist es Mirko, der Axel überrascht. Sportsachen an, Rucksack ordentlich auf dem Rücken. Schnallen geschlossen.

Packplan, schwärmt Axel, *tiefe Logik und noch tieferer Sinn.*

Axel ist unerschütterlich und im Glauben fest an solche Dinge.

Mirko genießt den Morgen. Mirko hat keine Schmerzen. Mirko ist bereit.

Dass er früh rausgeschmissen wird stört ihn nicht im Geringsten, hat er doch nie so viel geschafft in so kurzer Zeit.

Mirko bleibt vor den mittlerweile zwei Lageplänen stehen.

Axel hat Recht. Du kennst ein Gebäude erst, wenn Du einen Plan vor Dir hast.

Mirko sieht jetzt die verbindenden Wege, sei es vom Westflügel hin diagonal zu der Schalterhalle oder den Zugängen im Untergrund. Wie ein Datenpaket kopiert, endlagert und sichert Mirko alles ab im eigenen Metamemory.

Und es passt noch soviel auf seine Festplatte.

Vor Beginn des Waldlaufes tappt Mirko noch einmal richtig ins Fettnäpfchen.

Gabriel singt: *Heimatlos, sind viele auf der Welt mmmhhhh und einsam wie ich.*

Für Mirko klingt's wie mittelalterlicher Rindermarkt und er muss laut lachen.

Gabriel hört auf zu singen und faucht Mirko an.

Was gibt's da zu lachen, Du Kasper? Freddy Quinn ist der größte deutschsprachige Sänger!

Mirko ahnt, jetzt noch einen blöden Lacher und er bekommt mal richtig eine geschallert.

Entschuldige, bitte, ich wollte nicht respektlos sein.
Gabriel singt weiter. Als er endet, sagt Gabriel zu Mirko:
Mach Dich nie über die Lieder anderer lustig, wenn Du die Bedeutung für jene nicht kennst. „Heimatlos" geht um eine Hoffnung. Verstanden?
Hoffnung?
Hoffnung, dass es weitergeht. Und jetzt HOPP! Für Dich geht es jetzt hier weiter mit fünfzig für Freddy. Und vergiss dabei nicht, laut zu zählen, Du Rotzer ...
Übermut tut selten gut.
„Hoffnungslauf". Fünfzehn Kilometer. Scharfes Tempo.
Man muss aufpassen. Sturzgefahr.
Wie lang ist der Treppenaufgang zur oberen Galerie?
Dreiundzwanzig Meter siebzehn.
Achtung Wurzel.
Danke.
Und am Ende noch einmal fünfzig extra für Freddy Quinn.

Sie sind jetzt wie ein Uhrwerk. Alle drei synchron. Ein Puls, ein Schlag, ein Atem.
Gut, wir können jetzt den nächsten Schritt gehen, sagt Gabriel.
Axel nickt. Gabriel stiefelt los und steigt in das Auto der beiden. Er setzt den SUV in Gang. Nur das Knacken der Äste und ein leises Brummen des Motors sind zu hören, während Axel und Mirko in den Bunker gehen.
Unten am Waffentisch angekommen triumphiert Axel.
Ist sonst nur der Tisch von zwei Spots beleuchtet, schaltet Axel nun weiteres Licht hinzu. Ein Felsendom erscheint unter dem aufflackernden Licht, groß wie drei Tennisplätze.
War es vorher nur eine schwarze Wand, ist es jetzt eine Halle. Vielleicht vier Meter hoch.
Mehrere Seile an der Decke durchziehen den Raum. Immer heller und heller wird die Höhle, die Mirko schlichtweg in ihrer Dimension umhaut.
Du bekommst jetzt Munition. Echte Munition, bau also keine Scheiße. Ich zeige Dir, wie man die Waffen lädt.

Gemeinsam munitionieren sie die Magazine für alle Waffen auf. Axel ist sehr ernst, … *so schießt man mit den Pistolen. Wenn Du geübter bist, dann nutzt Du die Stellung „kackender Fuchs".*

Die heißt so, die Stellung, sagt Gabriel fast kindlich.

Mirko erschrickt sich fast zu Tode. (War Gabriel nicht gerade erst weggefahren? Und wie zum Teufel ist er so schnell und leise runtergekommen?)

Du stehst damit sehr stabil und solltest Du mal am Körper getroffen werden, dann wird die kinetische Energie des Geschosses von Dir und der Schutzweste, die Du dann hoffentlich tragen wirst, aufgefangen. Am besten, sieh mal … wenn Du so stehst.

„Das Leben ist ein Traum. Sh-boom, sh-boom", jubiliert Mirko so für sich. Schlaraffenland – zwei Glock, eine MP5 und eine MP7 machen einfach den Unterschied.

Ach ja, bevor ich es vergesse. Alex lässt Dich grüßen und ist mit Deinem Fortschritt sehr zufrieden. Er denkt über Dein erstes Spiel nach, aber erst müsstest Du uns überzeugen.

Axel sagt es wie in einem Nebensatz. „Erstes Spiel".

Konzentriere Dich! Dahinten die Holzwand. Nur draufhalten und treffen. Du nimmst jetzt Deine Waffe. Lege den Zeigefinger nun auf den Abzug und krümme langsam ab. Lass dich vom Schuss überraschen und halte die Augen immer auf das Ziel gerichtet!

Axel ist nun sehr ernst und vertieft. Er ist, genau wie Gabriel, ein guter, nein, sehr guter Lehrer. Er weiß genau, worauf es ankommt, kann wie Gabriel Menschen führen und sie zu ihren Zielen bringen. (Was für ein vergeudetes Talent, mag da jemand vielleicht denken.)

Schau niemals weg, oder Du stirbst, weil von irgendwo irgendwer daherkommt und Dir bestenfalls nur den Arsch wegknallt.

Die ersten Patronen sind ausgeworfen und wieder zugeführt. Alles in einem langsamen Wechsel. Im Schlag einer Galeerentrommel. Einmal Mirko, dann wieder Axel.

Boum. Boum. Boum. Boum, hallen die Schüsse.

Immer wieder wird erklärt, wie der Finger richtig platziert wird, damit die Waffe nicht verreißt, also nicht im letzten Moment nach links oder rechts wegbricht.

Dann wieder Wechsel der Haltung.

Trockener Sound – *Boum. Boum. Boum. Boum.* – Dann wieder Hall.

Mal Stellung wie nach einem Lauf, dann wieder kackt der Fuchs.

Das geht den ganzen Vormittag so. Das geht den Nachmittag so. Alle Waffen. Alles im Einzelfeuer. Nachladen, Magazinwechsel und Munitionieren. Feuer. Hall. Feuer.

Dann Salven abgefeuert. Nachteile stellen sich heraus, wenn man nicht vernünftig steht. Die Waffe verreißt ordentlich. Mirko hätte beinahe nicht auf die Holzwand, sondern in die Decke geschossen. Gerade noch kann er die Waffe abfangen.

Dann weiter. Feuerstoß um Feuerstoß verlassen die MP5 und MP7. Die Unterschiede der beiden Kaliber und Waffen werden sofort deutlich und klar.

Was hast du festgestellt?, fragt Gabriel.

Na ja. Eine Salve und einen Feuerstoß zu schießen ist schon schwerer als einen einzelnen Schuss abzugeben.

Gabriel verlässt die beiden.

Stimmt, sagt Axel, *Deshalb werden wir auch nur im Einzelfeuer weiter schießen …*

… Du bestimmst die Kadenz des Feuers und nicht die Waffe. Du kontrollierst, was geschieht. Es ist Deine Waffe. Du sagst ihr was sie tun soll und wann. Nicht umgekehrt! Hast Du das wirklich verstanden?, fragt Axel kompromisslos.

Wenn wir die nächsten Tage üben, wirst Du sogar schneller sein, als würdest Du einen Feuerstoß abgeben. Mindestens aber genauso rapide. Und deutlich präziser.

Mirko begreift das Handwerkliche der Waffen außergewöhnlich schnell. Als sei es ein natürlicher Teil von ihm. Mirko, nun etwas mutiger, ohne Übermut, erhöht die Schussfrequenz merklich.

Das *Boum … Boum … Boum …* weicht einem schnellen *Bomm, Bomm, Bomm* und die drei Geschossköpfe verlassen im Augenblick den Lauf.

Mirko ist nach Stunden des Schießtrainings sichtlich erschöpft. Dass es so anstrengend wird, hätte er nie wirklich gedacht. Der

Tag endet mit einem letzten Akkord.

Bomm, Boum, Bom.

Gut, ein kleines Geschenk für Dich, kündigt Axel an wie Knecht Ruprecht.

Ein Geschenk? Für mich?

Ein Grunzen tönt unüberhörbar durch den Gang. Gabriel kommt daher. Er führt ein Schwein wie einen Hund an einem langen Strick die Treppe herunter.

Ein ausgewachsenes, verdammtes, grunzendes Schwein.

Axel guckt Mirko an.

Noch nie ein Schwein gesehen? Los ... aufmunitionieren.

Gabriel lässt das rosa Schweinderl los. Es läuft, sich seines Lebens freuend, quiekend in die Schießhalle. Läuft quer umher, verharrt, schnüffelt lustig mit dem Rüssel am Boden, grunzt vergnügt und läuft wieder los, *quiek, quiek ...*

Töte es, sagt Gabriel in nüchterner Befehlsform.

Mirko zögert eine Sekunde, wählt eine Glock und feuert auf das sich bewegende Tier.

Das erste Geschoss trifft das rechte Auge und reißt es heraus. Gallertartige Masse fließt sofort aus der Augenhöhle, gefolgt von einem ein Schwall Blut. Das Schwein schreit erbärmlich auf. Schreit sein ganzes unschuldig tierisches Unverstehen hinaus. Läuft Zickzack wie irr. Die nächsten Kugeln verfehlen die nun völlig verängstigte, um ihr Leben schreiende, wild herumrasende Kreatur.

Mirko setzt nach, wechselt zu MP7. Totaler Fokus auf die Aufgabe.

Es ist wie einen Nagel mit 'm Hammer in die Wand hauen, denkt Mirko. Er atmet tief ein und aus ... *einundzwanzig, zweiundzwanzig, dreiundzwanzig.*

Die nächsten Schüsse sitzen. Das Tier fällt, unter letzten schrillen Schreien tödlich getroffen, zu Boden. Zuckt noch mehrere Male mechanisch mit der hinteren Flanke und erschlafft. Ein armer animalischer Seelenhauch verlässt das Maul. Dann ist es vorbei.

Erst jetzt realisiert Mirko die Tat. Wärme steigt unendlich strömend in ihm auf. Ein noch nie dagewesenes Hochgefühl überkommt ihn. Mirko hat dazu noch eine Erektion.

Was schaust Du so? Schlechtes Gewissen, etwa?, fragt Axel.

Mirko hört gar nicht zu, so weit weg ist er.

Irgendwie interpretieren Axel und Gabriel Mirkos Verhalten – falsch.

Sie starten so etwas wie eine „Gewissensbereinigung".

Schau mal, in der Schlachtfabrik ist jeden Tag KZ für die Tiere, beginnt Axel, *jeden Tag werden irgendwo an nur einem Ort, an nur einem Tag, wenigstens zwanzigtausend Schweine geschlachtet.*

... damit sie als Kotelett mit und ohne Knochen auf dem Tisch von Leuten landen, die Tiere nur noch filetiert oder verpackt kennen, trägt Gabriel noch sozialkritisch bei.

Gabriel will damit sagen, Miss Piggy hier hat es bisher gutgehabt, Biobauernhof ... freie Wiese und so ... ist ja auch relativ schön gestorben ..., blubbert Axel.

In der Fleischfabrik stirbt es sich längst nicht so anständig wie unter einer Salve Glock und MP7. Das Schwein ... also naja, nichts ... auch nicht ... hat wenig ... vielleicht ... gemerkt ...

Rhabarber. Rhabarber. Rhabarber ...

Mirkos limbisches System ist randvoll mit Eigenopiat. Mirko ist HIGH! Auf der Welle. Im Rausch. Knüppeldicht. Stoned. Voll drauf! Das jetzige „High" übertrifft um Längen den Hit an Matts Kapito. Um Lichtjahre sogar.

Mirko hat zum ersten Mal in seinem Leben ein Wesen getötet, das größer ist als dreißig Zentimeter. Neben der Tatsache, dass er dies mit einer österreichischen Markenpistole bewerkstelligte und mit einem deutschen Qualitätsprodukt gleich noch hinterher feuerte hat er es auch getan, um die Projektile im lebenden Körper verschwinden zu sehen.

Doch ist das Unglaublichste – das Töten selbst. Ein Genuss. Die Freude daran. Die totale Macht über Leben und Tod. Herr darüber zu sein. SO GUT! Man fühlt sich so lebendig.

Und wenn auch Mirko schon die Gewissheit zuvor hatte, dass ihm das Töten eine tiefe Befriedigung gibt, so war der Akt, nämlich ein größeres Säugetier zu erschießen, die letzte Bestätigung, die vom Anstoß in die endgültige Bewegung führt.

Vom Hauch zum Sturm.

Koste das Blut, fordert Gabriel Mirko auf.

Ja, sagt Axel, wischt mit dem Zeigefinger über eine durch die Kugeln verursachte Wunde. Er leckt sich die Fingerspitze ab. *So schmeckt der Tod.*

Mirko tut es ihm gleich. *Ja, so schmeckt der Tod*, flüstert Mirko entrückt.

Der Geruch von Eisen und warmem Blut steigt intensiv auf.

Axel schnuppert, ... „*Thanatos N° 5*", *das Parfum der Legionäre* ...

Gabriel greift hinter sich in seine Gürtelscheide und holt ein Original Bowiemesser hervor.

Er frickelt mit der Messerspitze an Miss Piggys zersplitterter Augenhöhle herum.

Der erste Treffer war Scheiße, stellt er trocken fest, *... aber ... hier ... der Geschosskopf ... den ersten Schuss und Treffer darf man behalten. Nimm ...*

Bei einem geübten Gegner, sagt Axel, *wärst Du tot und ihm fehlt nur ein Auge.*

Es geht immer nur das Eine: Der oder Du. Mach es richtig, Kleiner! Mach es richtig!

Gabriel schneidet den Kadaver der Länge nach auf. Das Gekröse flutscht aus der Bauchhöhle und ergießt sich platschend auf den Beton.

Der Geruch ist abstoßend. Gabriel sieht schon jetzt aus wie nach einem Kettensägenmassaker. Seine Hände sowie Unterarme schwimmen förmlich in Gedärm und Blut. Mit fast kindlicher Freude und Beflissenheit beginnt er mit der Sektion.

Da, sagt Gabriel, während er sich durch die Bauchhöhle wühlt, *... gute Treffer ... hier siehst Du? ... da durch die Milz, und hier ...* Gabriel schneidet weiter. *... hier sogar durch's Herz.*

Mirko folgt sehr interessiert den Ausführungen, schaut auch zweimal.

Dann sagt selbst Gabriel: *Bahhhhh ... Galle, Blase, Colon ... mistig getroffen ... der ganze Schiet im Inneren gelandet ... alles verdorben. Eigentlich wär's Schwein ja für den Grill gewesen ...*

Das schöne Fleisch … trauert Axel.

Ist schon gut, mon frère. Der Kleine räumt alles weg, tröstet Gabriel.

Axel wendet sich Mirko zu.

Also: Wegmachen! Da vorne findest Du alles, was Du brauchst. Wasserschlauch, Haken, Lappen. Und da hinten ist eine Metallklappe. Wirf das Schwein da hinein.

Wo landet es?, will Mirko wissen.

Jedenfalls nicht in der Mülltrennung, raunzt Axel.

In einem Schacht … in einem sehr, sehr tiefen Schacht, ergänzt Gabriel.

… und mach vor allem das Blut hinterher ganz weg. Sonst stinkt es hier bald nach Leichenhalle. Wenn Du fertig bist, kommst Du hoch. Wir warten auf Dich.

Mirko macht sich an die Arbeit. Er nimmt rechts vom Wasserschlauch einen großen Fleischerhaken von der Wand, geht zur Tierleiche und schlägt das spitze Metallende in den erschlafften Nacken. Es stellt sich als eine rechte Schwerarbeit heraus. Mirko schafft es nur mit Mühe, das Schwein zur Klappe zu zerren und es unter größten Mühen und Gestöhne in dem Schlund verschwinden zu lassen. Samt Gekröse.

Er hört in den Schacht hinein. Kein Geräusch, das signalisieren könnte, dass der tote Körper irgendwann aufgeschlagen sei. Nichts.

… SEHR tief, denkt Mirko.

Wenn er nicht aufpasst, könnte auch er da unten landen.

Oder Sie!?

Mittlerweile ist Mirko von oben bis unten in Blut getaucht. Er hat das Bedürfnis nach Reinigung. Unter dem an der Wand hängenden Wasserschlauch befindet sich ein Hahn mit Verbindungsstück sowie eine in den Boden eingelassene Stahlplatte mit Griff: „Abfluss. Nach Benutzung wieder schließen!"

Mirko verbindet den Hahn mit dem Schlauch, dreht auf und beginnt, zunächst das Blut das ihn bedeckt, grob abzuduschen. Dann macht er sich daran, das Blut, das auf dem Boden reichlich verteilt ist, weg zu spritzen. Schon allein das Wegzerren des Schweins hinterließ eine meterlange Schleifspur aus Lebenssaft und Darmresten.

Unzählige Liter spülen ins Gully. Mirko schaut dem rot rinnenden Wasser hinterher, wie es gurgelnd in den Untergrund verschwindet.

Mirko möchte etwas denken, doch auf einmal erscheint es ihm sinnlos. Er hat Denken wie eine lästige Routine nach ewig und drei Tagen hinter sich gelassen. Einfach so. Eingestellt.

Er muss nichts mehr denken. Er ist bereits auf dem nächsten Level. Ekel, Menschlichkeit, Mitleid, Sozialisation, Umkehr, Zweifel … Das war einmal.

Vor dem Bunker brüten Axel und Gabriel über einer Skizze, als Mirko zu den beiden stößt.

Im Küchenschrank haben wir Army Ration. Mach Dir davon eine, aber dusche bloß vorher. Axel und ich müssen unten noch umbauen. Für morgen. Wir kommen nachher.

Nachdem Mirko sich frisch gemacht hat, steht er vor dem Kühlschrank und entnimmt drei Mahlzeiten. Er schürt das Feuer vorm Bunker, legt Scheite nach und schaut in die Glut. Mirkos Bewusstsein entfernt sich. Er träumt ein entleertes windstilles Loch in unbewegte Luft. Gamer-Nirwana.

Axel und Gabriel stehen vor ihm wie aus der Erde gewachsen. Mirko ist so weit weg, dass er ihre Anwesenheit erst gar nicht wahrnimmt.

Axel und ich haben gesprochen, Kleiner. Du machst gute Arbeit und wir gestatten Dir eine Frage. Hast sie Dir verdient. Also, was willst Du wissen?

Mirko sieht beide an. Für ihn ist es unbegreiflich, dass zwei Menschen blind, ohne viel zu sagen, alles kommunizieren und auch noch erledigen können. Sich nie streiten. Antonia und er streiten immer. Thomas und Sabine auch. Manchmal sogar wie die Kesselflicker.

Woher kennt ihr euch und warum versteht ihr euch so gut?

Wir haben zusammen gedient. Das waren zwei Fragen. Schwamm drüber, lächelt Axel.

Wo ist der Zeitungskiosk?, fragt Gabriel aus dem Nichts.

Links der Rolltreppe im Erdgeschoss, kommt Mirkos Antwort wie aus der Pistole, *... tut mir auch leid wegen des Schweines. Hier, der Army-Fraß ...*

Mirko will seine Essensration mit einem Stock über das Feuer halten, als Axel und Gabriel furchtbar anfangen zu lachen. Sie prusten und verschlucken sich regelrecht. Beide röcheln förmlich. Nein, so etwas Komisches. Was ein Schenkelklopfer.

Kruzitürken noch eins, wischt sich Axel die Tränen aus dem Gesicht, *Junge, gib mal her ...*

Mirko weiß gar nicht, was los ist. Axel hilft Mirko bei dem Bereiten der Mahlzeit. Er ist herrlich gelaunt, hat sich lange nicht so amüsiert. *Man füllt erst etwas Wasser hier rein, da ... so, siehst Du? Und dann knickt man die kleinen Flügel ... soohh ...,* es gibt ein kurzes Knacken, *... und jetzt, durch freigesetztes Gas, werden Wasser und Inhalt der Ration binnen zwei Minuten durcherhitzt.*

Vorsicht, sagt Gabriel, *Die Dinger werden richtig heiß. So ... hmm ... was haben wir hier denn Schönes? Ahhh! ... Schweinegeschnetzeltes ... schön in Zigeunersauce. Ende gut, alles gut.*

„Kruzitürken" und „Zigeunersauce" is' ... xenophob ..., bemerkt Mirko halblaut.

Danke ... mir schmeckt's auch ..., sagt Axel mit gutem Appetit.

Am Morgen ist Mirko sehr früh wach und aufgeregt, als wäre es Weihnachten.

Was haben die Beiden dort unten gemacht?

Mirko zählt bereits, *... fünfzehn, sechszehn, siebzehn ...,* als dieses Mal Gabriel durch die Tür kommt. Gabriel lächelt engelsgleich. Von irgendwas muss er ja seinen Namen bekommen haben. Mirko pumpt die hundert locker. Er mogelt nicht. (Das hat ihm am zweiten Tag vierzig extra eingebrockt.)

Die vergangenen Tage?

Eine Ewigkeit scheint es her zu sein, dass er im Wald ankam. An jedem Tag, an dem Mirko nun erwacht, hat er das Gefühl, gestern liegt zehn Jahre zurück.

Wir gehen heute direkt runter. Unser Lauf ist erst heute am Abend. Wir zeigen Dir etwas Neues, sagt Gabriel.

Aufregung. Auf dem Weg zur Tür nach unten in die Katakomben, sagt Tibor plötzlich: *HALT! Lageplan.*

Mirko kopiert sich durch den Plan, repetiert leise Maße und Lage der einzelnen Objekte. Dann geht er zur Tür.

Unten angekommen ist es Mirko, als sähe er einen ganz neuen Raum.

Wände, Vorsprünge, Blumenvasen und andere Dinge stehen überall verteilt, scheinbar wahllos herum.

Wir gehen erst einmal mit Dir durch. Wir bringen Dir bei, wie man sich in einem Gebäude und engen Räumen bewegt. Wie man sich um Ecken bewegt und wie selbst eine blöde Blumenvase Dein Leben verlängern kann. Mit Waffe, aber erstmal ohne Munition. Alles klar? Bereit?

Mirko nickt.

Die drei joggen durch die Strecke im Zuckeltrab. Mal an einer Wand rechts, mal an der Blumenvase links herum. Wäre nicht eine Waffe in jeder ihrer Hände, man könnte meinen, sie spielen wie im Hoppegarten Pferdchen im Galopp.

Die Holzwand, auf die noch gestern im Einzel- und Sperrfeuer geschossen wurde, ist verschwunden. Dafür am Boden „Pappkameraden", die per Computersteuerung hochklappen und die Reaktion des Kombattanten herausfordern, schnell und präzise zu feuern.

Mirko begreift erst nach zweitem Hinschauen das Ensemble. Ein sehr großes Haus. Besser gesagt, Zimmer. Zehn Räume sind nachgestellt, mit Trennwänden, Treppen zu Emporen führend, Tischen, Stühlen und anderem Interieur sowie Türen, durch die es sich sicher zu bewegen gilt.

Mirko schaut nach links und nach rechts. Schaut nach oben und wieder nach unten. Dabei fallen ihm tiefhängende Haken und Karabiner in der Decke auf.

Wenn Du beim ersten Mal um eine Ecke kommst, beginnt Axel, *dann benutze nur ein Auge. Guckst Du – und wenn es knallt, der Schuss Dir das halbe Gesicht weggerissen hat, dann hast Du wenigstens immer noch ein zweites Auge.*

Aber unter den Blinden ist der Einäugige ja König, weiß Gabriel. Söldnerhumor.

Also, um unbeschadet durchzukommen, bewegst Du Deinen Oberkörper besser langsam nach vorne, gibst weiter Obacht und stichst mit deiner Waffe in den Raum. Etwa so ...

Axel faltet die Hände wie in Dürers Zeichnung, dazwischen eine Glock17. Er sticht vor, führt die Waffe und scannt gleichzeitig den ganzen Bereich. Erst danach nimmt er die Waffe zurück. „Begeht" den Raum.

Du führst die Pistole wieder zurück und eng an den Körper heran, in die „Zul-Position", so, siehst Du? Etwa so ... die Waffe fest in Händen und auf Hüfthöhe. Der Lauf zeigt dabei nach links unten. Du begehst weiter den Raum, scannst weiter Decke, Wände und Boden.

Axel ist in seinem Element.

Es ist wie ein „Z", fügt er hinzu, *Schau, erst scanne ich die Decke ... so ... und dann gehe ich mit der Waffe durch den Raum. Dann ist der Fußboden dran ... so ... und anschließend gehe ich mit der Waffe wieder nach oben.*

Jetzt Du, ermuntern ihn die zwei.

Mirko geht zweimal durch die Kulisse und fragt eine Extrarunde. *Mach mal, zeig was ...*, sagt Gabriel.

Mirko wählt die MP7. Er bewegt sich durch den Raum, nutzt jede Deckung. Checkt Vor- und Nachteile der aktuellen Deckung und was als Nächstes zu tun sei.

Okay, jetzt Gabriel und ich. Scharfe Munition. Du schaust ...

Bevor es losgeht, öffnet Gabriel eine Art Sicherheitskasten, der ebenfalls von Mirko bisher unbemerkt blieb, tippt auf einem Display herum und schließt wieder ab.

Mirko setzt sich auf den Boden. Er lässt alles auf sich wirken, er, als einziger Besucher einer Galaaufführung. Er sieht Axel und Gabriel bei ihrem „Schwanensee" zu.

Dummies poppen hoch. Bomm. Bomm. Bomm. Bommbom bomm.

Wie Raubkatzen gleiten Axel und Gabriel durch den Raum, schmiegen sich fast elastisch um Ecken und Vorsprünge. Mirko weiß, er ist mit den Meistern. Sie sind zusammen wie ein Orchester. Der Übergang der abfeuernden Waffen, der Rhythmus der Geschosse; der Rufwechsel, weil ein Magazin ausgetauscht werden muss. Bei den beiden fließt alles.

Ihr Finale, ein Crescendo wie Beethovens Fünfte in Blei.

Wenn die wirklich wollten, wären die noch in hundert Jahren Nummer eins. Tibor Dee wäre ewige Nummer zwei, denkt Mirko so bei sich.

Doch wäre es Tibor eine Ehre, hinter ihnen zu stehen. Er kann anerkennen. Ein Vorzug der Intelligenz.

Die sind ja auch zu zweit …, erheitert sich Mirko am Ende.

Nacht.

Die Nacht, sagt Gabriel, *ist immer besonders. Alles erscheint in ihr lauter, größer, schneller, heller oder das komplette Gegenteil von allem.*

Als Mirko zum ersten Mal durch das Nachtsichtgerät schaut, ist das schon mal wieder eine ganz neue Space- und Gameebene. Alles in Grün.

Eigentlich heißen diese Dinger „Bildrestlichtverstärker", sagt aber niemand. All die Trottel wissen eben nicht, dass man nicht die Nacht damit sieht, sondern lediglich das Restlicht des Mondes genutzt wird, erklärt Gabriel ruhig.

Axel zeigt Mirko die Funktionsweise des „Bildrestlichtverstärkers".

Wow … mehr geht nicht …

 Morgen früh kein Lauf. Dafür wirst Du jetzt einen mit dem Gerät machen … und unserem Dicken hier …

Gabriel wirft einen schmierigen Lappen voll Ballistol Richtung Axel.

Wer ist hier dick? Nein, mein Herr! Gabriel ist nur kräftig gebaut!

Später … am Feuer. Axel fällt in eine Stimmung. Entrückter Blick. Pagane Zeit.

Der Geschichtenerzähler beginnt, der Glut eine Geschichte zu erzählen.

Nigeria … 30. April … ich weiß noch, als wär's gestern … verseuchter Sumpf … Malaria … Rebellen …

 Rebellen?, fragt Mirko.

„Die schwarze Mamba". Immer das Gleiche … Irgendeine Guerilla, die plötzlich Öl und Religion für sich entdeckt und es Befreiung nennt.

Scheiß Warlords.

Egal … kleine Orte fern der großen Städte zu erobern und zu besetzen, die Taktik der Milizen. Herrschaft gewinnen. Kontrolle. Bodenschätze. Schaffung eines „Abgabesystems".

Es war unser allererster Einsatz damals. „Search-and-Destroy", wenn Du verstehst.

Oh, wir waren so jung und grün wie das frisch wachsende Holz, erzählt Axel, Wir sollten mit der Elften diese Rebellen jagen. Dazu haben wir uns, um unauffälliger operieren zu können, in kleine Stoßtrupps von jeweils fünf Mann aufgeteilt. Die Rebellen selbst tauchten auch immer nur in kleinen Gruppen auf. Drei bis acht Mann höchstens. Viel mehr wussten wir auch nicht.

Axel geht zurück in den Moment. … irgendwann … ganz plötzlich, flog aufgeschreckt ein ganzer Vogelschwarm vor uns in die Luft.

Unser kleiner Trupp hatte gerade noch Zeit, sich im Unterholz zu verteilen, da kamen sie auch schon. In großen Geländewagen mit aufgesetzten MGs.

Nur wenige Meter von uns entfernt blieben sechs Fahrzeuge mit vierzig Mann auf einer Lichtung stehen. Deutlich mehr als erwartet. Mehrere Salven feuerten sie auf gut Glück in unsere Richtung, bestrichen das Areal.

Die Kugeln pfiffen knapp über unsere Köpfe und Körper, als Kilian getroffen aufschrie und nach vorne aus seiner Deckung brach. Er raffte sich schwer verwundet auf, nahm seine FAMAS und wollte kämpfen. Wir konnten Kilians Zorn sehen. Er röchelte irgendwas mit letzter Kraft, machte uns sowas wie Mut. Da kam einer der Rebellen … von hinten, stieß sein Messer bis zum Heft in Kilians wehrlosen Körper … mir war bis dahin noch nie schlecht … doch bei diesem Anblick drehte sich mir alles um … ein einziger, wirbelnder Nebel. Kilians Leiche lag knapp dreißig Meter vor uns, fährt Axel fort, … wenigstens ging es schnell. Der, der ihn abgestochen hat, säuberte in aller Seelenruhe die blutige Klinge mit Kilians Barett und spuckte noch rein, bevor er die Mütze achtlos wegwarf.

Ich hätte ihn so abknallen können, sagt Gabriel voll Hass.

Zum Glück hat irgendetwas die Burschen von uns abgelenkt, wahrscheinlich wieder aufgeschreckte Vögel. Ohne weiter das Areal, in dem wir lagen abzusuchen, rückten die Kämpfer mit ihren Geländewagen einfach ab und ballerten wild in die neue Fahrtrichtung. Wir hätten nie eine Chance gehabt. Keine.

Kämpfen konnten sie, die schwarzen Teufel, dass muss man ihnen wirklich lassen, sagt Gabriel anerkennend.

Ja, sie haben es uns an dem Tag ganz schön gegeben, die Kaffer. Sagt man eigentlich heute überhaupt noch „Kaffer"?, fragt Axel.

Rassistisch. Neger sagt man auch nicht mehr. Völlig unakzeptabel, erklärt Mirko.

Xenophob? Ach so? Na, gut … jedenfalls verloren wir später auf der Flucht durch den Sumpf noch Gruppenführer Jean und den Kameraden Watzlav, der konnte sehr gut tanzen …

… Mundharmonika spielen auch. Manchmal fehlt mir sein Spiel, murmelt Gabriel melancholisch.

Was ist mit ihnen geschehen?

Jean ertrunken. Watzlav Schlangenbiss.

Und dann dieser Mond, erzählt Axel, der schönste Mond der Welt. Oh, Mann, was haben wir den angefleht, uns heil aus dieser Merde zu bringen. Der weiße Mond hat uns den Weg geleuchtet … und uns gleichzeitig fast in die Hölle geschickt wegen seines hellen Scheins. Da war nämlich plötzlich ein Jagdkommando der Rebellen hinter uns her.

Harte Mörder.

… und …?, will Mirko gespannt wissen.

… wir waren mitten im Luch. Immer nur auf der Suche nach Schutz. Schatten am Tag, in der Nacht irgendwo etwas zum Verstecken und Ruhen. Rast war nicht viel. Immer nass und feucht. An Feuer nicht zu denken. Und Du glaubst gar nicht, wie man in Afrika frieren kann. Axel denkt mit Unbehagen zurück, … vierzig Meilen mehr kämpften wir uns hüfttief durch Sumpf und Schlingpflanzen, gegen Mücken und Reptilien bis weit hinter die Grenze von Kamerun. Und selbst bis dahin, haben die Totmacher uns verfolgt.

Wir haben uns gefragt, wann die mal brechen? Aber die waren wie auf Droge. Immer weiter und weiter hinter uns her. Als wäre es der Gehörnte persönlich, der uns jagt. Heute wissen wir, es war Jorao Kyno, „die schwarze Mamba" selbst.

Er war der Brutalste von allen. Man erzählte sich über Kyno, Gott und Teufel gleichzeitig hätten ihn und den Tag seiner Geburt verflucht.

Na, es wurde den schwarzen Hunden dann aber wohl doch zu heiß, so tief auf fremdem Territorium und sie zogen sich irgendwann wieder zurück nach Nigeria.

Wir marschierten dann mit letzter Kraft bis nach ... sag' mal schnell ...

Maratonga. Gabriel singt es fast.

Maratonga. Genau. Kennt keine Sau. Ist wahrscheinlich nicht mal auf 'ner Karte zu finden. Und ... wie hieß gleich die Vorsteherin der Mission, wo wir da gelandet sind? Anke ...?

Edith. Riesen Möpse.

Schwester Edith, richtig. Riesen Möpse. Haben ihr viel zu verdanken. Sie hat uns versteckt, zusammengeflickt und wochenlang gepäppelt. Wegen ihr haben wir überlebt.

Bei unserer Rückkehr zur Einheit galten wir als MIA.

Wer ist MIA?

Nicht wer, sondern „was" – Missing in Action.

Jeder Tag eng gepackt.

Tag und Nacht, laufen, Briefing, Häuserkampf, schießen, Waffen zerlegen, schlafen.

Tag und Nacht, laufen, Briefing, Häuserkampf, schießen, Waffen zerlegen, schlafen.

Tag und Nacht, laufen, Briefing, Häuserkampf, schießen, Waffen zerlegen, schlafen.

Tag und Nacht, laufen, Briefing, Häuserkampf, schießen, Waffen zerlegen, schlafen.

Kurzes Briefing Axel.

Um keine Fingerabdrücke in der Gamingarea zu hinterlassen wirst Du Handschuhe tragen.

Kein Problem, sagt Mirko.

Alex hat sich gemeldet. Er will sich zwar nicht zu weit aus dem Fenster lehnen, sagt er, und vor allem macht er es davon abhängig, was

Gabriel und ich zu berichten haben … aber, wir sollen Dir ausrich-
ten, wenn Du von uns für tauglich befunden wirst …
Mirko hält die Spannung kaum aus.
… DANN wartet Dein erstes Game auf Dich. NACH bestandener Prü-
fung. Wir werden sehen.
Mirko ist komplett aus dem Häuschen.
Mirko möchte die ganze Welt drücken.
NACH der Prüfung! Also am Ball bleiben. Nicht nachlassen, sagt
Axel.
Warum nachlassen? Mirko hat sich von Tag zu Tag gesteigert. Hat
Mumm gezeigt. Schnell, wirklich schnell und in aller Konsequenz
begriffen, worum es hier geht.
Jetzt, wo der Esel die Möhre vor Augen hat, trabt es sich noch
einmal leichter. Viel leichter.
Wahrlich. Lange haben Axel und Gabriel keinen so begabten Ele-
ven gehabt. Nicht seit den Tagen von Jonny Froid.
Jonny ist tot. Er war ein anderer Typ. Hat nur im Schatten gear-
beitet. Ein Stealth Shooter.
Jonny war gleichzeitig Picasso, Rembrandt und van Gogh des Tö-
tens. Seine Hits waren Meisterwerke. Sowohl in Vorbereitung als
auch in der Ausführung.
Doch Jonny bevorzugte die Stille.
Mirko hingegen ist „New Generation". Gamer. Street Art. Laut.
Modern angelegt, sowohl in Duktus und Habitus als auch in der
Prägung durch die Technologie.
Mirko braucht Öffentlichkeit. Aufmerksamkeit. Braucht Publicity
und Medien. Braucht Breaking News und Sonderberichterstat-
tungen. Headlines, extrabreit.
Er ist ein High-Risk-Performer. Im Tageslicht. Gefahr. Kitzel. Sein
Spiel – Blitzkrieg. Maximum Score.
Man muss schauen, ob es sich trägt oder nur zum „Liebling der Sai-
son" reicht, sinniert Axel.

Dann ist er eben nur ein Komet. Wer aber vergisst schon Hale-
Bopp?, fragt Gabriel.
Die (zweifelhaften) Wege des Ruhms. Es macht sich jedenfalls
bezahlt.

Tag der Wahrheit. Die Reifeprüfung.

Mirko und Axel sitzen beim Frühstück. Axel haut richtig rein, während Mirko nicht wirklich hungrig ist.

Wenn ich ehrlich bin, dann habe ich Schiss. Ich bekomm Schweißausbrüche und werde unsicher.

Prüfungsangst ... aha ...

Auch merkwürdig, „die Macken" der Killer, denkt sich Axel das eine oder andere Mal so. Manche sind sehr abergläubisch, töten nie am Sonntag. Es sei denn, es geht nicht anders.

Mach Dir keine Sorgen, chillt Axel seinen Prüfling runter, am Vormittag üben wir. Dann gegen Abend erst geht es ans Eingemachte. Gabriel bereitet nur noch ein paar Kleinigkeiten vor und erwartet uns dann.

Gabriel hat Laptop und Extramonitor aufgebaut, dazu mehrere Kameras und Scheinwerfer überall in der Halle verteilt. Es hat etwas von einem Filmset.

Nein ... es ist ein Filmset.

Du musst Dich konzentrieren. Achte drauf, wenn die Pappkameraden hochkommen, dass Du sie möglichst auf dem Body triffst. Keine Kunstschüsse. Kostet nur Zeit ...

Dann wird sich bereit gemacht. Gabriel checkt die Kameras. Die Übertragung der Bilder läuft einwandfrei.

Jetzt erst eine Generalprobe. Wir machen Videoaufnahmen, schauen, wie Du Dich bewegst und zeigen Dir dann, wo Du Dich noch verbessern kannst, erklärt Axel.

Also scharfer Durchlauf! Nicht schwächeln, gleich alles zeigen ... Körperspannung, Konzentration, Fokus. Einfach da sein ... Vollgas, klar?

Okay, sagt Mirko und kühlt runter wie eine Gefriertruhe.

Ein kurzes *Ping* vom Laptop. Neuer Hinweis, dass sich ein User verbunden hat.

Mirko bekommt von dem nichts mit, er hört nur die letzte Einweisung von Axel,

... atme und zähle ... atme ... und zähle ...

Einundzwanzig, zweiundzwanzig, dreiundzwanzig ...
Auf geht's, Mirko. Du kontrollierst, was geschieht. Niemand anderes macht die Show, spornt Gabriel an.
Mirko! So hat Gabriel ihn noch nie genannt. Immer nur „Kleiner", „Junge" und noch ein paar andere blöde Dinge.
BEREIT?, ruft Axel.
Mirko ist bereit. Bereit. Bereit. Bereit. Daumen hoch.
... uuund ... Äktschen ..., ruft Gabriel.
Mirko kämpft, ballert, schleicht, springt, rollt sich ab; ist Schatten im Schatten, Licht im Licht. Klebt an Wänden, fließt wie Wasser, schießt gleich dreimal gezielt hochpoppenden Pappfiguren in den Kopf und dreimal in den Body.
Als Mirko um eine weitere Ecke einer Wand pirscht, baumeln da, wo vorher Karabiner und Haken waren, nun unvermittelt Schweinehälften von der Decke. Auf die Haut grob Zielscheiben gemalt. Bom. Bom. Bom. Bom. Bom. Bom. Baba bom bom bom.
Geschoss um Geschoss dringt in die ausgebluteten Tierhälften, bis die beginnen, unter dem Einschlag der Projektile zu pendeln. Magazinwechsel. Bombombombombombom.
Keine Schluderei haben sie ihm eingetrichtert. Weiter. Immer weiter und weiter und immer weiter. Mirko zwängt sich durch die Schweinehälften.
Zwei weitere halbe Kadaver tauchen hinter einer Ecke auf. Einer mit farblichem Symbol. Mirko will erst schießen, erinnert sich dann aber: Wappen Grün – kein Target. Er hält die Waffe auf die Schweinehälfte mit der Zielscheibe. Bom. Bom. Bom. Bom. Bis der Kadaver pendelt. Mirko schießt, schaut, schießt. Alles ist Feind. Keiner da, der sein Zeichen trägt. Mirkos Auftritt ist so intensiv als klopfe er an die Himmelstür, den Schöpfer selbst zu killen. Bom. Bom. Bom. Bom. Bom. Bom. Keine Schluderei.
Fünfzehn Minuten. Dann ist alles vorbei. Mirko ist wie aus dem Wasser gezogen.
Axel und Gabriel applaudieren zufrieden. Auf dem Bildschirm des Laptops steht zu lesen: *Gute Arbeit, Mirko. Bestanden.*

Ich darf Dir gratulieren, sagt Axel, *Du hast bestanden. Alex meldet sich dann.*

Gut, gut, gut gemacht, Mirko, freut sich Gabriel ehrlich.
Und wie war das so mit der Prüfungsangst?

Ihr habt mich reingelegt, gleitet es Mirko so heraus.
Nein, nein, nein ... wir haben ... gesteuert ... gesteuert haben wir ..., hält Axel dagegen.

... für Dich die Situation ... na, Dir die Angst genommen ..., erklärt Gabriel.

Axel ergänzt, nicht ohne Stolz: *Wir haben Dir die Kraft gezeigt, die Dir innewohnt.*

Ja, wirklich! Und bin so glücklich.
... und Du bist über Dich hinausgewachsen.
Außerdem – ab heute – bist Du einen Schritt nähergekommen, Anwärter unserer Familie zu werden. Wir werden jetzt ein Auge auf Dich haben. Du bist nicht allein, sagt Axel bereits wie ein Cousin fünften Grades.

Gabriel tritt soldatisch vor.
Spreche aus: Lob und Anerkennung!

Mirko, nun doch übermannt vom Erreichten, kullert eine kleine Träne über die Wange.

Axel und Gabriel wissen, wer Blender ist. Wer lügt. Sofort. Mirkos Träne lügt nicht.

Oochh, Axel ... schau mal ...

Jene Träne ist ehrlich und aufrichtig. Und wohl auch die letzte, die Mirko aus Demut und Freude auf diesem Planeten noch weint. Jetzt ist auch diese Quelle versiegt.

Der letzte Schatz ist nicht mehr. Pandoras Büchse leer.

Ohne Hoffnung.

Alles entfleucht.

Dritte und letzte Lageeinweisung zur Unterrichtung.
Raum: Vorraum von Bunker A-746-2c. Divisions- und Gefechtshauptquartier.
Gegenstand: Eine verhüllte Tafel mit Planungsmaterial.
Zugegen: Major Axel, Hauptmann Gabriel und Mirko Thies aka Tibor Dee.

Zweck: Den angehenden Anwärter unterrichten und einweisen in die Lage.

Die dritte Karte liegt bereits auf dem Schreibtisch, als Gabriel und Mirko nach deren letzter Waffeninspektion zu Axel stoßen. Keine Enthüllung. (Axel ist tatsächlich auf den wackligen Stuhl geklettert und hat den letzten Teilabschnitt selbst abgenommen.) Fein säuberlich liegen nun alle Kartenteile nebeneinander.

Nun siehst Du das ganze Gebäude. Hier, an dem Ende findest Du die Rolltreppen zur S-Bahn sowie zum hinteren Teil der Einkaufspassage.

Von da kannst Du auch zum ZOB, Taxistand oder der Fahrradstation gelangen.

Direkt hier, in der Nähe des Südeingangs, siehst Du? ... im hinteren Teil des Gebäudes. Dieser Teil wird noch kernrenoviert.

Gehört zu irgendeiner Initiative namens „Fortschrittlich Grün". *Die wollen da ein „Waldforschungsprojekt" vorstellen. Echte Bäume, echtes Erlebnis,* sagt Gabriel.

Noch sind da bloß Behelfs- und Notfallmaschinen zum Ersatzbetrieb bei Stromausfall untergebracht. Wirkt trostlos.

Hier ist der Eingang zum Facility-Management. Dahinter, alles zugestellt, führt aber direkt zu einem sehr unauffälligen Seitenzugang des Bahnhofs. Hier der Schlüssel. Nimm. Die Tür zur Stadt ist dagegen von innen ohne Schlüssel zu öffnen, wegen Notfall, Du verstehst. Du bist sofort draußen. Wäre eine gute Exit-Strategie, hier durchzukommen.

Kaum Menschen dort. Ruhige Ecke ... und von hier, siehst Du hier? ... die offene Passage? ... 60 Meter, kein Thema ... auch von da kommt man erstaunlich gut und leicht in die City. Die Tasche mit den Waffen stellst Du in einer Ecke auf dem Fluchtweg ab.

Die Knarren kann man nicht zurückverfolgen, die Restmunition auch nicht. Keine Fingerabdrücke. Alles sauber. Da ist nix drin, was die ohnehin nicht schon bald wissen. Sieh zu ... Dein Plan, Dein Game.

Für welche Exitstrategie Du Dich entscheidest, bleibt dir überlassen. DEINE Entscheidung!

Den Rest des Tages wirst Du den letzten Plan auswendig lernen.
Morgen Abreise. Wegtreten.

Sie sind bei bester Laune. Gabriel stimmt „Le Boudin" an.
Gibt es auch in Deutsch, hör gut zu:

Nimm, da ist die Wurst, da ist die Wurst, da ist die Wurst,
Für die Elsässer, die Schweizer und die Lothringer,
Für die Belgier gibt es keine, für die Belgier gibt es keine,
Die sind Drückeberger.

Wir sind aufgeweckt,
wir sind gewieft,
keine gewöhnlichen Kerle.
Wir sind oft grimmig,
wir sind Legionäre.

In Tonkin hat die unsterbliche Legion
bei Tuyên Quang die Fahne hoch gehalten,
ihr Helden von Camerone und vorbildlichen Kameraden
ruhet in Frieden in euren Gräbern.

Unsere Alten wussten zu sterben.
Für den Ruhm der Legion.
Auch wir wissen unterzugehen
getreu der Tradition.

Im Verlauf unsrer fernen Schlachten
Fieber und Feuer trotzend,
vergessen wir in unserem Leid,
den Tod, der uns kaum vergisst. Uns, die Legion.

Mirko summt die Melodie. Leise. Mehr für sich, aber als sei er nun
auch ein Teil von ihnen. Zumindest so etwas wie Cousin fünften

Grades. In Anwartschaft.

Du musst noch packen, morgen geht es ratz fatz, gibt Axel mehr Rat denn Befehl.

Die schmutzige Wäsche lass für Deine Mutter. Dann hat sie etwas Sinnvolles zu tun und denkt, ihr Bubi hatte eine schöne Zeit, lautet Gabriels psychologischer Tipp. Mirko geht.

Bereits fix und fertig mit Panzertape verklebt liegt „das Paket" auf Mirkos Feldbett. Es wird im Rucksack nicht auffallen.

Inhalt: Zwei Glock17, eine MP5, eine MP7. Siebenhundert Schuss Munition. 43 Magazine à 19 Rounds. 10 Ersatzmagazine. Eine Handgranate, zwei Rohrbomben.

Axels Einweisung in die Funktion der Zünder von Handgranate und Rohrbombe war simpel. ... *Splint raus, wie 'n Chinaböller weg.*

Alles da. Handlich verpackt. Ready to go.

Mirko schaut sich in der Stube um.

Das Aufrichtigste und Anständigste, das einem Mann zusteht, ist eine Stube wie diese. Geborgen und aufgehoben gefühlt hat er sich hier. Ja, behaust und verstanden.

Diese Stube ist wahrlich eine Zierde. Bescheiden. Das Wenige wertvoll. Von Bedeutung.

Ein Raum, in dem Krieger und Pilger gleich sind. Selbst sind. Selbige Gnade erfahren.

Denn hier ist nicht Krieg. Nicht Frieden. Die Welt existiert nicht. La solitude ca n'existe pas. Nein, auch die Einsamkeit existiert nicht. Nur Konzentration.

Bewusstsein. Nur die Existenz, die weiß, dass sie existiert, existiert in diesem Raum.

In einem Raum wie diesem wird das große Buch geschrieben. In einem Raum, umgeben von einem Panzer aus Stahl und Beton, in einem Bunker, der nicht bricht.

Und das Universum?

Es hat Dich bereits ersetzt.

Du kannst bleiben. Du kannst gehen. Du bist frei.

Rustikal hängt der Grill über dem Lagerfeuer, darauf gelegt die feinsten Steaks. Es gibt dazu weißes Brot, Salz, Pfeffer, Kräuterbutter und sogar ein Bier.

Medium rare mit anständig Pfeffer für Axel und Gabriel. Mirkos Steak ist durch.

Männeressen, sagen Axel und Gabriel genüsslich schmatzend im Chor.

Es geht ausgesprochen witzig und familiär zu. Doch bei Mirko gehen auf einmal die Lichter aus. Er schläft einfach am Lagerfeuer in seinem Stuhl wie ein Baby ein.

Axel und Gabriel schauen „dem Kleinen" beim Schlafen zu.

Könnte er nicht einfach studieren? Frau und Kinder haben, eines Tages ein Häuschen? Stattdessen will er Leute umbringen. Ist das normal?

Jeder hat seinen Sprung in der Schüssel.

Mein Gott, sieh ihn Dir an … eigentlich noch ein Kind.

Und was waren wir damals?

Du hast recht. Es ist zu spät. Das Ungetüm ist bereits geweckt und entfesselt.

Und das Ungetüm wird ausführen, was der Dämon befiehlt. Ewiger Fluch ist über ihm. Alles wiederholt sich.

Wie bei Jonny Froid.

Lass gut sein und die Toten ihre Patrouille gehen.

Letzter Tag.

Ich will ALLES von Dir hören, fordert Axel im strengen Lehrerton. Er nimmt das Wort „Prüfung" mit Absicht nicht in den Mund.

Mirko spult den Gebäudeplan herunter, einer Einkaufsliste gleich. Alles von A bis Z. Eingänge, Ausgänge, die Galerien und die Fahrstühle, jeder Laden ist in Mirkos Kopf, alle Ticketautomaten, Gleise, Bahnsteige, Waschräume, Seiten- und Notausgänge.

Sehr gut, lobt Axel, *Deswegen ist Dein erstes Game auch ein Heimspiel. Du sollst Dich wohlfühlen.*

Wohlfühlen? Im Ernst? Die Wahrheit?!

Es ist Axel und Gabriel lattensackegal, wo Mirko herumknallt und sich dabei „wohlfühlt". Hauptsache, das Training hat sich gelohnt. Heimspiel oder auswärts. Ppph …

Zum Schluss noch dies … Kein Rumgeeier! Klar? Egal, für welche Tür Du Dich entscheidest: DAS ist dann DIE Tür. DER – DEIN Fluchtweg! Ist das wirklich klar? Wenn Du das nicht schaffst, da rauszukommen, hast Du allerdings ein Problem. Gabriel ist todernst.

Wenn Du diese Tür vermasselst, bleibt nur eines … sagt Axel ruhig. *Wenn Du nicht mehr rauskommst, dann zieh den Splint der Handgranate in Deiner Tasche. Hebe die Hände und gehe auf die Sicherheitskräfte zu. Den Rest erledigt der Zünder. Wir haben ihn auf fünf Sekunden präpariert. Du wirst nichts merken,* sagt Gabriel ohne Regung und Umschweife.

Du bist und bleibst das Spiel. Bis zum Schluss, sagt Axel.

Verkack's nicht, mahnt Gabriel eindringlich, *Wahre Deinen letzten Funken Ehre wie Kilian. Wirst Du das tun?,* fragt er mit Kreide in der Stimme.

Ja, sagt Mirko, *Wenn es nötig ist. Niemand, soll wegen meiner Fehler …*

So ist es recht, Gabriel schlägt ihm anerkennend auf die Schulter, *Wird schon.*

Deine Stube ist aufgeklart? Nichts zurückgelassen? Liste abgearbeitet?, löchert Axel.

Ja, sagt Mirko, der unter dem zusätzlichen Gewicht der Waffen und Munition doch ein wenig ächzen muss.

Jetzt hier bloß nicht anstellen wie 'ne Memme. Zehn Kilo mehr. Höchstens. Also, keinen Prinzessinnentraum zum Schluss abziehen, raunt Gabriel.

Vor allem sieh zu, dass Du von niemanden angehalten oder groß gesehen wirst. Ganz kleines Profil. Du bleibst völlig unter dem Radar, bis Du zuhause bist.

Und, sozusagen als kleines Abschiedsgeschenk … Gabriel kramt in einer Plastiktüte ein Hemd heraus. *Das TIKI-TAKA-BLUE-T-SHIRT-DAY-PARTY-Hemd. XX-Super L.*

Mach es wie besprochen. Halt bei denen rein, denk einfach an die Punkte, empfiehlt Axel.

Klar, kein Problem, sagt Mirko.

So, hier … Kappe schwarz, beim Rausgehen drehst Du die Kappe auf die helle Innenseite, klar? Pilotenbrille, wenn's Dir zu hell ist … Waffen wie besprochen … aber jetzt pass gut auf. Das hier ist jetzt wirklich wichtig.

Axel zieht eine babyblaue OP-Maske aus einer Plastikhülle.

Corona-Schutzmaske, sagt er, *hast Du bestimmt schon in den Nachrichten gesehen.*

Pass auf, wird GROSS! Das Virus, das COVID-19 auslöst, so heißt die Scheiße, wird vorwiegend durch Tröpfcheninfektion übertragen. Husten, niesen oder ausatmen. Maske tragen also jetzt schon dreißig Prozent der Bevölkerung. Du brauchst Dich nicht einmal zu verkleiden. Du siehst „normal" aus. Und man kann Dich auch nicht von den anderen „Blue-T-Shirtlern" unterscheiden. Verrückt, was? Ach so … dieses Shirt hier hat Taschen für die leeren Magazine hinten rechts. Sie sind nicht stark befestigt. Entferne alles nach dem Game und entsorge es an einem anderen entfernten Ort. Danach gehst Du einfach nach Hause, als wär nix gewesen. Alles klar?

Die Maske ist wichtig! Verstanden?!, hakt Gabriel fast herrisch nach. *Da, wo Du die Waffen stehen lässt, schnell umziehen. Maske, T-Shirt, Handschuhe wegen der DNA mitnehmen. Draußen, wenn Du es geschafft hast, die Sachen getrennt entsorgen! Ist das absolut klar?*

Absolut klar! Ich werde außerdem die Maske ab jetzt tragen, damit ich mich daran gewöhne und es nicht als störend empfinde während des Games.

Da! Da hörst Du's, Gabriel, sagt Axel, *unsere Schule …*

C'est fini, mes amis! Unabänderliches liegt in Gabriels Stimme. Mirko steigt hinten in den verdunkelten SUV.

Auf dem Weg begegnen sie wieder den zwei Jägern, die Gabriel vor einer Woche auf den Nerv gingen. Man winkt sich zu.

Ich kann diese Schnösel mit ihren in der Jägerboutique gekauften Loden nicht ausstehen, sagt Axel, dabei falsch den Männern zulächelnd. Gabriel nickt. Mirko sehen sie nicht.

Und die frisch gebügelten Hobby-Nimrods denken wieder: *Waldforschungsprojekt, die spinnen, die Belgier,* als Axel und Gabriel an ihnen vorbeifahren.

Winke, winke, und auch Gabriel lächelt das verlogenste Lächeln.

Ruf jetzt zuhause an. Sag es wird spät, sagt Axel fast betonungslos.
Mirko klingelt bei Sabine.

Ich komme heute. Ja ... wahrscheinlich gegen 22 Uhr 30 ... nein ... ich, ich habe einen Schlüssel, ja, ja, kein Problem ... ganz toll ... Fotos? ... nein, leider ... ja, die Kamera ... nein, nicht so schlimm ... ja, tolle Tage ... ich freu' mich auch ... bis später ...

Gemütlich schaukelnd wie auf einem Kamelrücken macht der SUV seinen Weg.

Das Trio schweigt. Mirko schaut aus dem Fenster.

Richte Dich nach der Natur, was die bereit ist, Dir zu geben und nicht nach dem, was Du bereit bist, ihr wegzunehmen, war Gabriels guter Rat.

Jeden Tag, die letzten vierzehn Tage Waldlauf. Zehn Kilometer, manchmal zwanzig. Jeden Tag über Stock und Stein. Und was man alles so sieht. Im Wald. Beim Laufen. Eichhörnchen, Rehe, Wildschweine, Dachs und Fuchs. Ganz viele Vögel. Durch das „Nachtsichtgerät" Eulen bei der Jagd. Was für eine Präzision, den Vogel zustoßen zu sehen, das Opfer sich krallend, um es dann fortzutragen. Die Natur hat zu Mirko gesprochen, Gabriel hat die Regeln übersetzt:

» Behandele die Natur mit Respekt!
» Die Natur ist absolut!
» Die Natur richtet sich NIE nach Dir!

Denk an unser Abenteuer im Sumpf von Nigeria und Kamerun. Wir haben nicht überlebt, nur weil wir es wollten, sondern weil wir die Natur deuten konnten und die richtigen Entscheidungen getroffen haben.

Darum geht es, Mirko. Die richtige Entscheidung zu treffen!
Mirko hat von Gabriel während der Waldläufe erfahren, was und wo es Essbares im Wald zu finden gibt. Gut zu wissen, wenn man mal ganz alleine auf sich gestellt ist.

Und wo man sich befindet und wie man sich orientiert! Mirko kennt darum nun auch die einzelnen Gehölze, kennt ihre Namen, ihre Beschaffenheit und was man aus dem Holz bauen, den Ästen flechten und dem Blattwerk verwerten kann.

Mirko. Fire Starter. Selbstverständlich hat er auch die Kunst des Feuermachens hier erlernt.

Mirko hat überleben gelernt, schießen gelernt, planen gelernt, absolute Disziplin und Gehorsam gelernt, Verschwiegenheit gelernt, Solidarität gelernt. Vertrauen gelernt.

Er selbst zu sein gelernt – wer immer er auch ist.

Dieser Wald und diese Männer haben in zwei Wochen mehr in Mirkos Leben bewirkt, verändert und bewegt als all die Menschen, denen er über die Lebensjahre zuvor begegnet ist.

Axels Stimme dringt hinein in seine Gedanken.

Hast Du eigentlich eine Freundin oder sowas?

　Nein.

„Traue einem Mädchen, Du wirst es bereuen oder traue einem Mädchen nicht, Du wirst auch dies bereuen" – sagt euch Kierkegaard. Wie man es dreht oder wendet mit den Weibern: Du bist im Eimer, oder? – sagt euch der Gabriel.

Erst lieben sie Dich, weil Du bist, wie Du bist und verlassen Dich dann, weil Du bist wie Du bist. Alle wollen sie ,Superman', entscheiden sich aber am Ende fürs Hänschen ... das versteh einer.

　Wem sagst Du das?, seufzt Gabriel.

Und Deine Eltern? Was ist mit denen? fragt Axel.

　Du siehst doch, wo ich gelandet bin. Sie kennen mich nicht, sagt Mirko eher geschäftsmäßig.

Eltern und Kinder. Verpasste Gelegenheiten, sich zu lieben, denkt Axel, lässt aber Fünfe gerade sein. Er mag nicht klugscheißen.

Du wolltest doch wissen, warum Gabriel und ich uns so gut verstehen?

　Ja.

Jeder hält den anderen geerdet und sagt wenn's nötig ist: Du bist nur ein Mensch.

　Du bist nur ein Mensch?!?, wiederholt Mirko.

Hast Du Dein Navi parat?, fragt Gabriel, *In fünfhundert Metern lassen wir Dich raus, dann folgst Du einfach den Koordinaten.*

Der Wagen hält.

So ... wir sind da, sagt Axel, *Tschüss, war eine gute Arbeit ... weiter so ...*

Danke, ich werde euch nie vergessen ...
Vergiss lieber nicht, was wir Dir beigebracht haben ...

Wir werden ja in zwei Tagen von Dir hören, fügt Gabriel noch hinzu.

Unsentimental ist der Abschied. Mirko steigt aus und lässt die Schiebetür des SUV zurück ins Schloss gleiten. Axel und Gabriel fahren weiter.

Mirko schaut noch eine Weile, bis der Wagen hinter einer kleinen Anhöhe verschwindet.

Ich bin gespannt ..., sagt Gabriel.

Wann sagst Du kommen die Cleaner, den Bunker aufräumen?, fragt Axel, ohne weiter auf Mirko einzugehen.

... so in 'ner Stunde.

Es ist spät geworden.

Der Geruch von Lieblingstiefkühlsalamipizza strömt aus der Küche.

Sabine ist allein, als Mirko das Haus betritt.

Thomas ist noch beim „Tennis", hat aber Sabine gesagt, es wäre ein Geschäftsmeeting in der Nachbarstadt.

Kann länger dauern, warte bitte nicht auf mich.

Antonia übernachtet bei Judith. Pyjamaparty.

Wie Du riechst, ist Sabine erstaunt.

Na, ja, zwei Wochen ganz weit draußen, Mom ... Mirko lächelt.

Sie erschrickt, als sie seine Gesichtszüge sieht.

Sie sind so ... männlich.

Sabine erinnert sich, als Mirko das letzte Mal auf ihrem Schoß saß. Da war er zehn. Fast ein wenig widerwillig saß er da; auf ihrem Schoß. Und wie sehr sie den Moment genoss.

Sie wusste, dass es nie wieder geschehen würde. Und wie sie dieses letzte Mal in sich einsog.

MIRKO!!!, möchte Sabine jetzt vor lauter Schreck ausrufen, *Du ... Du bist ja ein Mann geworden!*

Doch stattdessen fragt sie: *Bist Du hungrig, Schatz?* Und plappert noch andere unnütze Fragen.

War es denn schön? Wie viele wart ihr? Gezankt habt ihr euch nicht? Waren denn etwa auch Mädchen dabei? Wo wart ihr überhaupt?

Wer sind denn diese Leute? Verdienen die schon ihr eigenes Geld? Woher kennt ihr euch? Möchtest Du Deine Freunde nicht einmal einladen? Studieren sie?

Na, ist es nicht auch egal? Hauptsache, es war schön und alle haben ihren Spaß gehabt, nicht wahr?

Mirko denkt unwillkürlich an Adam und Eva. Und das Paradies. Und warum beide nicht mehr dort sind.

Vielleicht konnte Gott Evas Geplapper einfach nicht mehr ertragen? ... und hat deshalb ...? ... die Schlange ...?

Hm, wäre ja möglich ...

Was ist denn mit Deiner Wäsche?

Sabine hat schon Mirkos Rucksack in der Hand, als sie vor dem Gewicht kapituliert.

Ouuhh, den kannst Du aber alleine in den Keller tragen.

Ein wenig erschrocken hat Mirko sich schon. Sagt dann aber gelassen: *Kein Problem, Mom.*

In Waffen.
Was dagegen sind schon
andere Dinge?

Nur dumme Dinge.
Sinnentleerte Dinge, an die man sich unnütz klammert.
Materie ohne Seele.

Nur Fleisch und Knochen
Fett und Gewebe
Zitternd vor lauter Angst.

Lass los

LEVEL 3

Erhebe Dich

Tibor hat den Wetterbericht gecheckt.

Vereinzelt leichte Bewölkung. Ansonsten sonnig, trocken und warm. Zum Nachmittag hin ein mäßig bis frischer Wind aufböend aus Süd-Ost.

Entsprechend ist die Bodywear gewählt. Leicht. Casual. Jeans, Sneakers, heller Sweater unter blauem T-Shirt. Schwarze Baseballcap mit weißem Inlay. Corona-Schutzmaske, Handschuhe, in den Innenflächen mit Cevlarbezug. Fertig.

Tibor hat den Karton mit den Waffen und der Munition sorgsam vom Panzertape gelöst, aufgemacht und die Waffen entnommen. Nach kurzer, letzter Inspektion hat er die zwei Glock, die MP5 und MP7, ohne die Magazine, sorgsam in seiner blauen Sporttasche verstaut. Die mehr als vierzig Magazine à 19 Schuss, Kaliber 9 mm und Kaliber 4,5 mm, sind geladen und getrennt voneinander rechts und links in der Tasche verstaut. Axel hat dafür gesorgt, dass Tibor genau weiß, welches Magazin wohin gehört. Für jede falsche Sortierung gab's nämlich 25 Liegestütz extra. Die Rohrbomben sind einzeln sicher gelegt, dass sich der Pinn nicht irgendwo in der Tasche verhakt. Aber alles ist so praktisch gepackt, dass ein einfacher Handgriff genügt, sie zu entnehmen und scharf zu machen. Die Handgranate genauso. Reserve …

Easy im Handling, um Gabriel zu zitieren.

In den Außentaschen: zwei Flaschen stilles Mineralwasser mit Fliedergeschmack zu je 500 Milliliter, recyclebar, sowie vier vegane Powerbars aus Seealgen. Handliches Protein Plus, in umweltfreundliches Save-the-Planet-Papier gepackt, wenn der kleine Hunger kommt.

Geschmack: Cappuccino-Karamell, Vanille-Kokos und noch zweimal Zitrone-Käsekuchen.

Tika-Taka-Primer hat es mal wieder geschafft.

Alexa hat die vergangenen zwei Wochen gewirbelt und das Event richtig heiß gemacht. Chats, Diary, Fotos, News, Tipps und vieles mehr.

Jetzt ist es „au point". Yeah!

Einem Sternenmarsch gleich strömen junge Menschen mit gut sichtbar blauen T-Shirts auf den Kaiser-Wilhelm-Bahnhof zu.

Auch fünf deutlich Ältere aus einem Altenheim tragen ebenfalls blaue T-Shirts.

„Wir sind dabei", steht auf einem Pappschild. Die kleine Gruppe fotografiert sich gegenseitig mit einer Agfamatic 300, 36 Bilder Instamaticfilm, sowie einem zweiten Pappschild: „Bis nächstes Jahr in Wacken".

Alle sind sie fröhlich. Die Kids machen Selfies, posten, wo sie gerade gehen und stehen.

Sie zeigen sich gegenseitig die Fotos, die sie gerade von sich mit ihren blauen T-Shirts und anderen geschossen haben. Schon der Weg ist ein Ereignis, das es mit der Welt zu teilen gilt. UND vor allem, wie sollen es die, die nicht dabei sind (Total Loser), sonst erfahren, dass man bei der Tiki-Taka-Primer BLUE-T-SHIRT-DAY-PARTY ist? Wer nicht dabei ist, kann nicht mitreden. Nur zugucken, wie krass gut es ist. Selbst schuld.

Und Sie? Schon umgezogen?

In zwanzig Minuten beginnt die große Tiki-Taka-Party im Bahnhof. Hui, da wird ganz schön was los sein, jauchzt Susanne W. aus B., auf ihrer mittlerweile siebten Tiki-Taka-Motto-Party.

„Gustav Mondschein" postet:

Wir sind alle supergeil drauf, DANKE TIKI-TAKA.

Doppelherz, Smiley, fünf Sterne. Sektglas. Luftschlange. GIF.

Es ist 12 Uhr 4. Tibor Dee ist gerade eingestiegen und losgefahren. Er ist zwanzig Minuten von seinem Ziel entfernt. Tibor hat einen Fensterplatz. Er fährt gerne Bus. Seine Sporttasche liegt auf dem Schoß. Sie hat Gewicht.

Er trägt dunkles Cappy, blaues T-Shirt und babyblaue Gesichtsmaske.

Vom Fernsehen kennt man höchstens die Bilder aus Tokio oder Hongkong, wo Menschen mit Schutzmasken herumlaufen.

Und jetzt auch hier … in der Spiegelung des Fensters kann er es sehen.

Alex hat sich erstmals zu den Scores geäußert und dass heute ein neuer Rekord aufgestellt werden könnte. Das wäre ihm einen Bonus wert. Er hat allerdings ein wenig rumgedruckst, wieviel Punkte was bringt. Aber Tibor ist nicht kleinlich.

Es wird ohnehin alles so kommen, wie es kommen muss.

Girls Day. Lange vorbereitet. Endlich ist es soweit.

Alte Verwaltung. Sansevieria, 60er Ambiente. Herr Dr. Franz Josef Hessel steht vor einer Schar Mädchen im Alter von zwölf bis fünfzehn Jahren.

Nicht vergessen, vorab Handdesinfektion! Das Allerneueste. Aber man ist vorbereitet auf Corona. Masken? … freiwillig.

Ein kleines Büffet steht bereit, angerichtet auf weißer Papiertischdecke. Softdrinks und Saft zu je 125 Milliliter sowie Wasser, still und medium, zu einem viertel Liter. Ebenso liegen Schokoriegel mit Bahnlogo, Kekse mit Bahnlogo und obligatorische vegane übergroße Gummibärchen, zu je fünf, bereit. Auch mit Bahnlogo. Alles ist praktisch und hygienisch verpackt. In Bio-Cellophan. Natürlich.

Die junge Schar hat sich bereits bedient und schwatzt, trinkt und kaut. Dazu ausgiebiger Gebrauch von Smartphones.

Ohhhh … sieh mal … ist der süüüß …

Neben dem Büffet und dem Desinfektionsspender steht ein Flipchart mit kariertem Papier, auf dem zu lesen steht:

Herzlich willkommen zum Girls Day im Kaiser-Wilhelm-Bahnhof.

Darunter, mit Edding-Stift gemalt, ein abstrakter ICE und eine noch abstrahiertere Dampflok, in deren Dampfwolke „Choo-Choo" geschrieben steht.

Frau Storch? Sie haben durchgezählt und die Namen, Adressen und Geburtsdaten notiert?

Gewiss, die E-Mails auch. 54, ein neuer Teilnehmerinnenrekord.

Schön … dann können wir ja beginnen …

Darf ich nun um Aufmerksamkeit bitten?, ruft Frau Storch, dabei in die Hände klatschend.

Die Mädchen drehen sich der Geräuschquelle zu, nehmen ihre Kopfhörer und Stöpsel beiseite und kommen langsam zur Ruhe. Adrett sehen die meisten aus.

Das fällt auch Herrn Dr. Hessel auf, dem dabei eine Schlagermelodie aus den alten Tagen des Elternhauses durch den Kopf schwirrt. *Hey, hey, hello ...*

Girls Day – Herr Dr. Hessel fängt sich und landet wieder sicher.

Ich darf euch hier in der alten Verwaltung des Kaiser-Wilhelm-Bahnhofs auf das Herzlichste begrüßen. Mein Name ist Franz Josef Hessel und ich bin der geschäftsführende Direktor des Bahnhofs.

Ihr habt euch heute auf den weiten Weg gemacht, zu uns in den Bahnhof zu kommen, um vielleicht etwas über euren späteren beruflichen Werdegang zu erfahren. Auch für die Zukunft des Bahnhofes wäre es auf jeden Fall etwas Gutes, mit euch als die nächste Generation. (Mit Frau Dr. Nienaber hatte er sich schon durchgesetzt.) *Wenn das so wäre, würde mich das aufrichtig freuen und ich möchte mich dafür im Voraus schon einmal bedanken.*

... woanders war kein Platz mehr frei ... tuschelt eine Blonde.

Nun, ein Bahnhof ist kein üblicher Arbeitsplatz. Was kann ich hier überhaupt tun? Und wie viele unterschiedliche Arbeitsplätze hat denn überhaupt so ein Bahnhof der Bundesbahn?

Und?, fragt keck eine junge Stimme.

... ja, da ist die Verwaltung. Dann das Stations-, Service- und technische Personal, rund um die Uhr. Unsere Polizei ... da kommen wir später noch zu ...

Kann man da auch ballern?, fragt eine Zwölfjährige wie Pippi Langstrumpf dazwischen.

Alles lacht.

Ich meine es ernst ..., knurrt die Göre.

Nein, das kann man nicht, kleines Fräulein, aber die Polizeiarbeit gehört auch hier zu den Wichtigsten. Der Herr Polizeihauptmeister von Basten kommt auch gleich noch zu uns. Der wird die jungen Damen „abführen", die sich für Polizeiarbeit und Sicherheit interessieren. Herr Dr. Hessel schmunzelt wegen des seiner

Meinung nach gelungenen Wortspiels (eigentlich wollte er erst „verhaften" sagen …).

Jeder verfügbare Beamte, im Innen- sowie Außendienst, wird je ein bis drei der jungen Damen mit auf Streife nehmen.

Die, die sich technisch interessieren, werden mit unserem Herrn Monk in die Werkstatt gehen und die, die sich für die Verwaltung interessieren, gehen mit Frau Storch.

Aber so richtig vom Hocker haut die Girls das noch nicht wirklich.

Tibor Dee atmet und friert herunter zum totalen Cool. Er schaut aus dem Fenster.

Die Welt wird auf dem Rückweg eine andere sein. In Gedanken geht er durchs Game. Waffen, Magazinwechsel, Schussfolge. Jede Bewegung. Jedes Hindernis im Bahnhof kennt Tibor Dee wahrscheinlich besser als mancher, der dort schon Jahre arbeitet. Tibor hat sich zudem in den letzten 24 Stunden sehr ernst auf das erste große Spiel eingestimmt. Er hat verschiedene Szenarien durchmeditiert und so die endgültige Strategie und Lösung gefunden. 12 Uhr 25 geplante Ankunft Bahnhof. 12 Uhr 26, Hauptportal. Eine Minute verweilen. Maximale Spielzeit, um vier Minuten (besser weniger).

Spielbeginn: 12 Uhr 27 bis maximal 12 Uhr 31. Von Anfang bis Ende. Abgang – Tibor has left the Building – und in weniger als einer Minute zum ZOB. Sofort Anschluss ohne zu warten. Abfahrt. Und zwanzig Minuten zurück. Sachen entsorgen. Zwei Minuten Fußweg bis zur Haustür. In ungefähr einer Stunde, gegen eins, ist Tibor Dee aka Mirko Thies wieder in seinem Elternhaus. Zieht sich um und macht sich frisch.

Und „wenn alles gut läuft", trifft Mirko sich gegen zwei, halb drei mit Heino und dem Geissen-Peter. Bisschen Gamen. Guten Freunden gibt man … ein neues Spiel …

Es ist am Ende so einfach wie Lieblingstiefkühlsalamipizza auftauen. Noch sechzehn Minuten bis Hauptbahnhof.

„Bäckerei Krug" kracht aus allen Nähten, das geht so von zwölf bis halb zwei.

Alle Angestellten, ob in- oder extern, machen Mittag im Bahnhof. Most busy time.

Nicht nur bei Krug. Alle Fresstempel, die großen und die kleinen. Überall Laufkundschaft. Pommes rot/weiß und Wurst oder Hamburger. Sandwich hier, belegte Semmel da. Schneller Einkauf im Supermarkt.

Im Moment geht es jedenfalls für die nächsten 45 Minuten zu wie im Taubenschlag. Mal abgesehen von den Reisenden, Abfahrenden, Ankommenden, Wartenden ... und Lieferverkehr ... und Tiki-Taka ...

Jetzt fassen wir mal zusammen, sagt Herr Voigt vom Facility-Management zu seinem Kollegen Beck.

Neben dem Üblichen haben wir Girls Day, bereiten uns auf den Bahnhofsgeburtstag vor, die Polizei zieht von alter zu neuer Verwaltung, ... und was habe ich heute gehört, irgendwelche Irren wollen hier noch eine unangemeldete Party veranstalten?

Herr Voigt vom Facility Management ist not amused.

Und wer darf den ganzen Dreck wieder wegmachen ...?

Wir, brummt Beck.

Selbst wenn alle anderen Geschäfte wie Boutiquen, Schmuck-, Telefonshop zur Mittagszeit schwach besucht sind; um diese Zeit ist „Bibis Aromalädchen" immer gepackt. Als ob zur Mittagszeit alle besseres als nur Büromief und Routine riechen möchten.

Eine Mutter mit einem ganz süßen Bengel sitzt da und albert mit ihrem kleinen aufgeweckten Jungen herum. Sie kommt zu spät oder zu früh, wie man's nimmt, denn der „Kids-Choo-Choo-Club" hat Mittagspause von zwölf bis eins.

Viele Szenen, einer Bühne gleich, spielen sich jeden Tag, jede Stunde, jede Minute und Sekunde in einem Bahnhof ab. Tragisches, Schönes, Komisches, Herzzerreißendes oder einfach nur Übliches. Wenn man lange genug einen Bahnhof betrachtet, sieht man die Poesie. Die Blumen der Floristin und vielleicht einen „Rosenkavalier" der eine langstielige rote Rose noch selbst aussucht. Oder ein Pärchen, das sich ein Croissant teilt. Wenn man lange genug hinschaut, dann sieht man die Liebenden, die sich schweren Herzens trennen und Abschied nehmen und die Liebenden, die sich wieder sehen und es leichten Herzens feiern. Jemand, der für einen anderen die Last mitträgt oder auch nur einen Koffer.

Man sieht ein Mädchen, einmal fünfzehn, mit zwei kleinen Jungen an der Hand. Sie erscheint schon sehr erwachsen für ihr Alter. Sie trägt ein Kopftuch und spricht mit den Jungen Deutsch. Die drei warten auf die Mutter. Zweimal in der Woche kommen sie her, um sie abzuholen. Während die drei warten, erzählt sie ihren kleinen Brüdern etwas von der Heimat, die man so früh verlassen musste.

... dreimal kam der IS ... es war so schrecklich ... hier sind wir endlich sicher ...

Da sind Ankommende, die aussteigen und sich mit dem Koffer in der Hand erst einmal umschauen. Warum sind sie hier? Sollten sie hier sein? What's your business, stranger?

Dann die, die jeden Tag pendeln und den Bahnhof durchqueren wie Roboter, ohne groß Blicke zu verschwenden. Schnell rein, schnell raus. Da sind die Erste-Klasse-Fahrer, geschäftlich oder privat, die zuerst telefonieren, wenn sie aussteigen. Und im Kontrast eine Schwester von der Platte, die ihren letzten Charme für einen Euro herausholt.

Sie schämt sich, aber etwas in ihrem Leben zwingt sie, dass stärker ist als ihre Scham.

Wenn man lange genug hinschaut, dann entdeckt man Schicksale, malt sich diese aus.

Besuchen Sie auch so gerne Bahnhöfe?

Mirko?! ... bist Du nicht der kleine Mirko?
Tibor Dee in seiner Trance: *Was bitte?*
Du bist doch der kleine Mirko ...
Tibor (aka Mirko) versteht nicht, was die alte Frau von ihm will und warum sie seinen Namen kennt.
Ellie ... Eure Ellie ... Ellie, die alte Nachbarin ... früher ... vor dem Umzug ...
Man hat sich bestimmt zehn Jahre nicht gesehen. Er erinnert sich bruchstückhaft.
Ellie ist richtig alt geworden, denkt er, sagt aber, *Mönsch, Ellie, wie geht's?*

Sie war schon damals Ende sechzig. Sabine und Thomas haben seinerzeit noch beide gearbeitet und waren froh, dass Ellie ab und zu die Kinder hütete. Antonia war gerade mal zwei.

Ellie hat Geschichten erzählt. Mirko Lieder vorgesungen von Elvis und Melodic Illness.

Groß bist Du geworden, mein kleiner Mirko. Ich hätte Dich fast nicht wiedererkannt mit Deiner Maske ...

Corona, rafft sich Tibor (aka Mirko) auf zu sagen, *Schutz, Du verstehst? Wohin willst Du, Ellie?*, fragt er schnell bevor sie ihm die Frage stellt.

Weißt Du, ich bin heute älter als meine Großmutter, als sie starb. Und heute ist ihr Geburtstag, darum fahre ich zum Friedhof ... das machen alte Leute gerne ...

Tibor (aka Mirko) lächelt.

Er mochte seine Großmutter auch ... also die Lieblingsoma ... nicht die andere ...

Die Lieblingsoma war die gütigste Person, die ihm bis heute in seinem Leben begegnet ist. Ihr zartes Wesen, das die schweren Schläge des Lebens am eigenen Leibe gespürt hat; und ihre Demut, die auch daraus erwuchs. Keiner Fliege konnte sie etwas zu Leide tun. Niemand war nachsichtiger und bescheidener als sie. Immer hat sie gegeben, nie genommen und was sie nahm, nahm sie in Liebe, um diese wieder zu geben.

Was wäre es für eine wundervolle Welt, wären die Menschen wie sie.

Ellie schwallt noch etwas, das Tibor nicht erreicht. Dann steht sie auf.

Ich muss hier umsteigen ... mach es gut, kleiner Mirko und grüße herzlich Thomas, Sabine und die Antonia von eurer Ellie ... schön, dass wir uns mal noch einmal getroffen haben.

    Ich werde die Grüße gerne ausrichten. Mach's auch gut, Ellie. Toll, Dich zu sehen.

Die Tür geht auf. Ellie grüßt ein letztes Mal. Sie verlässt den Bus, um den Acht Null Vier Richtung Zentralfriedhof zu nehmen.

Tibor. Tibor Dee. Cold as ice.

Zwölfeinhalb Minuten bis Spielbeginn.

Judith ist meine beste Freundin, denkt Antonia auf dem Weg zur Straßenbahn.

Beide wollen sich an der übernächsten Haltestelle treffen, wenn Judith dort zusteigt.

Sabine hat zwar gesagt, dass Antonia nicht bummeln und unverzüglich nach dem Geigenunterricht wieder nach Hause zurückkommen soll, doch hat Antonia eine „leichte Planänderung" vorgenommen. Sie und Judith wollten ohnehin ein wenig Bummeln gehen am, in und um den Bahnhof. DOCH auch zu ihnen ist gedrungen, dass Tiki-Taka-Primer heute in ihrer Stadt und ihrem Bahnhof eine Party feiert. Beide Mädchen haben schon so lange davon geträumt, einmal an einer Tiki-Taka-Primer-Motto-Party teilzunehmen. Doch waren die Partys in anderen Städten. Sie zu jung. Die Anreise zu weit. Oder keine Zeit. Oder, oder, oder. ABER HEUTE!

Antonia öffnet ihren Geigenkasten und holt ein blaues T-Shirt hervor.

… au backe, wenn das Sabine wüsste …

Bei Thomas ist sie sich nicht so sicher, ob der nicht gesagt hätte: „*Super, ich komm mit"* … mein Gott, wäre das vielleicht PEINLICH geworden …

Reden ist Silber, Schweigen eben Gold.

Im Room of Doom laufen die letzten Vorbereitungen.

Zwei Frauen sitzen in weißem und schwarzem Latexganzkörperanzug mit Kopfmaske hinter den Monitoren und Mischpulten.

„Bambi" und „Klopfer" sind Alex Schröders ausführende Operatorinnen.

Eine feine Gesellschaft ist da.

Oh, ja … Alex hat sich auch, aus gegebenem Anlass, chic gemacht … Guess what?

Des Kaisers neue Kleider …

Geschnatter. Siegfried und Marianne Schröder haben es sich mit den drei schwarzafrikanischen Gespielen auf dem Sofa angemessen bequem gemacht.

Es gibt lecker. Marianne trägt Strapon und mag die Erdbeeren in Champagner.

Die Kleinen naschen schon mal aus der Pulverdose.

Siegfried, ganz Patriarch, sitzt mit schwarzen Alpha-Mann-String-Leather-Suit, Cowboystiefeln und Militärmütze herrschaftsvoll in der Mitte seiner Lieben.

Er trinkt Martini mit einer Kirsche darin. Siegfried erhebt sein Glas: *Möge die Symphonie der Tat uns alle erfreuen.*

Tibor Dee legt alle um, wirst sehen, sagt Alex.

Wie nennt der sich?

Tibor Dee ...

Ahhh ... Künstlername ... charmant ... klingt so nach Dschungel ...

Den in Wahrheit wahren Namen mag man den Leuten nicht zumuten ... zu normal ...

Aach, die Wahrheit, die Wahrheit. Die Menschen wollen die Wahrheit doch gar nicht wissen! Denn wüssten sie um die Wahrheit, dann müssten sie damit leben und vor allem auch noch die Wahrheit ertragen, nicht wahr?

Oh, mein Brummbär, schwärmt Marianne, *... Du bringst es immer auf den Punkt ...*

Menschen?, fragt sich Alex, der jetzt am Mischpult steht. Er bereitet sich auf seine Moderation vor. Headset on.

Der Countdown läuft. In wenigen Minuten nur werden die Event-Codes freigeschaltet für das Video-Publikum.

Alex ist natürlich schon im System und lässt Bambi mal reinzoomen in das aktuelle Geschehen. Sie fährt mit den Kameras durch den Bahnhof.

An dem einen oder anderen Gesicht bleibt sie hängen.

STOPP MAL! Die da! ... geh mal näher ran ..., sagt Alex zu Bambi.

Klopfer schaltet auf Gesichtserkennung und das System spuckt die Personendaten aus.

Sandra Ko ..., geboren ... ach, wurscht ... Du bist DA Sandra ... ich kann Dich seehennn ...

Social-Media-Profil?, fragt Klopfer.

Sag mal an, mein Latexengel ...

219 Freunde, hat studiert, geschieden, zwei Kinder ...

ZWEI KINDER?!, ruft Alex erstaunt, *Danach sieht Sandra gar nicht aus ... Sandra, Sandra ... every step you take ...*

Es wird sich eine Minute vor Tibors großem Game zugeschaltet. Durch den Tracker der Spyware auf Tibor Dees Mobile weiß Alex, wo Tibor steckt, wann er ankommt; wann er, Alex, auf den Übertragungsknopf drücken kann.

Die „Gäste" können schon mal Atmosphäre schnuppern. Kurz den Spieler lokalisieren und betrachten. Konzentration und Spannung fühlen. Schwenks über die Location machen, das allgemeine Geschehen betrachten. Eben Menschen und Frequenz kennenlernen.

Auch ein wenig herumspielen. Zoomen. Kamerawechsel. Alles keine Hexerei.

Um den Spielstart nicht zu versäumen, bleibt eine Fixkamera in der ersten Minute auf dem Player.

Im Objekt selbst werden sich in wenigen Minuten schätzungsweise weit mehr als zweieinhalbtausend Menschen in eine unkontrolliert panische Masse verwandeln.

An einen „normalen Tag" wären es auch schon über eintausend Personen. Doch Tiki-Taka-Primer macht eben den Unterschied. Danke, Alexa. Niemand macht es besser als Du.

Tibor wird in seinem ersten Real-Game ganz schön zu kämpfen haben, um sich vom Eingang bis zum geplanten Exit durchzuspielen. Er hat maximal vier Minuten Gametime, bevor ALLES abgeriegelt ist.

Tibor kennt die festen Hindernisse, kann zur Not alternative Wege nehmen, über Bänke springen, doch die mobilen Obstacles wie Postmann mit Sackkarre oder Rollstuhlfahrer müssen ebenso erkannt werden. Also: Achtung, Baby! (Er muss präzise sein.)

So werden sie vergehen, die ersten zirka fünf Minuten „Sendezeit".

Von der Einstimmung bis zur Tat. Es bleiben also – nach Tibors Auftritt – noch plus/minus fünf Minuten Restübertragung. Diese Minuten sind der Flucht, zumindest die ersten Meter, und natürlich der abgespielten Gaming-Area gewidmet. Bodycount. Angerichteter Schaden. Die Video-Voyeure werden sich delektieren an der nackten Bestürzung, Fassungslosigkeit und Ohnmacht. Zoomen die verzerrten Gesichter der Überlebenden in Großaufnahme und lachen sie aus.

Überall werden Tote liegen. Verletzte, Verzweifelte, Schreiende. Herumirrende Seelen, dem Grauen völlig allein überlassen. Allein. Ausgeliefert dem Entsetzen und Schmerz. Allein. Im realen Wahnsinn. Zoom in, zoom out.

Vielleicht bleibt auch noch genügend Zeit für die „Peeping-Toms", die ersten Helfer bei ihrer Ankunft zu erleben. Und deren Schock. DEM Schock, der von nun an bis zum letzten Atemzug in ihnen als unendlicher Akkord einer Symphonie des Grauens nachhallen wird.

Siegfried Schröder ist der Intendant. Alex Dirigent. Tibor Dee Solist. Die Passanten Chor. Zwei Glock 17, zwei Rohrbomben, eine MP5, eine MP7, eine Handgranate das Orchester.

Wie der Regisseur einer Liveübertragung wird Alex Bambi und Klopfer instruieren, jeweils auf die eigenen Kameras umzuschalten, zu zoomen und zu schwenken. Ein hochprofessioneller und konzentrierter Job wartet auf die Latexgirls.

Alex kommentiert, beziehungsweise moderiert das Geschehen, wie immer live über ein Sprachmodul, das ihn dieses Mal klingen lässt wie Donald Trump.

No Business like Showbusiness. Und als Streamer weiß Alex, was er dem Publikum schuldig ist. Alle könnten ihn muten. Keiner tut's. Sie lieben ihn.

Manche Stammkunden lassen Alex' Moderation im Hintergrund zu den eigenen „gemieteten" Kameras mitlaufen, die auf besonders delikate Sequenzen gerichtet sind.

Persönliche Kamera-Downloads kann im Übrigen dann jeder nach seiner Façon bearbeiten. Genug Material ist ja vorhanden. Unter „Director's Cut plus Greatest Hits", wird Alex' eigener Livebeitrag später im Fanshop angeboten.

Alex schaut auf die Uhr. Noch zehn Minuten.

Tibor sitzen zwei Kleinkinder gegenüber.

Ein Junge und ein Mädchen, drei, vier Jahre. Der kleine Junge greift in seinen Anorak und holt zwei Bonbons hervor. *Der ist füüür Dihich*, sagt er zu dem kleinen Mädchen.

Sie nimmt ein Bonbon, hält es nah dem Ohr und schüttelt es. *Dah is niksss drihin …*

Die Mama hat gesahagt … die muss man ooohnä Schale essen … Beide Kinder öffnen das Cellophanpapier, nehmen ihr Bonbon heraus und dann stecken sie es sich … eins-zwei-drei … gleichzeitig in den Mund.

Hahaha, lachen sie fröhlich und freuen sich doll, dass es so etwas Schönes gibt.

… ich hab Dich lieep … sagt die Kleine.

Eeeerdbeeerbongbong, antwortet der Junge.

Kommt ihr Süßen, wir müssen nächste raus. Eine Frau sammelt die beiden ein.

Die Tür vom Bus geht auf, *pffff* …, die drei steigen aus. Tibor winkt aus dem Handgelenk.

Vier Jugendliche, zwei Mädchen und zwei Jungen, steigen dazu. Die Kids mit gesunder Frische im Gesicht und „Friday-for-Future" Sticker auf der Brust ihrer blauen T-Shirts.

Die vier jungen Menschen scherzen und lachen, fotografieren sich und schauen die Bilder an, die sie später für ihr Tiki-Taka-Primer-Diary verwenden wollen.

Zwei von ihnen sind schwer verliebt. Halten Händchen, schauen sich tief in die Augen und geben sich einen kurzen bedeutungsvollen Kuss auf den Mund.

Die beiden männlichen Begleiter schauen derweil die bereits geposteten Bilder anderer Tiki-Taka-Teilnehmer an, die schon am Bahnhof stehen.

Die vier wenden sich wieder einander zu und sind nichts als fröhliche Kinder, die sich freuen, etwas derart Aufregendes wie Tiki-Taka in ihrem Leben zu haben.

Tibor Dee blickt auf und sieht – Punkte – auf seinem Weg nach oben in der FPS-Liga.

Hey, rufen die Kids Tibor zu, den sie glauben als einen der ihren am blauen T-Shirt zu erkennen. Tibor nickt flüchtig. Die Kids gehen von der Mitte in den hinteren Teil des Busses. Auf dem Weg kichern sie unbeschwert.
Noch acht Minuten bis zum Hauptbahnhof.

Die Tiki-Taka-Primer-BLUE-T-SHIRT-DAY-PARTY-Gemeinde fällt langsam im Bahnhof ein.
Weit über tausend strömen von allen vier Eingängen gleichzeitig in die große Bahnhofshalle.
Der sternförmige Marsch auf ein Objekt zu, um sich dann an einem zentralen Punkt zu vereinen und sich zu feiern ist typisch für Tiki-Taka-Primer.
Blue-T-Shirt-Kids haben den Selfie-Point erreicht, halten ihren Arm halb hoch oder benutzen einen Selfie-Stick und fotografieren sich. Sie fotografieren sich selbst mit dem Bahnhof im Hintergrund, sie fotografieren sich miteinander, in Gruppen oder mit bester Freundin oder Freund. Sie fotografieren ihre Schuhe, Hose, Hemd und Bluse, Brille, Kopfbedeckung, Rucksack und Accessoires. Es gibt eigentlich nichts, das man nicht fotografieren kann mit seinem Mobile, um es sofort zu posten, zu liken oder zu kommentieren. Ein Tippelbruder kommt daher, ziemlich, man könnte sagen … derangiert. Er will einfach nur durch die Tiki-Taka-Menge.
Auch er trägt ein blaues T-Shirt – aber schon seit vier Wochen.
Hey, feierst wohl schon länger. Alles grinst und lacht.
Dann ein kollektiver Aufruf von Alexa per Textmessage auf der Tiki-Taka-App.
HALLO, HALLO! TIKI-TAKA-BLUE-T-SHIRT-DAY-PARTY-PEOPLE!!! HIER IST EURE ALEXA!
SEID IHR GUT DRAUF?
Stille, alles tippt und postet kollektiv. Manche machen ein Video, stellen es umgehend auf die Tiki-Taka-Primer-Seite.
YEAH!
    SEID IHR WIRKLICH GUT DRAUF?
Stille, alles tippt und postet kollektiv.
YEAH! YEAH! YEAH!

… typisch Tiki-Taka …

Gleich bewegt ihr euch zum Partypunkt, Koordinaten attached, wo heute richtig abgefeiert wird! YEAH!

GEBT MIR EIN LAAAAUTES TIKI-TAKA TIKI-TAKA HOI, HOI, HOI.

Kann man eben noch die fantasievollen Wasserspiele vom Band im Hintergrund, vermischt mit Ankunfts- und Abfahrtzeiten der Züge und ihrer Gleise durch die Lautsprecher vernehmen, eruptiert im nächsten Moment die Tiki-Taka Gemeinde mit einem dreifach *TIKI-TAKA, TIKI-TAKA, HOI, HOI, HOI.*

Der ganze Bahnhof erzittert förmlich unter dem Partyruf, den man dabei traditionell mit dem Handy aufnimmt. So entsteht über die Zeit eine ganze Sammlung von Partyrufen.

Der „beste Tiki-Taka-Primer-Partyruf ever" wird auf der Seite präsentiert und prämiert. Und heute? Hm, jaaaah … das könnte was werden.

… YAHOOS!, brüllt eine auf einer Kiste stehende, verzottelte Frau am Westeingang.

Reisende mit Koffern, Taschen und blaue-T-Shirt-Tiki-Takas gehen, mehr oder weniger achtlos, an ihr vorüber. Manche aber bleiben stehen und machen ein Foto oder Video.

YAHOOS! Sie schaut die Leute scharf mit großen braunen Augen an.

Die Yahoos sind nicht unter uns. NEIN! WIR alle sind Yahoos!

Die Leute vom Bahnhof nennen sie Kassandra. Schlanke Frau. Vierzig? Fünfzig? Sechzig? Gekleidet mit einem langen Jutesack, um den eine Kordel statt Gürtel gebunden ist.

Ob Wind, ob Wetter, Kassandra trägt nur offene Ledersandalen. Ihr Haar schimmert mehr strähnig grau als noch dunkel.

Zurechtgemacht, würde Kassandra durchaus noch etwas hermachen. Manche sagen, sie war früher Bankerin oder Managerin, hat wohl Pech gehabt … Kerle, Baghwan und Peyote … na ja, was die Leute so reden.

Ihr Houyhnhnms, Hoffnungsträger dieser Welt! Gebt Acht! Es kommt der Tag, da verwandelt sich des Tages Blau ins Schwarz der Nacht. Ihr Houyhnhnms, hört und gebt Acht!

Humdings, so 'n Quatsch ..., frotzelt ein Passant mit Pommes
rot/weiß auf der Hand.
Hier ist „Kassandra TV" mit der aktuellen Sendung, „Die Liebe, mei-
ne Zuversicht".
Ihr werdet einem Ungeheuer begegnen, das euch nur zum Spaß
Leid zufügen will. Hütet euch! HÖRT! ... Ihr edlen Houyhnhnms ...
FLIEHT, so lange es noch geht!
Eine Frau namens Karen, so jedenfalls nennt sie ihr Begleiter, be-
schwert sich.
Mein Gott, was soll denn das? Was faselt die denn da bloß? Und was
sind Yahoos? Und diese Hmhms? Kann einer mal bitte an die Kinder
denken und die Polizei rufen?
ALSO! Dann hört! Yahoos! Keiner von euch ist besser als der an-
dere. Keiner! Ihr alle wollt bloß dem Sterben und der Qual eines an-
deren zusehen. Das ist eure Natur! Verwahrlost. Ihr seid Wilde, ohne
Gnade, ohne liebende Freundlichkeit. Euer Leben ..., dann sieht sie
auf die Menschen herab. Kassandra steigt von ihrer Kiste. ... al-
les kranke Scheiße.
Noch sechs Minuten bis Spielbeginn.

Polizeihauptmeister von Basten ist mit zwölf Kollegen und Kol-
leginnen, manche sogar an ihrem freien Tag, in der alten Verwaltung eingetroffen. Herr Dr. Hessel begrüßt alle, bevor Herr von
Basten das Wort ergreift.
Ja, ich begrüße euch ganz herzlich, mein Name ist von Basten und
ich bin Leiter der hiesigen Bahnpolizei. Bevor wir gleich auf Streife
gehen, wer möchte denn alles mitkommen?
... sieben, acht, neun, dreizehn, vierundzwanzig, sechsunddreißig,
Herr von Basten, hat Frau Storch für ihn schnell durchgezählt.
Ooch, das passt doch ganz gut. Sagen wir drei junge Damen für je-
den Kollegen und Kollegin?
Alle nicken. *Schön ... dann ... alles Weitere auf dem Weg.*
Die freche, zwölfjährige „Pippi", die rumknallen will, ist auch dabei.
Eine Gruppe von fast fünfzig Personen geht langsam Richtung
Haupthalle des Bahnhofes. In vier Minuten sind sie da. Dann möchte
Herr von Basten einen kleinen Vortrag, sozusagen vor Ort, halten

über die Aufgaben und Sachlagen eines Bahnhofes. Und er möchte die Einteilung der Girls vornehmen, wer wen begleiten soll. Anschließend ist dann jeder Beamte mit drei Mädchen unterwegs. Herr Dr. Hessel steht jetzt noch mit achtzehn Mädchen im Raum. Herr Monk ist der Werkstattleiter. Spitzname: Kanonenkugel. Liegt wohl an der Figur.

Erfreulich, vierzehn Mädchen wollen die Werkstatt sehen und von der Arbeit dort erfahren.

Ich find' das cool, wenn auch mal Mädchen an so einer großen Lok rumschrauben, findet Katja, 341 Facebook Freunde.

Die anderen jungen Damen gehen mit Frau Storch durch die Verwaltung. Frau Storch schaut auf die Uhr. 12 Uhr 24. Sushi um halb zwei.

Nächste Station Hauptbahnhof, sagt die Digitalstimme im Bus. Die meisten machen sich schon bereit zum Ausstieg. Tibor hat Zeit. Er möchte sich nicht mit allen anderen aus dem Bus herausquetschen. Er wartet, bis alle vor ihm gegangen sind.

Tibor spürt nichts. Keine Aufregung, keinen Durst, keinen Hunger, keinen Blasendrang.

Bei Gerti in der Bahnhofsgaststätte, der „Intercity-Schenke", sitzen Franz und Erwin, zwei alte Stammkunden, und sind am helllichten Tag sturzbesoffen.

Du, der Dings ... ach Du weißt doch, der immer mit dem bunten Ding da, der ist ... letztes Jahr ... na ... ach ... Dings ... na watt sach ich – hat sich wäch gemacht – ganz plötzlich.

   Nä! Der Dings?

Ja, der ...

   Iss tot?

Genau ... der Dings ... iss tot ...

   Und hatte der es nicht da am ... irgendwo?, lallt Erwin interessiert.

Am Irgendwo? Am Dings hängt der Bumms ... nee, am äh ... Dingsda ... aber auch schon ganz lange. Und dann ganz plötzlich ... wech ..., klärt Franz auf.

   Nä, nä ... ausgerechnet der äh, na ... der Dings ... Mensch ... Früher sind Erwin und Franz gewandert.

Kerl, Kerl ... weißt Du noch wie schön das dammalts war, seufzt Franz. Erwin, der gar nicht für solche Konversationen zu haben ist, betrunken oder nüchtern, versucht, das Gespräch zu diesem Thema bereits im Keim zu ersticken.

Ich wünschte ... ich ..., sagt er langsam, *ich wünschte ...*

Ja, watt denn? Erwin, mir kannse doch allet sagen ...

Ich wünschte ...

Sachteste bereits ...

ALSO ... ich wünschte mir, ich hätte noch mehr graue Zellen, um mich zu erinnern ...

Erinnern? An watt denn?

Na, an dammalts, an die schönen ... na, Dings ...

Ach, an die ... ja, so allet weiß auch nicht mehr so ganz genau, gesteht Franz ein wenig kleinlaut. Erwin fürchtet, das nächste Thema könnte Arztbesuch werden.

Und tatsächlich holt Franz Luft und sagt, *... ich muss zum Urodingsbumms.*

Dafür hat Erwin nun gar keine Nerven und versucht auch dieses Thema abzukürzen.

Weißt Du, wie sich die Urodings untereinander verabschieden?

Nä, hab ich ja noch nie gehört, staunt Franz wie ein Kind, *Watt sagen se denn?*

Verpiss dich ... Dingsbumms ...

Echt, ja? Verpiss dich, Dingsbumms ... sagen die? ... haha ... hab ich ja noch nie gehört ...

Zu Erwins Erleichterung bringt Gerti das Bier. Thema Arzt erledigt. Trinken. Und Gerti in den Ausschnitt schauen.

Wo soll ich aufschreiben?, fragt Gerti und lehnt sich dabei offenherzig über den Tresen.

Hier bei dem da ... na ... da ..., sagt Erwin, *... der merkt eh nix, nich, Dings?*

Franz nimmt einen tüchtigen Schluck.

Den sachma ... haben wir auch noch versucht zu erreichen, zu die Beerdigung ... der ist aber umgezogen nach Dingenskirchen, Du weißt doch, dawowa schonnma' Dings warn mit dem ... Dingens.

Den Einen da und ... sachma schnell ...

Mensch datt war eine.

... Beerdigung?

Na, von dem Dings, habe ich doch gerade gesacht ...

Der hatte doch auch watt ...

Ach, jaaah ... richtig! Die Dings vom Dingsbumms ...

Sag ... der Dingens, aus na sach' mal schnell ..., grübelt Franz.

Joh ... an den erinnere ich mich auch noch ... der war immer so'n bisssschen Dingenskirchen.

Da sachste watt! Wenn jemand Dingenskirchen war, dann der!, bestätigt Franz.

Kannse Dich noch erinnern, als der 's da mit die eine da hatte ... aus ...

... die kam doch von drüben? Aus Niederdings ... oberhalb von Dingsbumms ...

Hast recht! Aus oberhalb von ... Dingsbumms ...

Oder war's doch, da hinten? ... in ... Dingsda? Aber bestimmt nicht aus Oberdings.

Nee, nee aus ... Dingsbumms, hast recht ... Ha, ha, ha, und dann immer die Dinger da ...

Hat den Dings ganz schön wuschig gemacht ...

Ja, aber wie ...

Und der andere erst, der, na sach doch ...

Aaach DER, ja, ja, ich weiß schon, na, der war ja ganz verdreht ...

Nein, nicht der, der andere.

Aaach DER! Der war ja noch verdrehter.

Jetzt bringt sich auch Gerti ein.

Jungs, wisst ihr noch, der Dings mit seine ... Ding da?

War das nicht eher 'nen Dings?

Dann meinst Du Dingens, aber nicht den Dings ...

Stimmt, stimmt, hab ich total verwechselt. Als der damals oder war das noch früher?

Viiiel früher, sagt Erwin bestimmt.

Egal, als der jedenfalls ... wisst ihr noch? Nein, nein, nein ...

Alle drei beginnen laut zu lachen. *Nein, war das komisch, ha, ha, ha ...*

Franz verschluckt sich und beginnt zu weinen, zu sabbern und zu husten.

Mann, erzähl mir doch nicht sowatt, ich krieg mich ja kaum noch ein, der Dings ... ha ha ..., und hustet weiter.
Früher ... sach ma ...
   Stimmt genau ...
Wollt ihr noch'n Gedingstes?
   Jau, mach ma noch zwei fettich ... Du ... äh ... süße Zucker ... dings ...

Tag X. Heute. DIE Minuten in der Stunde ohne Zuversicht – sie sind jetzt gekommen.
Alex startet die Übertragung.
Alles dreht sich um Brot und Tod, sagt sein Vater Siegfried, Du stehst morgens auf, machst Frühstück und weißt nicht, dass Du in wenigen Stunden hinüber bist.
Tibor Dee ist da. Endlich.
Gekommen, der Menschheit einen neuen Gedanken zu bringen. Nämlich den, dass der Fänger nicht mehr länger aus dem Roggen kommt, sondern aus dem Cyberspace.
Man könnte Mirko vielleicht vergeben. Oder nicht. Aber Tibor Dee braucht keine Vergebung. Mach Gott verantwortlich. Aber Gott interessiert sich nicht für Dich. Oder irgendeinen Tibor.
DARUM ist Tibor Dee hier, Du Wurm! Zu erlösen von törichter Pflicht und Routine.
Und NIEMAND hält Tibor auf. Niemand ab.

Tibor steigt pünktlich 12 Uhr 25 aus dem Bus. Er schaut sich um und lässt eine Gruppe lärmender Vorschulkinder mit ihren Betreuerinnen vorbeiziehen, die in Richtung Prinzessin-Melisande-Platz unterwegs sind.
Tibor geht mit seiner Tasche direkt auf den Haupteingang zu. Die Außenkamera hat ihn bereits erfasst. Tibor ist dabei nicht besonders telegen. Das Gesicht durch die Maske doch sehr eckig. Die Kappe sitzt ein wenig zu weit rechts. Das blaue T-Shirt ist doch recht groß, unförmig, ohne Pfiff (auch der innen gesteppten Magazintaschen wegen). Zumindest eine gute Camouflage, dieser „Wrong-Shape-Look." Hat was.

... doch für seinen ersten Auftritt auf dem Catwalk – na ja ... macht Tibor eine halbwegs ordentliche Figur ... doch ... so wirklich trendy? Dernier cri? Abwarten.

Aber – Mode hin, Mode her: Praktisch muss es sein!

Tibors Fixkamera, die ihn bis zu seiner Ouvertüre im Visier hat, ist unten rechts auf den Zuschauermonitoren eingeblendet. Dazu sieht man, wie am Start der Formel 1, eine rote und eine grüne Ampel hoch zeigen. Noch ist es rot.

Erst bei grün wird man den Boliden aus Feuer mit seinem Schweif aus Eis durch Raum und Zeit hell fliegen sehen.

Tibor atmet erst einmal durch. Er lässt sich Zeit. Er bestimmt jetzt das Spiel. Er ist das Spiel. Tibor Dee verkörpert es. Nur er kennt die Regeln. Die anderen wissen gar nichts.

So ist Tibor Dee: Tibors Spiel. Tibors Regeln.

Er nimmt sich ein paar Momente. Passanten kreuzen. Beachten ihn nicht. Tibor lässt alles auf sich wirken. Raumaufnahme. Konzentration. Atmung ... ein ... aus ... *einundzwanzig, zweiundzwanzig, dreiundzwanzig ...*

Tibor ist ausgeglichen, beherrscht und sicher. Er fühlt sich überlegen. Stark. Tibor ist mächtig. Sein Geist scharf. Ausgerichtet. Auf das Kommende.

Für das erste Mal jedenfalls ist Tibor krass abgeklärt.

Er geht nun in die Hocke, beginnt den Reißverschluss der Tasche langsam aufzuziehen.

... uuuuuund ACTIONNN! ... Alex gibt die grüne Ampel frei. Das Fix-Image verschwindet.

Die Bilder sind gestochen scharf. Doch von Tibor Dee sind keine klaren Konturen erkennbar. Tibor ist praktisch ein hockender unförmiger Klotz.

Wie Axel schon im Camp sagte, tragen bereits um die dreißig Prozent der Bevölkerung Gesichtsmasken. Mit steigender Tendenz. In den Nachrichten spricht man wegen der Corona-Krise sogar bereits von „Lock- oder Shutdown" in naher Zukunft. Nix mehr mit Veranstaltungen und Happy Together.

Dann wird auch hier das Leben eine neue Wendung für die Menschen nehmen.

Aber, aber ... Warum so negativ? ... noch ist es ja nicht soweit ... Doktor Essen, Doktor Ruhe und Doktor Fröhlich sind die besten Ärzte ... wirst sehen ...

Wollen wir uns doch heute lieber freuen, über einen so schönen Tag am Bahnhof.

Carpe diem!

TIBOR DEE! TIBOR DEE! TIBOR DEE! TIBOR DEE! TIBOR DEE! TIBOR DEE!
The Fame-Game. Bald kennt ihn alle Welt. So oder so.
TIBOR DEE! TIBOR DEE! TIBOR DEE! TIBOR DEE! TIBOR DEE! TIBOR DEE!
Alex hat mit der Moderation begonnen, doch außer den Namen des neuen Stars am Gladiatorenhimmel, Tibor Dee, gibt er nichts preis. TIBOR DEE – The Name-Game.

Jeder kann Tibor sehen, schmettert Alex seinen Fans mit der Stimme Donald Trumps zu, *aber Tibors virtuell Innerstes – das legt er uns gleich erst offen. TIBOR DEE! TIBOR DEE!*

Tibor Dee – Die neue Heimsuchung, auf die alle gewartet haben!, preist Alex seinen Stricher.

Ladies und Gentlemen: Realität, Technologie, Magie, Illusion sind nicht von mehr von ihm zu unterscheiden!

Hier ist TIIIBOOOR DEEEEEEHHH! TIBOR DEE! TIBOR DEE!

In den „Logen" der Hedonisten und Libertins sind die Gewaltpartys schon voll angelaufen. Bei manchen bereits vor zwei Tagen. Die gutsituierten „Party-Animals" feiern ab mit Austern, Chrystal, Koks, Champagner und riesigen Monitoren Marke „Senzung RS100T-9K". Senzung RS100T-9K? Ach? Kennen Sie nicht?

Also: Der „Senzung RS100T-9K" ist das erste professionelle QLED-Display mit 9K-Auflösung. Das Display mit einer Spitzenhelligkeit von 5000 Nits! Wow!

Und der 100 Zoll große Monitor ... der kann alle Inhalte über ein einziges HDMI 2.1 Kabel in perfekter 9K-Auflösung darstellen. Muss man sich mal vorstellen!

Doch, wer besitzt heute schon 9K-Inhalte? Keine Sorge! Der „RS100T-9K", ist ein Wunderwerk der Technik! Der Senzung ist in der Lage, mithilfe modernster künstlicher Intelligenz und maschinellem Lernen die Inhalte auf 9K hochzurechnen. Klasse!

Der integrierte Quantum-9K-Prozessor nämlich greift auf Millionen von Bildern zu, um ein Bildrauschen zu reduzieren und Details zu verfeinern. Tibor kommt also rüber. Na, bitte!

Das Ergebnis erlaubt obendrein, unglaublich brillante Bilder zu erleben, mit exzellenten Schwarz- und Weißwerten.

Tibor Dee. So scharf wie nie.

Andere sind im intimeren Freundeskreis. Gemeinsames Gruselprogramm, Chips und noch etwas Alkoholfreies. Beste Freunde. Sie rutschen auf einem Sofa nah beieinander hin und her, „frottieren" sich und sind schon ganz aufgeregt. Als wär's die Huey-, Dewey- und Louie-Show, die gleich beginnt und durch die fünfzig Schatten der Sesamstraße führt.

Oder die, die vor der Zuschalte, zur Einstimmung, bereits mit heruntergelassener Hose im Sessel sitzen und als stilvolles Element statt Alex' Moderation Desdemonas „Ave Maria" oder Madame Butterfly „Un bel di vedremo" bevorzugen – wenn's dann am Ende kommt. Ach, es gibt so viele Genießer im Exklusivbereich, laut oder still. Alex werden wohl nie die Kunden ausgehen. Jedenfalls nicht, solange es Alex als Impresario immer wieder gelingt, etwas Neues, Aufregendes – das Außergewöhnliche zu kreieren und alle wieder zuschauen können – auf den Monitoren, die die Welt bedeuten. Ob mit Esprit, derb oder herb. Das ist bloß äußere Form. Hauptsache auf dem Plan steht: „Das Spiel mit dem Tod" – das ist der Hit und Evergreen, mit dem sich Geld machen lässt. In jeder Form. So einfach ist das am Ende.

TIKI-TAKA, TIKI-TAKA – HOI! HOI! HOI!, donnert es plötzlich wieder aus ungezählten Kehlen.

Ich stopf euch gleich … tikitaka-pengpeng … das Maul, denkt Tibor. Der Bahnhof gleicht jetzt, für dessen Verhältnisse, einem Bienenkorb. Die Menschen summen herum, tun ahnungslos ihre Dinge, nicht wissend um die Hornisse im Stock.

Dass sie sich – zum Beispiel – jetzt gerade in der wahrscheinlich größten Gefahr ihres Lebens befinden – wer soll das ahnen? ... Wer?

Alles sieht „normal" aus. Fast wie immer. Mehr Betrieb als sonst vielleicht. Sonst nichts.

Keine Anzeichen tun sich den Menschen kund. Keine Warnung, kein Hinweis auf Garnichts, oder darauf, dass die Hölle bereits ihr keuchend heißes Maul langsam öffnet.

Wie hat es Axel immer so nett formuliert? – *Traue nicht dem Idyll!* Mal ehrlich. Ist der Alltag nicht in Wirklichkeit schön? Wenn nichts passiert?

Wenn der größte Aufreger vielleicht eine alte Frau ist, die an einem Fahrkartenschalter vor einem steht und eine Reise für kommendes Weihnachten buchen möchte, sich aber noch nicht entscheiden kann, ob sie das „Senioren-Superabo im Sonnenschein". „Das Astrosenioren Tramperticket" oder das „Sonderticket zum besten Preis ab 14 Uhr 35" nehmen soll; und der Nachmittag ihr vielleicht nicht doch zu spät ist? Und wenn sie sich dann – endlich – und nach ausführlicher freundlicher Kundenberatung, entscheidet; dass sie doch besser erst Ostern fährt und dann ohne Ticket von dannen zieht, nicht ohne es zwei Minuten noch am Tresen bedauert zu haben. Was dann? Aufreger? No!

Keep calm. Alter. Bleib ruhig!

Ehrlich: Was ist das schon im Vergleich zu Tibor Dee, der sich nur wenige Meter entfernt von Dir warm macht und auf sein Spiel wartet? Und DU bist mittendrin, statt nur dabei. Wenn es RICHTIG zur Sache geht. Ist dagegen der Alltag nicht Gold wert?

Und das Beste ... man kommt (meistens jedenfalls) auch noch mit dem Leben davon.

Noch immer sieht man Tibor Dee über seine Tasche gebeugt.

Er kramt ... fast ... als ... er wird doch wohl nicht etwa ... etwas vergessen haben ...?

Tibor atmet ... Tibor zählt ...

Durch Ansagen und den Bahnhofslärm, dringen vom Band die Wassergeräusche, die die Reisenden, laut in Auftrag gegebener

Studie, um 1,5 % tiefer im Kaiser-Wilhelm-Erlebnisbahnhof entspannen lassen als sonst irgendwo.

Tibor hört die Wellen wie Ahab die Glocken von New Bedfort.

Er stellt sich vor ... er stellt sich ... er stellt sich ... einen weißen Wal vor ... der auftaucht ...

Tibor sieht den Blas. Die Ausatemluft, eine nach oben zerstäubende Fontäne.

Wal! Da bläst er!

Der Meeressäuger taucht wieder ab. Zeigt seine horizontal zum Körper ausgerichtete Fluke. Dann herrscht Stille an der Oberfläche des Ozeans.

Der weiße Wal und das Meer reißen Tibor mit. In tiefes Blau.

Das Gefühl – Seelenruhig. Sinne messerscharf.

Stille. Super-Slowmo ohne Ton.

Stille. Hoi, hoi, hoi.

Stille. Kinderschreien, blechern hallende Ansagen ein- und ausfahrender Züge.

Stille. In den Tiefen, die nur der Wal kennt.

Eine hübsche Dunkelhaarige drängt hinein, in Tibor Dees Unterwasserreise.

Oh, ... bis zu den Gärten des Oktopus hätte er sie schon mitgenommen.

Die Lautstärke erreicht wieder Normalpegel.

Eine Familie herzt sich, keine fünf Meter von Tibor. Er greift jetzt in die Tasche.

Der Griff der MP5 mit dem Gummiaufsatz liegt wesentlich besser in der Hand als ohne. Es war eine gute Idee von Gabriel. Die Waffe fühlt sich nun deutlich angenehmer an.

Tibor Dee nimmt die MP5 und das erste Magazin aus der Tasche. Er, Tibor, Hohepriester, vermählt beide. Einer Hochzeitsnacht gleich führt Tibor das Magazin in den Magazinschacht ein. Unbändige Kraft ruht nun gemeinsam ineinander. Ehern. Vereint.

Tibor Dee schaut sich um.

Eine Mutter ruft nach ihrem Kleinkind. Tiki-Taka Follower tanzen, auf dem Weg zur „zentralen Kundgebung". Passanten steigen zum Spaß mit ein. Alles ein Trubel. Menschen kommen. Menschen gehen. Manche drängeln, weil andere ihnen den Weg versperren. Andere kennen nur ein eilig ruppiges, *Lass mich durch.*
Deshalb sieht ihn niemand. Ihn, Tibor. Ihn. In seiner Stille.
Tibor ist unsichtbar für die Menschen. Tibor Dee – nicht von dieser Welt.

ABER TIBOR IST DA!
Auf dem „Senzung RS100T-9K", zum Beispiel. Every move …
Jede Handbewegung, jeder Schritt wird atemlos registriert und beobachtet.
DOCH HIER? Im Bahnhof …? Jeder schaut woanders hin. Nur nicht auf Tibor Dee.
Noch nicht.
Aber gleich haben auch sie ihn hier alle auf dem Schirm.

Tibor sieht auf die Uhr. 12 Uhr 27.
Seit offiziell sechzehn Sekunden läuft das Game. Tibor ist noch nicht soweit. Der Moment noch nicht gekommen. Der Vorhang bleibt geschlossen. Nur ihm allein bleibt es vorbehalten, die Bühne und seine Aufführung zu eröffnen. Nicht einer Uhr.
Konzentration.

Tibor bringt jetzt die Waffe in Anschlag. Dabei liegt die MP5 ruhig in der Schulter und der Finger ist lang am Abzug.
Ein junger Mann, der von den oberen Gleisen – ich meine, Gleis vier – seine magere Freundin abholen möchte, geht an Tibor vorbei. Freundlich lächelnd, fällt sein Blick dabei auf die MP5.
Hey, coole Softair, Buddy, sagt er locker, doch leider hat er keine Zeit, um mit Tibor noch ein wenig zu fachsimpeln … schade … die magere Freundin … Gleis vier …

Stille.

DER MOMENT.

Da! Gefunden ... Der Finger wandert zum Abzug und legt sich auf das untere Ende.
Das würdige erste Ziel.
Ohne Proklamation oder Warnung beginnt – aus Lust, der lange Krieg ohne Feind.
Chai Latte Vanilla Flour in der linken haltend, winkt eine attraktive Frau ihrem Mann und dem Sohn nach, während beide hinter einer Wand bei den Gleisen verschwinden.
Sie kann nicht weiter mitkommen. Das Auto steht im Parkverbot.
„Jojo", der Kuschelaffe des Jungen, schaut mit dem Kopf noch einmal um die Ecke.
Der weiße Wal taucht allein in das Indigo.

Tschüüühüüüüsss!

Tibor Dee nimmt den Verschluss in seine Hand und führt ihn nach hinten. Dann wieder etwas nach vorne.
Tibor lässt die Finger den Rest des Weges alleine, wie automatisch, dahingleiten.
Die Magazinfeder drückt nun die erste Patrone in die frei gewordene Kammer.
Der Finger – am Abzug.
Nur das langsame Zählen in Tibors Kopf durchdringt seinen inneren Raum.
... einundzwanzig ... zweiundzwanzig ... dreiundzwanzig ...
Einatmen, ausatmen ...
Tibor Dee ... von allen Ketten befreit.

Tibor krümmt ab.

Der Schlagbolzen ist befreit und schlägt ohne Widerstand auf das Zündhütchen ein. Die Metallhülse mit der Treibladung löst sich, wird Geschoss.
Das Projektil jagt durch Züge und Felder.

Die Hülle ist abgeworfen.

Tibor Dee taucht auf aus der Stille.
Einem Adler gleich, erhebt er sich. In den Himmel. Hoch. Auf
Schwingen frei.
Ein Schrei noch.
Dann nicht mehr gehört ...

... Sie haben derzeit keine Internetverbindung ...

Wie ist Dein Name?
    ... Tibor ... Tibor Dee.
„Für Tibor Dee, alles Gute".

Fortsetzung folgt ...

EIN HERZ FÜR AUTOREN A HEART FOR AUTHORS À L'ÉCOUTE DES AUTEURS MIA KAPΔIA ΓΙΑ ΣΥΓ
ΑΤΑ FÖR FÖRFATTARE UN CORAZÓN POR LOS AUTORES YAZARLARIMIZA GÖNÜL VERELIM S
PER AUTORI ET HJERTE FOR FORFATTERE EEN HART VOOR SCHRIJVERS TEMOS OS AUT
ERZÖINKÉRT SERCE DLA AUTORÓW EIN HERZ FÜR AUTOREN A HEART FOR AUTHORS À L'ECC
ВСЕЙ ДУШОЙ К АВТОРАМ ETT HJÄRTA FÖR FÖRFATTARE Á LA ESCUCHA DE LOS AUT
MIA KAPΔIA ΓΙΑ ΣΥΓΓΡΑΦΕΙΣ UN CUORE PER AUTORI ET HJERTE FOR FORFATTERE EEN
ARIMIZA GÖN VERE ERZÖINKÉRT SERCE DLA AUTORÓW EIN HERZ FI
SCHRI DS OS A ORAÇÃO ВСЕЙ ДУШОЙ К АВТОРАМ ETT HJÄRTA F

Der Autor

Mit „Gamification – Testspiel"
präsentiert Leo Hartmann sein
Debüt. Er gilt als Vertreter der
„Leitform Bewegung". Hartmann
wuchs behütet im gut bürgerlichen
Milieu auf. Der Vater Pastor,
die Mutter Sekretärin an einer
Grundschule, brachten sie den
Sohn schon früh mit dem geschriebenen Wort in
Berührung. Leo Hartmann lebt zurückgezogen
und hält das Privatleben strikt unter Verschluss.

novum VERLAG FÜR NEUAUTOREN

Der Verlag

Wer aufhört
besser zu werden,
hat aufgehört
gut zu sein!

Basierend auf diesem Motto ist es dem novum Verlag
ein Anliegen neue Manuskripte aufzuspüren, zu ver-
öffentlichen und deren Autoren langfristig zu fördern.
Mittlerweile gilt der 1997 gegründete und mehrfach
prämierte Verlag als Spezialist für Neuautoren in
Deutschland, Österreich und der Schweiz.

**Für jedes neue Manuskript wird innerhalb we-
niger Wochen eine kostenfreie, unverbindliche
Lektorats-Prüfung erstellt.**

Weitere Informationen zum Verlag und
seinen Büchern finden Sie im Internet unter:

w w w . n o v u m v e r l a g . c o m